W0343711

Wild Lovers

Ena Fitzbel

Copyright © **2018 Ena Fitzbel**

Tous droits réservés.
ISBN : 9781726608053

****

Mieux vaut éviter de croiser la route d'un policier revêche… surtout s'il est beau comme un dieu !

Du diesel dans une voiture à essence ? Ce ne serait pas un problème pour Estelle si elle n'avait pas atterri chez un garagiste qui n'accepte que de l'argent liquide ! Or le seul distributeur à dix kilomètres à la ronde est en panne. Lorsqu'on lui propose de travailler dans le bar d'à côté pour payer ses réparations, elle refuse catégoriquement. N'est-elle pas censée partir en vacances ? Curtis, le policier du bourg, ne lui laisse qu'une alternative : soit elle obtempère, soit il l'envoie en prison.

Si elle lui obéit, ce n'est certainement pas parce qu'il possède les yeux verts les plus captivants qu'elle ait jamais vus. Ni à cause de sa carrure d'athlète. Oh que non ! Bien qu'absolument irrésistible, ce type est intraitable et dépourvu de tact. Mieux vaut ne pas le fâcher. En outre, Estelle ne peut plus compter sur l'aide de personne depuis qu'elle vit au Québec et que son fiancé l'a larguée comme une vieille chaussette.

****

Avertissement :

Ce roman est une œuvre de pure fiction. En conséquence, toute ressemblance, ou similitude avec des personnages, des organisations et des faits existants ou ayant existé, ne saurait être que coïncidence fortuite.

Partie 1

Quand vous vous levez le matin, remerciez pour la lumière matinale.

Remerciez pour votre vie et votre force.

Remerciez pour la nourriture et pour la joie de vivre.

Et si vous ne voyez aucune raison de remercier, soyez assuré que la faute vient de vous.

Tecumseh, Chef des Shawnees (1768-1813)

1

Boulette : petite boule de viande, de pâte.

Estelle Duval

Samedi 28 juillet 2018

L'avantage majeur lorsqu'on est célibataire, c'est qu'on peut aller où on veut quand on veut. Nul besoin d'en référer à quiconque ! C'est mon cas, vu que je viens de me faire larguer comme une vieille chaussette.

Hier, à la même heure, j'avais encore un fiancé. Un gars rien qu'à moi qui m'avait promis le mariage pour le printemps prochain. Je le croyais sincère. Pourquoi aurais-je douté d'un homme qui m'appelait sa « boulette adorée » ? Quoique ! À bien y réfléchir, j'aurais dû me méfier. Boulette, boule, ballon, montgolfière, c'est un peu pareil, non ? Je ne suis pas grosse, j'ai juste des formes. En haut et en bas. À l'évidence, mon cornichon d'ex-fiancé préfère les planches à repasser puisqu'il m'a remplacée par une asperge sans relief.

Nous avions projeté de passer nos vacances d'été en amoureux dans le parc national du Saguenay. Je me faisais une joie d'aller voir les baleines dans le fjord éponyme. Tout avait été planifié depuis plusieurs mois. Les villes étapes, les campings, les restaurants… Tout, sauf le fait que le Cornichon me tromperait avec la première danseuse de notre troupe. Un beau brin de fille qui a tout ce que je n'aurai jamais.

Allons-y ! Énumérons les atouts que l'Asperge cumule et que le Cornichon semble apprécier tout particulièrement. Elle est blonde aux longs cheveux soyeux. Je me traîne une tignasse brune et frisée, constamment emmêlée. Les yeux de l'Asperge sont d'un bleu océan.

Les miens sont juste marron. L'Asperge est gracieuse et toujours souriante. Elle danse divinement bien. Je me contente de créer des ballets et je m'énerve à longueur de temps. Normal ! Je suis la chorégraphe de *Contre Temps Danse*, une compagnie de danse contemporaine basée dans la ville de Québec. Mes danseurs ont beau avoir été triés sur le volet – le Cornichon et l'Asperge en sont –, ils sont plutôt durs de la feuille. Je ne compte plus le nombre de fois où je leur ai crié après pour me faire comprendre !

Pour en revenir à l'événement qui m'a rendue célibataire, il est survenu de façon très brutale ! C'était hier. Au lendemain de mon vingt-huitième anniversaire. Bonjour, le cadeau ! J'avais passé mon après-midi à faire des courses en prévision du voyage. En rentrant à l'appartement que je partage avec le Cornichon depuis presque un an, je ne l'y ai pas trouvé. Il avait vidé ses tiroirs. Envolées, ses affaires ! Volatilisée, sa photo le représentant en compagnie de sa sœur et de sa mère ! Il avait laissé sur le lit une lettre rédigée à la va-vite. Dessus, j'ai pu lire quelques mots m'annonçant qu'il partait vivre avec l'Asperge.

J'ai beaucoup pleuré. Deux étuis de mouchoirs ont été utilisés dans l'heure qui a suivi cette découverte. J'ai également fait beaucoup de ménage, afin d'effacer toute trace de mon ex-fiancé dans ce qui restera mon appartement. Un appartement de célibataire. Et vu que mes valises étaient prêtes, et que le Cornichon avait eu la décence de ne pas embarquer ma voiture, je suis tout de même partie en vacances. De toute manière, ma troupe de ballet ne travaille pas pendant le mois d'août. Je ne vais certainement pas demeurer à Québec à me morfondre. Quant à rentrer en France pour épancher mon chagrin sur l'épaule de papa ou maman, il ne faut pas y penser. Ce serait la honte interplanétaire ! Ce serait surtout apporter de l'eau à leur moulin ! Mes parents n'avaient-ils pas prédit que mon expérience québécoise serait vouée à l'échec ? Ne m'avaient-ils pas prévenue que les hommes de ce pays étaient trop volages ? Plutôt crever que de leur donner raison !

Quoi qu'il en soit, il faudra bien que je me rende à l'évidence : le grand Amour n'est pas fait pour moi. Comme aucune fée ne s'est penchée sur mon berceau, je n'ai pas hérité d'un physique facile ni d'un caractère docile. Les hommes me font toujours sentir que je ne suis pas la femme de leurs rêves. Les rares fois où je me trouve un petit ami, ma relation se termine toujours de la même façon. Je suis cocufiée ignominieusement, avant d'être jetée au rebut.

Confortablement installée au volant de ma Toyota Corolla, je tente d'envisager l'avenir avec optimisme. Je vais aller me ressourcer dans la nature, respirer du bon air, faire du sport, manger sainement, et au bout d'un mois de ce régime-là, je reviendrai avec quelques kilos en moins et gonflée à bloc. Avec la patate ! Le Cornichon et l'Asperge pourront toujours se dandiner sous mes yeux, je m'en tiendrai à exercer mon métier de chorégraphe avec professionnalisme et passion. L'amour de la danse passe avant tout ! À cette seule pensée, j'éclate de nouveau en sanglots. Pour la troisième fois depuis que j'ai quitté Québec, un mouchoir imbibé de mes larmes finit dans le vide-poche. Trois mouchoirs en moins d'une demi-heure, ça commence à faire beaucoup ! Il va falloir que je freine un peu sur ma consommation.

Les yeux embués, je rate une sortie, au niveau d'un point de bifurcation, ce qui oblige mon GPS à recalculer l'itinéraire pour Saguenay. C'est certainement pour cette raison que je me retrouve sur une voie peu fréquentée, bordée de petites maisons toutes identiques, au lieu de rouler sur la route 175 en direction du nord. Contrainte de ralentir, vu le mauvais état de la chaussée, j'avise une station essence et décide de m'y arrêter. En effet, rien ne dit que j'aurai l'occasion de faire le plein avant longtemps.

Mais en ouvrant la trappe à carburant de mon véhicule, j'ai soudain l'impression de vivre un grand moment de solitude. Outre le fait que l'endroit est réellement désert, la nature de ce que je dois mettre dans mon réservoir me laisse perplexe. Essence sans plomb ou diesel ? Je n'en ai aucune idée puisque c'était le Cornichon qui, jusqu'à présent, s'occupait de ma voiture. Depuis que je suis venue habiter au Canada, pour suivre ce sale type rencontré à Paris, je n'ai jamais approché de près ou de loin une station essence.

Vaillamment, je me penche sur le bouchon du réservoir. Il est jaune. Le mot « gazoline » est inscrit dessus en lettres noires. Gazoline, gasoil, diesel, c'est du pareil au même, n'est-ce pas ? En outre, d'après mes souvenirs, les pistolets des pompes à diesel sont noirs ou jaunes – le vert étant réservé à l'essence sans plomb. Du moins, c'est ainsi que ça fonctionne en France ! C'est décidé, je ferai le plein de ma Toyota avec du diesel.

Une fois mon réservoir rempli à bloc et ma note acquittée auprès du pompiste, je me remets en route. Le sourire aux lèvres, je me félicite d'avoir pu me passer des services du Cornichon. Je n'ai pas parcouru cinq cents mètres dans une nouvelle rue bordée de petites maisons que ma voiture commence à brouter. Inquiète, je rebrousse chemin. Car l'idée que j'aie pu me tromper de carburant trouve immédiatement un écho dans les cliquetis métalliques et les vibrations du moteur.

Je regagne donc la station. Bien m'en a pris ! À peine ai-je arrêté mon véhicule près des pompes à essence que des volutes de fumée blanche s'exhalent de mon capot avant et de mon pot d'échappement. La tuile ! Mes vacances débutent mal. Vraiment mal ! Cependant, je suis loin de me douter à quel point la suite des événements me donnera raison.

2

***Gazoline** : essence liquide, très volatile, obtenue à partir de la distillation du pétrole.*

Estelle

J'aurais préféré ne pas céder à la panique. Contrairement aux membres de ma troupe de ballet, je déteste me donner en spectacle, gesticuler ou hurler. Lorsque ça m'arrive, c'est uniquement parce que mes benêts de danseurs peinent à exécuter mes chorégraphies ! Mais la fumée blanchâtre qui s'échappe du capot s'épaissit dangereusement. Qui sait si mon moteur n'explosera pas d'une seconde à l'autre ? Mue par un suprême instinct de conservation, je saisis mon sac à main, bondis hors de ma Toyota Corolla et me précipite dans la boutique de la station essence.

— Au feu ! m'écrié-je, tout en ouvrant la porte vitrée à la volée.

Pour toute réponse, le pompiste derrière son comptoir hausse les épaules. Les yeux rivés sur son livre, le vieil homme aux cheveux blancs noués en catogan et à la peau tannée, sillonnée de rides, ne m'adresse pas un regard. Rien ne m'irrite plus que l'indifférence. Je n'aime pas que les gens m'ignorent. Déjà, tout à l'heure, il ne m'avait pas parlé pendant que je payais mon plein. Décidément, son allure placide me met les nerfs en pelote.

— Je vous en prie, venez m'aider ! Ma voiture est en train de brûler, continué-je d'une voix un peu trop haut perchée à mon goût.

— Fumée blanche apporte bonheur et paix ! décrète-t-il d'un ton solennel.

— Quoi ? Mais vous plaisantez ? Donnez-moi tout de suite un extincteur !

Il lève ses yeux noirs au ciel et pousse un grand soupir. Son immobilité face au drame que je vis est tout bonnement insupportable. Pour un peu, j'en pleurerais.

— Vous devriez vous réjouir plutôt que de vous lamenter, poursuit-il avec des airs de bonhomie exaspérants. La fumée blanche est un présage de bonheur. Vous verrez, dans les prochains jours, votre vie subira des changements. Ils seront positifs et agréables, si vous parvenez à les apprécier.

— Zut ! Autant parler à un mur ! grogné-je avant de me mettre à hurler. Mais vous allez vous bouger le train ? Parce que si vous ne faites rien, je vous prédis une explosion cataclysmique.

— OK ! OK ! Je vais aller voir ça ! Mais faudra vous calmer, ma petite dame.

Se décidant enfin à agir, le pompiste plie un coin de page, referme son livre et me suit jusqu'à ma voiture. Le capot continue de cracher de la fumée, ce qui devrait être une raison suffisante pour l'ouvrir et jeter un œil dessous. Eh bien, non ! Le vieil homme aux cheveux blancs l'évite soigneusement et s'assoit sur le siège conducteur. Quant à moi, je ne décolère pas. Ma Toyota est en train de se vaporiser – mes vacances avec, par la même occasion ! –, et monsieur « Zénitude » ne trouve rien de mieux à faire que de lire une notice ramassée dans la boîte à gants.

— C'est une voiture à essence ! déclare-t-il après être ressorti du véhicule.

— Et alors ?

— Alors, il vaut mieux s'abstenir de mettre du diesel dedans.

— Je n'ai pas mis de diesel dedans ! mens-je avec mauvaise foi.

Je l'ai juste remplie de gazoline ! Et à ras bord, s'il vous plaît !

— Je vous ai vue forcer pour insérer le pistolet de la pompe dans votre réservoir.

— Peut-être ! En attendant, mon moteur fume toujours ! répliqué-je sèchement, tout en bouillonnant de l'intérieur.

— Il fume, mais il n'explosera pas. Vous avez beaucoup de chance ! Parce que si vous aviez versé de l'essence dans une voiture diesel, elle vous aurait sauté à la figure !

— J'ai mis du diesel parce qu'il y avait écrit « gazoline » sur le bouchon du réservoir. Gazoline, gasoil, c'est la même chose, non ?

— Vous n'êtes pas d'ici, vous ! Ça s'entend à votre accent.

— Je viens de Paris, lui expliqué-je, tout en me rengorgeant.

— On ne vous apprend pas le français, en France ? La gazoline, c'est de l'essence, pas du diesel !

Non, mais il délire ou quoi ? Depuis onze mois que je vis ici, les gens ne cessent de se polariser sur mon accent. Certains s'en moquent, d'autres me demandent de parler moins vite. Mais jamais au grand jamais personne ne m'a traitée d'analphabète. Même le Cornichon, qui s'exprime parfois dans un drôle de jargon, n'a pas fait référence à nos différences de langue et de culture dans sa lettre de rupture. Dois-je rappeler à cet ignare de pompiste que le français vient de France ? Ayant étudié dans une filière littéraire avant de me tourner vers la danse, je maîtrise la langue de Molière à la perfection.

En revanche, monsieur « Zénitude » a raison sur un point. Il vaudrait mieux que je me calme si je veux pouvoir bénéficier de son aide et me sortir de ce mauvais pas.

— Et je fais quoi, maintenant ?

— Pour commencer, votre voiture ne doit plus rouler. Il faudra ensuite purger le circuit d'essence. C'est bizarre tout de même que vous ayez pu insérer le pistolet dans le réservoir. Normalement, il y a un détrompeur qui rend la manipulation impossible. Estimez-vous heureuse que le garage soit juste à côté d'ici. Jean pourra vous dépanner.

Jusqu'à présent, mon univers se résumait à ma Toyota et à l'épaisse fumée blanche qui l'entourait. Me forçant à élargir mon champ de vision, je découvre que la station essence est située au croisement de deux routes à quatre voies. Depuis un bon moment, pas un véhicule ne les a empruntées. Il n'est que 10 heures du matin, pourtant il fait déjà chaud. Le soleil règne en maître dans un ciel bien bleu. Il brûle l'asphalte, fait onduler l'air au-dessus et éclaire des alignements de maisons gris clair à un niveau. Elles se ressemblent toutes. Partout où le regard se porte, elles bordent de larges trottoirs dépourvus de végétation.

Scrutant un peu plus en détail les alentours, je finis par distinguer un atelier d'artiste dans l'une des rues débouchant sur le carrefour. Des poteries de toutes tailles sèchent juste devant. Trois maisons plus loin, c'est une galerie de peinture qui m'apparaît. Encore plus loin, des rectangles de tissus bariolés pendent à des cordes tendues entre des poteaux électriques.

— Non, pas par-là ! me dit monsieur « Zénitude », qui me tapote l'épaule pour attirer mon attention. Le garage de Jean est juste en face.

En effet, à l'endroit indiqué par le pompiste se tient un atelier de réparation de voitures. De nombreux véhicules sont garés sur le trottoir improvisé en parking. Une route et quelques mètres seulement me séparent de ce garage béni. Mais comment s'y rendre si ma Toyota ne peut plus démarrer ?

— Et maintenant, il faut pousser ! ajoute monsieur « Zénitude », qui semble avoir lu dans mes pensées.

Sans même me demander mon avis, il retrousse les manches de sa chemise rouge à carreaux, puis empoigne le volant d'une main et la portière de l'autre. Ainsi positionné, il entame la manœuvre pour faire avancer ma voiture.

— Allez, on s'y met !

Quelques secondes plus tard, je me retrouve à pousser ma Toyota Corolla, tout en maudissant le Cornichon de m'avoir fourrée dans un tel bourbier.

3

***Trottinette** : petite automobile, généralement de faible puissance et qui fonctionne sans essence.*

Estelle

Si jusqu'à présent j'estimais que ma situation ne pouvait être plus désespérée, c'était parce que je n'avais pas encore rencontré Jean, le garagiste. En voyant ce dernier sortir de son atelier, je comprends que ma descente aux enfers ne fait que commencer.

C'est un petit homme râblé d'une cinquantaine d'années et au crâne chauve. Bien que vêtu d'un simple bleu de travail, il impose le respect et le silence. Son visage rond aux joues de bouledogue ne prête pas à la rigolade. Et ses yeux qui dardent des éclairs sont plus flamboyants que toutes ces carrosseries de voitures brûlant au soleil dans l'attente d'une réparation. Aussi, je ne pipe mot quand il s'avance vers moi. Je parie qu'il va se mettre à aboyer.

— Encore une éclopée ! Mais ça n'en finira donc jamais ? gronde-t-il tout en reniflant l'air de son nez épaté.

Gagné ! Un chien n'aurait pas fait mieux ! Un peu effrayée par les braillements de monsieur « Bouledogue », je me tasse sur moi-même et regarde mes pieds. A-t-il prononcé ces paroles parce que ma Toyota est cabossée de partout ou en raison de mon boitillement ? Pour pousser ce mastodonte d'acier jusqu'au garage, j'en ai vu de toutes les couleurs. En effet, le pompiste m'a laissée fournir la totalité de l'effort, se contentant de tenir le volant et de donner des ordres. Résultat des courses : je sue à grosses gouttes, ma cheville me fait mal, et deux ongles ont cassé. La poisse ! Et dire que je venais tout juste de m'offrir une manucure pour plaire au Cornichon !

— Salut, Jean ! Tu as encore des soucis ? demande calmement monsieur « Zénitude », dont la chemise n'est même pas trempée.

— Salut, Alphonse. Ouais, je croule sous le travail, lui répond monsieur « Bouledogue », qui s'essuie les mains sur sa combinaison bleue toute tachée, avant de serrer celle du vieil homme aux cheveux blancs. Avec le pow-wow qui approche, tout le monde veut tout immédiatement. C'est quoi, ça ?

— Une nouvelle cliente ! Elle a mis du diesel dans une voiture à essence.

— Pas possible ! Elle a dû forcer comme une malade pour introduire le pistolet dans le réservoir.

— J'en ai bien l'impression.

— Si ce n'est pas une honte de martyriser une aussi belle pouliche ! ajoute monsieur « Bouledogue », tout en tapotant le capot de ma Toyota comme s'il avait affaire à une jument.

— Elle ne savait pas. Elle n'est pas d'ici.

— Pff ! Ça prend le volant, et ça n'est même pas fichu de s'occuper d'une voiture. Ça devrait circuler à vélo ou à trottinette !

Me sentant insultée, je vois rouge. Le sang me monte aux tempes, et l'envie d'en découdre me saisit.

La dénommée « ça » t'emmerde ! me retiens-je de hurler.

J'aimerais expliquer au garagiste ce que je pense de ses réflexions à la noix, mais le vieil homme aux cheveux blancs ne m'en laisse pas le loisir.

— Tu te noies dans un verre d'eau, Jean ! Comme toujours ! Tu ne vas tout de même pas refuser d'aider une demoiselle en détresse. Et puis, il n'y a pas grand-chose à faire pour réparer. Il faut juste vidanger.

— Oui, ce n'est pas… commencé-je, ne souhaitant plus faire tapisserie.

Monsieur « Bouledogue » me coupe la parole avant que j'aie pu appuyer les propos du pompiste.

— Ça, c'est toi qui le dis, Alphonse ! J'en ai pour une bonne journée de travail. Et de toute manière, ce ne sera pas pour tout de suite. Elle passera après toutes mes urgences, réplique-t-il, tout en désignant son parc à voitures d'un grand geste de la main.

— Une journée ? m'écrié-je, atterrée.

— Comment ça, une journée ? renchérit monsieur « Zénitude ». Tu ouvres le bouchon de purge, et c'est terminé !

— Le moteur a souffert, rétorque le garagiste, qui continue de m'ignorer. Avec toute la fumée qu'il a crachée, il y a de fortes chances pour qu'il soit endommagé. Je vais devoir vidanger, nettoyer tout le circuit, changer le carburateur… J'en passe et des meilleurs !

— N'importe quoi ! Tu as bien mérité ton surnom de Castor Peureux !

— Parce que c'est toi qui m'aideras ? Mon apprenti est malade. J'ai la Honda Civic du Grand Chef sur le pont. Hors de question de l'en descendre avant d'avoir trouvé pourquoi son moteur ronfle…

Dans cette conversation aux allures de match de tennis, il m'est impossible de prévoir où la balle tombera. Je ne sais plus à quel saint me vouer. L'espoir le dispute à l'appréhension en permanence. Je ne cherche même pas à comprendre ce que les deux hommes racontent. La seule chose qui m'importe est de savoir si je réussirai à m'extirper de ce trou à rats. Préoccupée par mon propre devenir, je ne m'aperçois de la présence d'une tierce personne que lorsqu'une main m'effleure le crâne, ce qui me fait sursauter.

— Vos cheveux ! Ils sont magnifiques ! me murmure une voix rocailleuse dans mon dos.

Aussitôt, je décroche de la discussion et me tourne vers la nouvelle arrivante. Une jeune femme brune très maigre et très pâle, aux grands yeux noirs. Elle doit bien avoir la trentaine, soit environ mon âge. Je lui trouve des airs d'épouvantail avec son jean et son débardeur bien trop larges. Les touffes de fins cheveux qui s'échappent de dessous son chapeau de paille parfont le tableau. Au secours ! Sortez-moi de là !

— Je… Merci… bégayé-je, prise au dépourvu.

— Vraiment très beaux ! On doit vous le dire souvent, non ?

— Oui, oui.

En fait, non ! Le Cornichon appréciait particulièrement mes fesses, mais jamais il ne m'a complimentée sur mes cheveux.

— Moi, c'est Nicole. Et vous ? me demande la jeune femme aux grands yeux noirs, tout en me tendant une main.

Je la serre maladroitement.

— Je…. Mon nom… Estelle.

Peut-on m'expliquer pourquoi je bafouille ? Je ne suis pourtant pas du genre à perdre mes moyens. Est-ce parce que cette femme s'est agrippée à une mèche de mes cheveux ? Elle ne veut plus la lâcher. La fixité de son regard me met réellement mal à l'aise.

— Ne vous inquiétez pas pour votre voiture, mademoiselle, poursuit-elle de sa voix râpeuse comme une lime. Jean est toujours bourru avec les étrangers, mais il n'a pas mauvais fond. Pas vrai, Alphonse !

— Salut, Nicole. C'est ton jour de relâche, aujourd'hui ? lui dit le pompiste, qui interrompt sa conversation avec le garagiste pour se tourner vers elle.

— Salut, Alphonse. Non, je suis juste venue voir si ma voiture était prête, et ensuite, je repars travailler.

— Salut, Nicole, intervient monsieur « Bouledogue », tout en esquissant une grimace qui ressemble à un sourire. Faudra attendre un petit peu. Notre Grand Chef passe avant tout le monde. Il a besoin de son véhicule pour rencontrer le directeur de Loto-à-Québec demain.

— Toujours pour cette histoire d'implantation d'un casino sur la réserve ?

— Oui.

— Tu pourrais lui prêter une voiture, lui suggère monsieur « Zénitude ».

— Et pour moi ? hasardé-je, de plus en plus stressée à l'idée de demeurer coincée ici.

— Pour vous, ce sera 600 dollars si vous voulez avoir votre Toyota ce soir !

— 600 dollars ? m'écrié-je, complètement désemparée.

Du coup, je ne réagis pas lorsque Nicole glisse ses doigts dans mes cheveux pour les démêler.

— Tu n'y vas pas de main morte ! proteste le pompiste. C'est dispendieux !

— C'est une belle somme ! rebondit ma coiffeuse improvisée, qui maintenant s'attelle à me tresser une natte.

Moi, ce que je pense, c'est que je suis en train de me faire plumer comme un pigeon ! Mais quel autre choix ai-je à ma disposition ? Appeler une dépanneuse me coûterait plus cher, et mes vacances seraient définitivement gâchées. Même si je parvenais à contacter le Cornichon, je ne pourrais attendre aucune aide de sa part. Il ne me reste plus qu'à accepter de payer.

— Oui, c'est cher ! leur répond monsieur « Bouledogue ». Mais c'est ça ou elle s'achète une trottinette ! Et c'est réglable d'avance.

Toujours sous le choc, j'ouvre mon sac à main. Ma chevelure compte déjà une tresse lorsque le garagiste repousse la carte bancaire que je lui tends.

— Je ne prends que du liquide.

— Mais je n'en ai pas ! croassé-je, de plus en plus déstabilisée.

— Il y a un distributeur de billets sur la place du Totem, me dit gentiment le pompiste, qui décidément est bien le seul être compatissant de ce maudit endroit.

— Je peux vous y conduire si vous voulez !

Tandis que Nicole achève de formuler sa proposition, une deuxième natte se termine. Hochant la tête comme un automate, je lui emboîte le pas jusqu'au carrefour. Marchant côte à côte, nous le traversons, puis nous nous engageons sur la route d'en face. Deux cents mètres plus loin, nous tournons à droite dans une ruelle.

Tout du long, le soleil frappe de ses rayons obliques les alignements de maisons basses, ce qui nous procure un peu d'ombre. Plus nous avançons, plus nombreux sont les gens qui croisent notre chemin. Tous ont les bras chargés de cabas et de sacs. Nicole semble bien les connaître, puisqu'elle a toujours un petit mot gentil pour eux.

La place piétonne sur laquelle nous débouchons est bordée de commerces et de restaurants. En son centre se dresse un labyrinthe d'étals bigarrés, regorgeant de produits frais. C'est jour de marché. Il y règne une animation qui contraste avec le calme des rues adjacentes. Un vacarme de palabres et de marchandages emplit l'espace sonore, qu'un roulement de tambour essaie de rythmer. Par-dessus ce brouhaha de couleurs, on distingue le haut d'un totem tout en bois. Preuve que nous sommes arrivées à destination !

— C'est ici que je travaille, m'explique Nicole, tout en désignant la devanture d'un bar.

Là encore, je ne réplique pas. Ma cheville me fait toujours souffrir, et il me tarde d'en finir avec toute cette histoire. Je vais me dépêcher de tirer de l'argent et de le rapporter au garagiste. Ainsi, il pourra commencer les réparations. Pendant que Nicole entame une troisième natte dans ma chevelure, j'insère ma carte bancaire dans le distributeur de billets attenant à une boutique d'artisanat. Distributeur qui s'avère être… en panne ! Dites-moi que je ne suis pas maudite !

— C'est ennuyeux ! s'exclame Nicole.

Ennuyeux ? Un bouton sur le nez, c'est ennuyeux. Un ongle cassé, c'est ennuyeux. Mais un distributeur en panne, c'est carrément horrifique !

— Y a-t-il un autre distributeur de billets dans les environs ? demandé-je, pleine d'appréhension.

— Non, c'est le seul de la réserve.

Re-la poisse ! Comment vais-je payer monsieur « Bouledogue » ? Pas en nature, j'espère ! Le crâne pourvu d'une cinquième tresse, je rumine ma colère. J'ai envie de casser quelque chose. N'importe quoi ou n'importe qui ferait l'affaire. Pas le distributeur ! Il a déjà eu son compte ! Nicole constituerait un exutoire idéal, si seulement quelques passants ne s'étaient pas arrêtés pour nous dévisager. Et si elle n'était pas l'une des deux seules personnes susceptibles de me venir en aide !

4

***Scalper** : détacher la peau du crâne avec un instrument tranchant.*

Estelle

Les poches vides et le crâne couvert de tresses, je regagne le garage en compagnie d'une Nicole très bavarde. Malgré la masse des soucis qui s'est amoncelée sur ma tête, je l'écoute avec attention. Loin de me rassurer, ses révélations accroissent mon malaise.

J'apprends ainsi que je suis coincée dans une réserve indienne. La réserve de Mendake. Tous les gens que j'ai rencontrés depuis le début de ma mésaventure sont des Hurons-Wendats. Des Indiens d'Amérique. Des vrais ! Comme dans les westerns. Étonnant autant qu'inquiétant !

Pourtant, aucun d'eux n'a la peau rouge ! Beaucoup sont blancs comme des cachets d'aspirine. Le pompiste est bien un peu bronzé, mais sans plus. Leurs habits ne diffèrent pas des miens. Je n'ai vu ni plumes ni fragments d'os pendre à leur cou. En revanche, la fascination qu'exerce ma chevelure sur Nicole est bien réelle. Aurait-elle l'intention de me scalper ? Oh non ! Je ne veux pas finir chauve comme un œuf. Et comment réagira monsieur « Bouledogue » lorsque je lui annoncerai que je n'ai pas son argent ? M'attachera-t-il à un totem rituel pour me laisser pourrir au soleil ? La somme de ces funestes perspectives me fait froid dans le dos.

De retour au garage, je retrouve Alphonse et Jean en grande discussion auprès de ma Toyota. Maintenant que je connais leur origine, je les dévisage avec plus de curiosité que jamais. Non, décidément, ils ne ressemblent pas à l'image que je me faisais des Amérindiens. En outre, hormis un léger accent québécois, ils parlent un français impeccable.

— Le distributeur de billets était en panne, déclare tout de go Nicole, m'ôtant les mots de la bouche.

— Alors, pas de voiture ! tranche monsieur « Bouledogue », qui croise les bras sur sa poitrine d'un air buté.

— Mais j'ai cet argent sur mon compte, protesté-je, affolée. Vous pourriez… Je ne sais pas, moi… Par exemple, je pourrais payer les 600 dollars à monsieur Alphonse avec ma carte bancaire, et il vous les reverserait en liquide.

— C'est malheureusement impossible ! me répond monsieur « Zénitude » d'un ton sincèrement désolé. Je n'ai pas le droit de sortir de l'argent du tiroir-caisse.

Nicole a beau me caresser gentiment les nattes, je n'en retire aucun réconfort. Je ne vais pas tarder à partir en vrille. Trop de menaces pèsent sur mes épaules. Comme celle de me faire scalper. Ou encore de rester piégée ici. Du coup, mon cerveau se met à fonctionner à plein régime et à proposer des solutions audacieuses.

— Ou bien… l'un de vous pourrait me conduire au distributeur de billets le plus proche, ce qui me permettrait de tirer de l'argent.

— Le distributeur le plus proche est à dix kilomètres d'ici, m'annonce ce rabat-joie de monsieur « Bouledogue ».

— Je n'ai pas le droit de quitter mon poste à la station essence.

— Et moi, ma voiture est en panne, renchérit Nicole.

— Dans ce cas, prêtez-moi un véhicule ! m'écrié-je avec des trémolos dans la voix.

— C'est 50 dollars ! Payable d'avance et en liquide !

Si quelques heures plus tôt, j'avais simplement envie de pleurer la perte de mon fiancé, maintenant, la rage et le désespoir se surajoutent à ma tristesse.

— Mais enfin, vous n'allez pas me laisser moisir ici ! hurlé-je, au bord de la crise de nerfs.

— C'est quoi, tout ce raffut ? Quelqu'un va-t-il m'expliquer ce qui se passe ici ?

La voix qui a tonné derrière moi me fait taire sur-le-champ. Je prends une grande inspiration et je me fige, préférant éviter une déception. Car nul physique n'est capable d'égaler une telle voix. Sa profondeur, son velouté ne peuvent appartenir qu'à un Adonis. Un homme parfait, venu me sortir de ce mauvais pas !

— Elle ne veut pas payer les réparations de sa voiture. Alors, je ne répare pas ! bougonne le garagiste.

— C'est vrai, ça ? continue la voix.

Toujours occupée à imaginer quel type d'homme peut faire vibrer ses cordes vocales de façon aussi harmonieuse, je ne réponds pas. Il doit être excessivement beau. J'en ai pour preuve le regard admiratif avec lequel Nicole le fixe.

— Hé ! C'est à vous que je parle, mademoiselle !

Comme je ne me tourne toujours pas, une main se pose sur mon épaule pour m'y inciter. Une onde de chaleur se répand aussitôt dans tout mon corps, mettant mes nerfs à vif. L'homme venu me sauver me fait pivoter vers lui. Et là, c'est le choc ! Car l'individu qui me fait face est divinement bien assorti à la voix. Oh que oui ! Il a tout ce qu'il faut, là où il faut ! Même le Cornichon, qui est plutôt beau gosse, ne lui arrive pas à la cheville.

Tout d'abord, il est large d'épaules et grand. Très grand. Je suis obligée de lever la tête pour plonger mes yeux dans les siens. Des yeux d'un vert émeraude, brillant comme des lampes-torches et bordés de longs cils. Il tourne le dos au soleil de sorte que, dans un premier temps, je ne distingue qu'une auréole de cheveux noirs et fins, baignés de lumière. Voletant dans l'air chaud du matin, ils me donnent envie de les recoiffer. Son visage aux traits anguleux dégage énormément de force et de sérieux. Et sa bouche aux lèvres pleines exerce sur moi une irrésistible séduction. Loué soit le Cornichon, qui a ravagé mon petit cœur d'artichaut ! Me voilà à l'abri du coup de foudre !

Il porte un costume d'officier de police, ce qui me fait dire que je suis pratiquement tirée d'affaire. Contrairement à beaucoup de ses collègues des grandes villes, qui protestent contre la réforme des régimes de retraite en s'affublant de pantalons à pois, rose fluo ou de camouflage, il est vêtu correctement de la tête aux pieds. Il n'en paraît que plus respectable. Je suis persuadée que le bout du tunnel est proche. Grâce à cet homme envoyé par la providence, ma situation va s'arranger.

— Expliquez-vous, mademoiselle ! Pourquoi ne voulez-vous pas payer ?

Ce sentiment de sécurité que cette voix grave et caressante m'inspire me met immédiatement en confiance. Du coup, je trouve le courage de me livrer et je me transforme en vrai moulin à paroles.

— En fait, je suis sûre que vous rirez bien une fois que vous aurez entendu mon histoire. Parce que tout a démarré par un mauvais concours de circonstances…

Voyant le policier froncer les sourcils, je me ravise et décide d'écourter les explications que j'avais prévu d'étoffer.

— Donc, je venais juste de quitter Québec, lorsque je me suis trompée de route. Mon GPS m'a fait passer par ici. J'en ai profité pour prendre de l'essence…

— Elle a mis du diesel dans son réservoir, intervient le pompiste, dont j'avais presque oublié l'existence. Ça lui a été fatal !

— Oui, c'est tout à fait ça. Je…

— Elle m'a apporté sa Toyota pour que je la lui répare, m'interrompt le garagiste. Sauf que je veux être payé d'avance et en liquide.

— Tu connais Jean ! renchérit Nicole, qui dévore littéralement le policier des yeux. Il est très méfiant avec les étrangers.

Les lèvres entrouvertes, j'essaie en vain d'en placer une. « Allez tous vous faire foutre ! » sont les premiers mots qui me traversent l'esprit, mais je me garderai bien de les prononcer. Je ne souhaite pas donner une mauvaise image de moi au bel homme venu me sauver. Quel âge peut-il bien avoir, au fait ? 30… 35 ans ! Soit à peu près l'âge du Cornichon. Pendant que je me creuse la tête pour savoir comment reprendre la parole, mes interlocuteurs continuent d'accommoder la vérité à leur sauce. Monsieur « Bouledogue » est le plus désagréable de tous, puisqu'il ne cesse de me traiter d'arnaqueuse. Mais le charmant policier est beaucoup trop intelligent, selon moi, pour croire ses affabulations.

— Eh bien ! Je pense avoir compris le problème, conclut ce dernier, tout en me dévisageant de son regard revolver. Si vous croyiez nous avoir à l'esbroufe, mademoiselle, c'est raté ! Vos tentatives de manipulation ne fonctionnent pas chez nous. Pas d'argent, pas de voiture ! Soit vous donnez les 600 dollars en liquide à Jean, soit je vous verbalise pour abus de confiance et abandon d'épave sur la voie publique.

— Pardon ?

Je ne m'attendais pas à autant de dureté de la part d'un type au physique de rêve. Lorsqu'on a une voix à mettre enceinte une femme à plus de dix mètres, on ne devrait pas avoir un esprit aussi retors. Ça devrait être interdit par la loi !

— Je vous assure que je n'ai pas l'intention d'abandonner ma Toyota sur le trottoir, ajouté-je, désireuse d'apaiser les tensions par des paroles sages. Tout ce que je souhaite, c'est reprendre la route au plus vite. Je repartirai dès que ma voiture sera réparée.

— Ce qui n'arrivera pas, vu que vous ne pouvez pas payer ! me dit le policier, un brin sarcastique. Suivez-moi au poste !

— Mais…

— Tu ne vas tout de même pas jeter Estelle en prison ! hasarde timidement Nicole, qui s'est de nouveau accrochée à mes tresses, comme si elle cherchait à me retenir.

— Bien sûr que si ! Soit elle paie tout de suite, soit elle finit en taule.

— Mais j'ai…

— La prison, c'est démesuré ! intervient monsieur « Zénitude ». Pourquoi ne te contentes-tu pas de lui dresser une contravention ?

— Parce qu'elle ne pourrait pas la payer, pardi ! ricane le policier.

— Mais j'ai l'argent…

— Quelqu'un peut me dire ce que je fais de la Toyota qui encombre le passage ? grogne monsieur « Bouledogue ».

— Garde-la en fourrière.

Hé, monsieur « Tue-l'amour » ! Tu vas me laisser terminer ma phrase, oui ou non ? m'énervé-je intérieurement avant d'exploser.

— Y a-t-il un mot que vous ne comprenez pas quand je vous dis que j'ai l'argent sur mon compte et que je peux payer en carte bancaire ?

— Faites un peu attention à vous, mademoiselle, et baissez d'un ton ! réplique vivement le policier tout en pointant un doigt menaçant vers moi. Vous êtes en train d'insulter un représentant de la loi. Ça va vous coûter cher !

— Hé oh ! Je n'insulte personne, moi ! Est-ce que je vous ai traité de con ? Non ! Je dis simplement que si vous me conduisiez à un distributeur de billets qui fonctionne, je vous prouverais que j'ai ce fichu argent et que je peux payer mes réparations.

— Ah, ça non ! vocifère-t-il. On ne me la fait pas, celle-là ! Je vous ai percées à jour, vous et vos manigances ! Ça croit que ça peut m'entraîner en dehors de la réserve, où je n'ai plus aucun pouvoir, et me faire le coup de la femme blanche qui a été kidnappée par le méchant Indien ?

— Mais n'importe quoi ! hurlé-je, furieuse. J'essaie juste de trouver une solution.

Pour le coup, je me verrais bien le traiter de con.

— Votre solution est foireuse, mademoiselle.

Notre échange houleux s'arrête brutalement, comme il sort une paire de menottes de son veston. Nicole étouffe un petit cri, le garagiste fait craquer les articulations de ses doigts, puis le silence retombe. Carrant les épaules et redressant le menton, j'affronte bravement le regard narquois de monsieur « Tue-l'amour ». Il s'avance d'un pas vers moi et m'attrape un poignet, qu'il menotte. Les lèvres pincées dans une moue de mépris, je ne proteste pas. Puis il en fait autant avec mon second poignet. Là encore, je ne me débats pas.

À quoi bon ? Paranoïaque comme il l'est, il serait bien capable de m'abattre froidement si je m'avisais de lui tenir tête. Je me contente donc de le toiser avec un majestueux dédain. Attitude que j'ai développée et perfectionnée au cours de mon adolescence, quand mes camarades de classe se moquaient de mon excès de poids. Cependant, derrière le masque figé de mon visage, la révolte gronde. Insultes et sobriquets fusent. « Gros connard de première » figure au haut de la liste.

Un sourire railleur au coin des lèvres, celui dont les oreilles doivent forcément siffler me dévisage d'un air satisfait. Oh, ce qu'il peut être exaspérant ! Il mériterait que je lui donne un bon coup de pied dans ses bijoux de famille.

— Vous êtes en état d'arrestation, mademoiselle. Suivez-moi au poste, commence-t-il, tout en tirant sur la paire de menottes.

Malgré ma douleur à la cheville, je m'arc-boute des pieds pour résister à la traction. Histoire de ne pas lui offrir une victoire trop facile ! Si je me tortillais un peu, je pourrais même m'emparer de mon téléphone portable. Pour appeler qui ? Mes parents ? En cette saison, ils se prélassent sur un bateau de croisière, en plein milieu des îles grecques. Le Cornichon ? À l'heure qu'il est, il doit certainement lézarder dans son lit, avec une Asperge au creux de ses bras. La police ? Ah, ah, la bonne blague ! Ils croiront à une mauvaise plaisanterie si je leur annonce que l'un des leurs est en train de me molester. Quant à contacter un avocat, jamais ! Ma carte de résident permanent arrivant à expiration, j'ai tout sauf envie d'attirer l'attention des autorités sur moi. On risquerait de me refuser la citoyenneté canadienne.

— Vous n'avez pas le droit ! m'écrié-je avec l'énergie du désespoir.

— Bien au contraire ! J'ai tous les droits ici. Et vous, vous êtes en droit de garder le silence… me répond-il, avant d'être interrompu par Nicole.

— Pourquoi ne viendrait-elle pas travailler au bar ? On a besoin d'une serveuse en ce moment. Estelle pourrait ainsi gagner l'argent nécessaire aux réparations.

5

***Bâton de parole** : outil servant à réguler la parole au sein d'un groupe.*

Curtis Gervais

En passant les menottes à la petite Française, je pensais avoir remporté une victoire sur elle. J'avais réussi à lui faire fermer son clapet, ce qui n'avait pas été une mince affaire.

Cette fille, c'est le diable incarné ! Avec son visage en forme de cœur, son teint de lait, sa bouche ronde comme une cerise et ses grands yeux noisette, elle a certainement l'habitude d'obtenir tout ce qu'elle désire. Quelques battements de cils, et les hommes se prosternent à ses pieds ! Il lui suffit probablement d'agiter ses fesses rebondies et ses seins en ogive sous leur nez pour les soumettre à sa volonté. Sauf que ça n'agit pas sur moi. Tout d'abord parce que je suis un policier intègre. Mais aussi parce que je sais me tenir et que je ne saute pas sur tout ce qui bouge. Je n'ai pas fréquenté de femmes depuis plus de huit mois, et après ? Ce n'est pas une raison pour succomber à l'attrait du premier soutien-gorge rembourré venu !

Ainsi, je devais l'emmener au commissariat et la laisser macérer dans une cellule de dégrisement. Le temps qu'elle devienne plus docile et qu'elle me témoigne le respect dû à ma fonction. Au bout de quelques heures, elle m'aurait forcément présenté des excuses. Alors peut-être – oui, peut-être ! – aurais-je consenti à aller tirer 600 dollars au distributeur de billets de la ville voisine. Avec la carte bancaire de la demoiselle, bien évidemment ! J'aurais également prélevé 100 dollars supplémentaires pour payer la contravention que je lui aurais dressée. Ça lui aurait fait les pieds, à cette allumeuse !

Pour qui se prend-elle pour saper mon autorité ? Dans la réserve dont mon père est le Grand Chef ! Il m'a fallu des années pour bâtir ma crédibilité en tant que directeur du service de police de Mendake. Les gens me font désormais confiance. Ils savent qu'ils peuvent compter sur mon dévouement et mon intégrité pour les protéger. Que penseraient-ils de moi si je laissais les rebuffades de la petite Française impunies ? Que je me suis ramolli ? Que je n'ai obtenu ce poste que parce que je suis le rejeton du Grand Chef ? C'est ce qui explique pourquoi je devais lui infliger une sanction exemplaire.

Mais l'intervention de Nicole m'oblige à reconsidérer ma position. Je ne veux pas m'opposer à mon amie d'enfance, même si je trouve son idée complètement idiote. Et puis, elle a tant souffert par le passé. Je ne tiens pas à lui faire de la peine. Néanmoins, rien ne m'empêche de me marrer intérieurement en imaginant la petite Française ployer sous le poids d'un plateau trop lourd.

— Je pense que Nicole a raison ! Ce serait plus sage de l'employer au bar Mandella. En moins de deux semaines, elle gagnerait de quoi payer les réparations de sa voiture.

Voilà maintenant qu'Alphonse s'en mêle ! En sa qualité de Sage – l'un des huit membres du Cercle des Sages –, il a son mot à dire. Son avis ne peut être ignoré.

— Deux semaines ! croasse la petite Française, manifestement estomaquée.

— Je suis d'accord avec eux.

Même Jean, alias Castor Peureux, se range à leurs arguments ! Qu'est-ce que cette fille a donc de spécial ? Elle leur a tourné la tête ou quoi ?

— Avez-vous seulement réfléchi aux conséquences de cette décision ? demandé-je, voyant la situation échapper à mon contrôle.

— Mais je ne peux pas rester ici ni encore moins travailler ! Je suis en vacances, moi ! Je dois me rendre… débite d'une traite la petite Française, avant que je la coupe net.

— Écoutez, mademoiselle, je ne veux plus vous entendre. À l'avenir, vous n'aurez le droit d'ouvrir la bouche que quand le bâton de parole sera entre vos mains.

Ce disant, je sors de la poche de mon veston un bout de bois orné de deux plumes blanches et d'un chapelet de perles bleues. Je me félicite d'avoir trouvé cette idée pour lui clouer le bec. Dorénavant, elle se tiendra tranquille. J'y veillerai. Ne suis-je pas censé incarner la loi ? Quiconque s'aventure dans la réserve – ma réserve ! – se doit de m'obéir.

Non, je ne suis pas un fou tyrannique. J'applique simplement des méthodes qui ont fait leurs preuves. Lesquelles consistent à prévenir plutôt que guérir. C'est pour cette raison que j'exerce une pression permanente sur chacun de mes deux mille administrés. Grâce à un système centralisé de caméras de surveillance, mon équipe et moi-même sommes en mesure d'assurer une couverture efficace du territoire. Nous pouvons détecter la moindre irrégularité. Comme un excès de vitesse, l'intrusion d'un gang de rue ou lorsqu'une certaine demoiselle aux yeux de biche fait du grabuge sur la voie publique ! Et ce, sans quitter le commissariat. La réserve n'étant pas bien grande, vu qu'elle s'étend sur moins de deux kilomètres carrés, nous sommes capables d'intervenir dans la minute qui suit.

Ainsi, depuis six ans que je suis à la tête du service de police autochtone de Mendake, je peux m'enorgueillir du taux de criminalité le plus bas de toutes les réserves indiennes. En ayant recours aux nouvelles technologies – telles que la télésurveillance –, j'ai réduit de moitié mes effectifs, ainsi que la fréquence des patrouilles. En conséquence, d'importantes économies ont été réalisées. Lors de la dernière inspection du ministère de la Sécurité publique, ses représentants m'ont félicité sur la modernité de mes installations et la bonne gestion des sommes à ma disposition. Mon action sur le terrain m'a attiré l'estime de mes concitoyens et les louanges de Marc Gros-René, le Chef familial en charge de la sécurité publique de la réserve. Beaucoup de mères aimeraient m'avoir pour gendre. Mon père est bien le seul dont je n'ai pas forcé l'admiration. Si vous saviez à quel point je m'en fous !

Tandis que je brandis l'objet rituel dont je me sers pour régler de nombreux conflits, Alphonse opine du chef en signe d'assentiment. Le craquement des phalanges de Jean salue ma proposition.

— Mais… commence la petite Française.

— Chut ! C'est bien compris ?

Tout en fronçant les sourcils d'un air intimidant, je ramène ma prisonnière vers moi et pose un index sur sa bouche. Une bouche aux lèvres chaudes et onctueuses. À ce contact, elle ouvre de grands yeux étonnés et les plonge dans les miens. Rectification : elle n'a pas les yeux noisette, mais d'un marron très clair, presque couleur d'ambre. Et sa peau n'est pas si laiteuse : deux adorables taches roses colorent maintenant ses joues.

Malgré, ou peut-être à cause de la méfiance qu'elle m'inspire, je frémis d'excitation. Je ne peux nier la force d'attraction qu'elle dégage. Il y a chez cette femme quelque chose de fascinant. Je me verrais bien m'accrocher à ses tresses, ô combien excitantes, et l'embrasser. Une telle réaction serait d'autant plus inopportune que je sais quel malheur a attiré sur ma famille le fait de s'enticher d'une étrangère. Plus grave encore, une certaine partie de mon corps s'est mise à palpiter ! Aussitôt, je cesse de me coller à la dénommée Estelle.

Estelle… Quel joli prénom ! Il s'accorde merveilleusement bien avec cette créature que je devine passionnée. Comme une étoile fraîchement tombée du ciel, elle est venue illuminer ma journée. Sa voix cristalline résonne agréablement à mes oreilles. Sous l'épaisse frange de ses cils, au fond d'yeux pailletés d'or, brûle une flamme impétueuse. Seul un ardent désir a pu l'allumer.

Eh merde, ce n'est vraiment pas le moment de bander ni de s'adonner à la poésie ! Ce sont des éclairs de fureur et non de désir que je vois briller dans son regard. D'ailleurs, il serait grand temps que je me trouve une petite amie pour canaliser cette montée de sève.

Une petite amie qui appartiendrait à mon peuple, qui accepterait de vivre à Mendake et qui ne me tarabusterait pas pour obtenir une demande en mariage. Autant arrêter de rêver ! Une telle perle rare n'existe pas.

— Mais je n'en ai rien à foutre de votre truc machin chose ! explose la petite Française, faisant ainsi éclater la bulle intimiste dans laquelle je l'avais enfermée. Il ne m'empêchera pas de vous dire vos quatre vérités. Vous abusez de votre autorité, monsieur. Je n'ai commis aucun délit. En conséquence de quoi, vous n'avez pas le droit de me retenir prisonnière. Relâchez-moi tout de suite ou j'appelle un avocat.

Sans cesser de me foudroyer du regard, elle tape du pied et se débat pour atteindre son sac à main. Ses tresses s'agitent sur sa tête, ce qui me conforte dans mon envie de les agripper. Qu'est-ce qu'elle est excitante ! Au lieu de céder à mes pulsions primaires, je resserre ma poigne sur la paire de menottes et m'empare du téléphone portable qu'elle vient de retirer de son sac à main.

— Confisqué ! lui dis-je, très content de moi. Vous n'appellerez personne, mademoiselle, vu que vous allez vous taire, arrêter de postillonner partout et apprendre à écouter.

— Je postillonne ? Moi ?

— Parfaitement ! Vous postillonnez. Vous êtes une vraie fontaine !

Visiblement désarçonnée par mes propos désobligeants, la petite Française ferme la bouche. Et moi, je ris sous cape tandis que je surprends une lueur inquiète dans ses yeux de biche. Finalement, les femmes sont toutes les mêmes. Une petite vexation de rien du tout suffit à les réduire au silence. Un silence de courte durée, puisque la voix rocailleuse de Nicole s'en vient le troubler.

— Le bâton de parole est un outil indispensable à une bonne entente entre les peuples, vous savez ! Il nous enseigne l'écoute et le respect des autres. Chacun peut ainsi exposer son opinion sans être interrompu.

— J'ai dit « on se tait » ! ordonné-je, contrarié par cette intrusion qui me prive du plaisir de tourmenter davantage ma prisonnière.

— Je ne faisais qu'expliquer nos traditions à ma nouvelle amie.

— Ta nouvelle amie ? Puisque tu as tellement envie de t'exprimer, à toi l'honneur ! décrété-je, tout en lui tendant le bâton de parole.

— Voici mon point de vue ! se lance Nicole, dont les grands yeux alertes balaient l'assistance avec appréhension. Estelle a besoin d'argent pour payer Jean. Et notre bar recherche une serveuse. Je pense que ma patronne ne verra aucun inconvénient à embaucher Estelle. Sa rémunération s'élèvera à 10 dollars de l'heure. Si on part sur des journées de six heures, deux semaines de travail suffiront à réunir les 600 dollars. Pour ce qui est du logement, je me propose de l'héberger.

Sans cesser de nous scruter fiévreusement, elle se tait. Jean fait craquer les articulations de ses mains, Alphonse toussote, je fronce davantage les sourcils, mais elle ne se laisse pas intimider pour autant. Ses doigts se sont crispés sur le bâton de parole et ne paraissent pas décidés à le lâcher. Quant à la petite Française, elle ressemble désormais à une étoile mourante sur le point d'imploser. Par moment, elle secoue la tête d'un air consterné, comme si elle essayait de se raccorder à une réalité qui la dépasse complètement. Et qui me dépasse également !

— Ça me semble être la meilleure solution, Curtis, ajoute Nicole, après avoir pris une grande inspiration. Estelle n'est pas une délinquante. Tu verras, tout se passera bien.

Ignorant mon grognement de mécontentement, elle confie le bâton de parole à Jean.

— Moi, tant qu'on me paie, ça me va ! Il ne faudra pas oublier d'acquitter les frais de garde de la Toyota. C'est 50 dollars pour les deux semaines. Soit cinq heures de travail en plus. Voilà, c'est tout ce que j'avais à dire !

Il donne le bâton de parole à Alphonse et s'appuie contre la Toyota tout en croisant les bras.

— J'adhère totalement à ton idée, Nicole. Tout le monde y trouvera son compte. Ta patronne pourra souffler un peu. J'ai cru comprendre qu'elle était sur les nerfs depuis que ses jumeaux étaient en vacances. La demoiselle échappera à la prison, et si tout se passe bien, elle pourra récupérer sa voiture dans moins de deux semaines. Quant à la contravention que tu as l'intention de lui dresser, Curtis, il faut qu'on en parle sérieusement. Je pense que ce serait injuste de lui demander de l'argent.

Voyant que les bouches – y compris la mienne – s'ouvrent tout autour de lui, Alphonse marque une pause. Il brandit le bâton de parole au-dessus de sa tête, comme pour rappeler à son auditoire qu'il n'a pas terminé son plaidoyer. À l'exception de celle de la petite Française, qui demeure bée, les bouches se referment aussitôt.

— On pourrait lui confier des travaux d'utilité publique, poursuit-il alors. Comme aider à finir les préparatifs du pow-wow.

6

***Akiawenrahk** : nom wendat de la rivière Saint-Charles et qui signifie « rivière à truites ».*

Estelle

C'est quoi son problème, à ce mec ? Il n'a pas eu son câlin du matin, c'est ça ? Moi non plus ! Mais je ne me montre pas désagréable pour autant.

Nicole m'a affirmé que monsieur « Tue-l'amour » était un chic type. Elle le connaît depuis l'école maternelle, aussi se dit-elle sûre de son fait. D'après elle, c'est son enfance difficile qui explique son intransigeance et son humeur irritable. Sa mère les a abandonnés, son père et lui, alors qu'il était tout bébé. Ils ne l'ont jamais revue. Des mauvaises langues disent qu'elle se serait jetée dans la rivière Akiawenrahk, qui coule derrière l'église. Tout ça parce qu'elle n'aurait pas supporté les pleurs stridents de son enfant. Je tendrais à penser que ces ragots sont fondés. N'ai-je pas eu envie de lui tordre le cou, quand il m'a crié après ?

Toujours selon Nicole, être le fils du Grand Chef de la réserve n'a pas apporté que du bonheur à monsieur « Tue-l'amour ». Pour se rendre digne des espoirs de son père, il a été obligé de travailler dur. Et ça n'était jamais assez. En outre, son trop grand sérieux lui attirait les quolibets de ses camarades. Aussi se battait-il souvent. Cependant, il ne s'est jamais attaqué aux plus faibles que lui. Il a toujours défendu ceux qui, comme Nicole, subissaient les moqueries des autres.

Admettons ! Je ne demande qu'à la croire. En attendant, j'aimerais bien savoir pourquoi ce connard de première s'en est pris à moi. Ne me trouvais-je pas dans une position délicate ? N'importe quelle personne charitable aurait tenté de me sortir de l'ornière. Pas lui ! Il ne m'a laissé aucune échappatoire possible. Mon problème aurait été résolu depuis longtemps s'il avait accepté de me conduire au distributeur de billets le plus proche. Mais non ! Il s'est montré intraitable.

Peut-être que ma tête ne lui revient pas ! Pourtant, la coiffure que Nicole m'a faite semble très tendance ici. J'ai vu beaucoup de femmes arborer des cascades de tresses. J'ai également récolté de nombreux témoignages d'appréciation de la part des clients de sexe masculin du bar.

— Vos bières ! annoncé-je sèchement à un groupe de trois hommes jeunes, assis au fond de la salle.

Tout en prenant l'air méchant, je dépose bruyamment les chopes sur le gros tronc d'arbre couché, qui fait office de table. Plus question qu'on me mette la main aux fesses ! Le prochain qui s'y essaiera recevra mon plateau sur le crâne ou un peu plus bas.

— Ah, enfin ! On ne les attendait plus ! s'écrie le premier homme d'un ton jovial. Alors comme ça, vous n'êtes pas d'ici ?

— Ça s'entend à votre accent ! ajoute le deuxième, qui m'adresse un clin d'œil appuyé.

— Ouais ! Je viens de France ! riposté-je, remontée à bloc. Vous savez, le pays où on guillotinait les casse-pieds !

Des éclats de rire accueillent ma remarque, ce qui me rend encore plus furieuse. Tapant rageusement du pied et soufflant, je lève les yeux au ciel.

— Elle n'est pas commode, la demoiselle ! s'esclaffe le premier.

— Elle a son petit caractère ! renchérit le troisième, assis à ma gauche.

Tout en essuyant ses yeux humides d'hilarité, il fait mine de me donner une chiquenaude sur le postérieur. J'intercepte son geste à l'aide de mon plateau, dont j'ai appris à me servir comme d'un bouclier.

— Et elle mord quand on la touche, grogné-je entre mes dents, avant de tourner les talons.

D'un pas vif, je me dirige vers la cuisine, me bouchant mentalement les oreilles tandis que les rires fusent. Là-bas au moins, on me fichera la paix. Depuis que ce satané policier m'a déposée dans ce bar plus que rustique, je n'ai pas eu une seconde de répit. Ces murs en rondins de bois se sont refermés sur moi comme un piège. Ainsi, je n'ai eu d'autre choix que d'endosser le rôle qui m'a été assigné. Obéissant sans rechigner au code vestimentaire de l'établissement, j'ai chaussé des mocassins de peau trop serrés, et enfilé une tunique à franges et une jupe longue en daim. En temps normal, ma nature rebelle aurait refusé de se plier au joug d'un tyran, tout beau gosse qu'il soit. Mais au royaume de l'absurde, les vieilles habitudes ne sont plus de mise !

Aidée de Julie, une blonde apathique d'une vingtaine d'années, j'ai assuré le service de midi pendant que Nicole tenait le bar. Mes réflexes de chorégraphe ont vite repris le dessus, et je me suis retrouvée à orchestrer un savant ballet, donnant de la voix chaque fois que nécessaire et jonglant entre les commandes et les plateaux pleins. Du coup, ma douleur à la cheville s'est fait oublier.

Il m'a aussi fallu répondre aux questions des clients, venus en nombre en ce jour de marché. Car l'habit traditionnel de la réserve dont on m'a affublée ne m'a pas prémunie contre la curiosité des autochtones. Ils voulaient tout savoir. Tout en m'efforçant de rester aimable, je ne me suis pas gênée pour fustiger le manque d'humanité du policier. Malheureusement, personne n'a abondé dans mon sens. Il semblerait que monsieur « Tue-l'amour » fasse l'objet d'une véritable adoration ici. Surtout de la part des femmes, soit dit en passant !

La salle n'a pas désempli avant 15 h 30. À présent qu'elle s'est bien vidée, et que les clients ne commandent plus que des boissons, je peux réfléchir sur ma condition. Comment la situation a-t-elle pu se dégrader à ce point ? Tout ça parce que j'ai rempli mon réservoir d'essence avec le mauvais carburant ! Mais enfin, je ne suis ni la première ni la dernière à qui ce genre de mésaventure arrive. Et généralement, tout se termine pour le mieux, dès lors qu'on s'adresse à un garage digne de ce nom, qu'on ne se retrouve pas coincée dans une réserve indienne et qu'un certain représentant de la loi au regard revolver ne vous cherche pas des poux dans la tête !

Pourquoi, oui pourquoi n'ai-je pas appelé une dépanneuse tant qu'il en était encore temps ? J'aimerais bien le savoir ! À l'heure qu'il est, ma Toyota serait déjà réparée, et je ferais route vers le Grand Nord. Désormais, c'est foutu ! Monsieur « Tue-l'amour » m'ayant confisqué mon téléphone portable, je peux mettre une croix sur mes vacances. Quoique !

Et si je demandais à Julie le sien ! Embrassant la salle d'un rapide regard circulaire, je l'aperçois devant les fenêtres. Elle est encore en train de rêvasser. Une blonde aux yeux bleus dans une réserve indienne, c'est plutôt suspect, non ? Mieux vaut abandonner l'idée de la solliciter. Je suis prête à parier qu'elle se trouve dans la même situation que moi. Qui sait si monsieur « Tue-l'amour » ne la retient pas prisonnière ? Peut-être a-t-elle atterri dans ce bar pour payer son voyage de retour à la civilisation !

En passant près du comptoir, j'entrevois une issue en la personne de Nicole. Elle s'est toujours montrée gentille avec moi. Je ne pense pas qu'elle refuserait de me rendre un petit service. J'attends patiemment qu'elle ait fini d'encaisser un client avant de l'aborder avec un grand sourire.

— On va pouvoir souffler un peu, maintenant qu'il y a moins de monde.

— Oui, répond-elle, me souriant en retour. Comment s'est déroulée ta première journée ?

— J'y ai survécu ! Pitié, dis-moi que ce n'est pas tous les jours comme ça !

— Oh non ! Seulement les mardis, jeudis et samedis, qui sont les jours de marché.

— Ah ! Alors je suis rassurée !

Elle émet un rire de gorge en me voyant laisser brusquement tomber mon menton, comme si je venais de m'endormir, puis le relever tout aussi vite.

— Mais ne t'inquiète pas, ça ira de mieux en mieux, ajoute-t-elle. Les clients t'adorent !

— Ils sont très… affectueux. Surtout les hommes. Et très démonstratifs !

Elle s'esclaffe encore.

— Certains ont la main un peu leste, mais ils ne sont pas méchants, m'explique-t-elle d'une voix réconfortante. Et puis, tu t'en sors très bien.

— Tu veux parler de la fois où j'ai renversé de la soupe sur les genoux du vendeur de poissons ou celle où j'ai failli assommer le gars au fond de la salle !

Elle pouffe d'un rire si communicatif que je me surprends à esquisser un sourire de connivence. Je le réprime aussitôt. Non, je ne dois pas fraterniser avec l'ennemie, même si l'ennemie en question est plutôt sympathique. Avec ses immenses yeux de faon, emplis d'innocence, Nicole est capable d'attendrir n'importe qui. Mais je ne m'y laisserai pas prendre. La mauvaise humeur dont je me suis parée depuis le début de ma captivité doit demeurer intacte. Sinon, comment conserverai-je ma combativité ?

— Les deux ! me répond-elle, une fois son rire calmé. Les hommes aiment les femmes de caractère, ici ! Tout le contraire de moi ! Je suis trop falote à leur goût.

Luttant contre l'envie de la réconforter, j'ignore sa remarque. Je dois continuer de me montrer insensible, n'est-ce pas ? En cela, je ne fais qu'imiter monsieur « Tue-l'amour », qui m'a mise aux travaux forcés.

— Pourrais-tu me prêter ton téléphone, Nicole ? lui demandé-je à brûle-pourpoint. Je dois appeler mes parents pour leur donner de mes nouvelles.

Ce qui est bien entendu un énorme mensonge, vu que personne – et surtout pas mes parents – ne se soucie de moi. Le visage souriant de mon interlocutrice se rembrunit sur-le-champ, et une expression d'inquiétude, teintée de méfiance, contracte ses traits. Un peu comme si je venais de lui annoncer que j'étais atteinte d'une maladie contagieuse.

— C'est impossible, Estelle. J'ai promis à Curtis que je ne lui désobéirai pas. Il m'a fait jurer de ne pas te le prêter. Tu comprends, j'espère !

— Pas de problème ! Je comprends tout à fait ! répliqué-je, tandis qu'un nouveau plan d'évasion germe dans ma tête. Mais si tu abandonnais ton téléphone sur le comptoir et que tu allais faire un tour à la cuisine, ce ne serait pas comme si tu lui désobéissais, hein ?

— Bien sûr que si, puisque tu téléphonerais avec *mon* téléphone et que Curtis finirait par le savoir. C'est mon ami. Je ne veux pas le trahir.

Décidément, son obstination en la matière confine au ridicule. En voilà une qui en pince sérieusement pour monsieur « Tue-l'amour » ! Heureusement, je ne manque pas d'imagination ni d'audace pour contourner l'interdiction de ce raseur de policier.

— Tu ne le trahirais pas vraiment si tu feignais d'avoir perdu ton portable, insisté-je.

— Je ne demande qu'à t'aider, Estelle, mais pas de cette manière-là ! soupire Nicole, qui baisse les yeux et se met à gratter avec son ongle une tache sur le comptoir.

— Dans ce cas, comment vais-je faire pour prévenir mes parents ?

Lesquels parents sirotent actuellement un mojito sur le pont 12 d'un bateau de croisière. Leur fille est bien le cadet de leurs soucis !

— Curtis vient toujours prendre une bière sur le coup de 17 heures, m'explique-t-elle. Si tu veux, je peux lui en parler et essayer de le convaincre de te laisser appeler tes parents.

Très mauvaise idée ! Si elle la met à exécution, monsieur « Tue-l'amour » flairera immédiatement l'arnaque. Il est loin d'être aussi naïf que Nicole. Et les représailles seront terribles. Oui, terribles ! Je frémis d'effroi rien que d'y penser. Je l'imagine déjà piquer une colère noire en découvrant la supercherie. Il me menottera de nouveau et m'enverra droit en prison. Et ce, sans même sortir ce drôle de bâton de parole ! Je dois absolument adopter une autre stratégie. Pourquoi ne pas opter pour la transparence et avouer à Nicole mes véritables intentions ? Qui sait si je ne parviendrai pas à l'amadouer par le récit de mes petits malheurs ?

— Écoute, Nicole, je ne peux pas rester ici. J'ai réellement besoin de vacances en pleine nature. Pour me changer les idées. Tu vois, je viens de me faire larguer par mon fiancé. C'était hier après-midi. J'étais allée faire des courses dans le centre de Québec. À mon retour, il avait entièrement vidé l'appartement de ses affaires. Il m'a juste laissé une lettre de rupture. Il n'a même pas eu le courage de me l'annoncer en face.

— Tu l'aimais ? me demande-t-elle, cessant de gratter le comptoir pour lever ses immenses yeux sur moi.

Quelle question ! Je ne me la suis jamais posée. Et si ça avait été le cas, je n'aurais pas su y répondre. Toujours est-il que j'éprouve un léger pincement au cœur en me remémorant les bons moments que nous avons partagés. Comme toutes ces grasses matinées – le Cornichon avait besoin de ses dix heures de sommeil. Ou encore ces week-ends dans la nature. Même si je n'ai jamais été une adepte du camping, je ne peux m'empêcher de soupirer amèrement de regret en pensant à la minuscule tente dans laquelle nous dormions. Le Cornichon l'a emportée avec le reste de ses affaires. Désormais, c'est l'Asperge qui en profitera.

— Je suppose que oui, répliqué-je, tout en haussant les épaules.

— Je n'ai pas encore rencontré mon âme sœur, donc je ne peux qu'imaginer ce que tu ressens. Mais sache que je compatis sincèrement à ta peine.

Honteuse de trouver plus d'émotion dans la voix de Nicole que dans la mienne, je toussote avant de changer de sujet.

— As-tu seulement réfléchi à ce qu'implique ma présence ici ? Si tu me laissais téléphoner, je pourrais appeler une dépanneuse et te débarrasser le plancher. Tu ne serais pas obligée de m'héberger chez toi pendant quinze jours.

— Ça ne me dérange pas. L'hospitalité est une tradition chez nous.

— Je ronfle la nuit. Ça fait un bruit épouvantable, mens-je, me souvenant soudain des ronflements du Cornichon.

Eux au moins ne me manqueront pas !

— J'ai une grande maison. Tu auras ta propre chambre.

— Et si j'utilisais le téléphone du bar ? suggéré-je, revenant à la charge.

— C'est Martha qui le garde en permanence sur elle. Pour éviter que les clients ne s'en servent.

Eh zut ! Je lorgne du côté de la boîte en fer, qui contient le pourboire destiné au personnel. Une idée lumineuse surgit alors en moi comme un feu follet. Et si je m'en emparais ? Il doit bien y avoir 50 dollars. Je pourrais ainsi aller trouver le garagiste, lui louer une voiture et me rendre au distributeur de billets le plus proche. Ce serait un jeu d'enfant. Ni vu, ni connu ! Non, ce serait également du vol. Je ne suis pas une voleuse. En outre, Nicole qui semble avoir suivi le même cheminement de pensée que moi a posé une main sur la boîte en fer tout en me décochant un regard scandalisé.

— Bon, ce n'est pas tout ça, mais je vais aller voir si on a besoin de moi à la cuisine, capitulé-je, déçue.

Déçue, mais tout de même pleine d'espoir. Car dans la cuisine, où je pénètre comme une tornade, il y a quatre personnes sur lesquelles le charme de monsieur « Tue-l'amour » n'opère probablement pas. Deux femmes mariées et deux adolescents récalcitrants. Je les imagine mal se plier à toutes ses volontés.

— J'ai un petit creux, lancé-je à la cantonade. Je ferais bien une pause.

— Assieds-toi ! Tu as assez travaillé comme ça, me dit Martha, la propriétaire du bar, sans lever les yeux de la pâte qu'elle est en train de pétrir. Sophie va te servir du café et des gâteaux.

Obéissant à sa patronne, la dénommée Sophie repose l'éponge qu'elle agitait sur les plans de travail, s'essuie les mains et va faire bouillir de l'eau. Ses épaules voûtées, son corps frêle, sa peau toute ridée et sa chevelure blanche retenue en chignon lui donnent l'air d'une centenaire. Mais sa vigueur et ses yeux perçants comme ceux d'un aigle démentent cette première évaluation. Néanmoins, j'estime qu'elle a largement dépassé l'âge de chercher à plaire à des messieurs « Tue-l'amour ». Ce qui ne me dit pas si la vieille dame possède un téléphone portable ni encore moins si elle accepterait de me le prêter.

Quant à Martha, elle n'a guère plus de 40 ans et présente des atouts de séduction indéniables, tels que de longs cheveux châtains noués en queue-de-cheval, de jolis yeux verts en amande et un sourire charmant, mais elle n'est manifestement pas en état de flirter avec quiconque. Son ventre est arrondi en de telles proportions que je me demande comment elle tient encore debout. Elle n'est pas loin d'accoucher.

À demi rassurée, je prends place à la table d'angle, en face de ses fils. Deux garçons d'une quinzaine d'années, identiques en tous points. Bruns, replets, le visage couvert de boutons et une casquette vissée sur la tête, ils tapotent comme des acharnés sur leurs smartphones.

— Salut, les jeunes ! Vous êtes en vacances ? leur dis-je, essayant d'adopter un ton avenant, malgré l'envie qui me taraude de leur arracher leur téléphone portable des mains.

— Mmm ! marmonne l'un d'eux, sans lever le regard.

— Tu ne pourras rien tirer d'eux tant qu'ils n'auront pas fini leur partie, intervient leur mère, toujours penchée sur sa pâte.

— Et vous jouez à quoi ? continué-je, opiniâtre.

Une nouvelle onomatopée me répond, confirmant ainsi les allégations de Martha. Aussi, je décide de ne plus consacrer mon énergie à discuter avec des adolescents mutiques. Et comme je ne souhaite pas réitérer la conversation à cœur ouvert de tout à l'heure, je choisis d'attaquer de front. Exit les explications alambiquées et les confessions intimes !

— Est-ce que quelqu'un pourrait me prêter son téléphone ? Je dois appeler une dépanneuse.

— Impossible ! répliquent de conserve Martha et Sophie, avant de se regarder en secouant la tête.

— Curtis nous l'a interdit, ajoute la patronne.

Encore ? Mais ils sont tous fêlés dans cette réserve ! maugréé-je intérieurement.

Ignorant l'assiette de gâteaux que Sophie dépose sur la table, je me lève brusquement comme un diable jaillissant de sa boîte.

— Je reviens tout de suite !

Il est 16 h 35. Je dispose donc d'une petite demi-heure avant que monsieur « Tue-l'amour » rapplique. Ça devrait suffire ! Si je me dépêche, je devrais réussir à soudoyer un client. Alors que je m'élance vers la sortie, Julie pénètre dans la cuisine et me barre le passage.

— Il y a Curtis qui veut te causer ! me dit-elle.

— Moi ? demandé-je, feignant l'innocence.

— Oui. Et il a l'air remonté !

La poisse ! Mon plan tombe à l'eau. Sauf si, bien sûr, je parviens à parler à des clients avant que monsieur « Tue-l'amour » m'intercepte !

7

Cercle des Sages : *assemblée composée de huit Sages, qui par leurs connaissances et leur expérience ont mérité le respect et l'affection des membres de leur clan.*

Curtis

En temps normal, je suis réglé comme du papier à musique. Toutes mes actions obéissent à un programme très précis. Chaque jour, je me rends au bar Mandella à 17 heures sonnantes. Accompagné d'Henri, mon adjoint et ami, je m'attable dans un coin, non loin du comptoir, et je commande une bière au maïs. Toujours la même ! Une bière indienne, légèrement sucrée et bien plus savoureuse que toutes celles qu'on sert dans le reste du pays.

C'est la famille d'Alphonse, le pompiste, qui la fabrique. Depuis des générations, elle la brasse avec l'eau de la rivière Akiawenrahk. Cette même rivière au bord de laquelle nos lointains ancêtres, des Hurons-Wendats, se sont installés. Ils étaient environ trois cents hommes, femmes et enfants lorsqu'ils y ont bâti le village de Mendake. Nos livres d'histoire situent l'événement aux alentours de 1700. Leurs descendants – dont je fais partie – sont maintenant plus de deux mille et vivent encore ici. Et c'est moi qui suis chargé de les protéger !

Pour la première fois depuis le début de ma carrière, je décide de casser ma routine quotidienne et j'arrive plus tôt au Mandella. Pour tenir la petite Française à l'œil ! Parce que je la crois bien capable de me fausser compagnie. Elle est habile. Très habile. N'a-t-elle pas évité la prison en ensorcelant son monde ? Ce coup-ci, je l'empêcherai de parvenir à ses fins. Question de principe ! Elle ne sortira pas de la réserve sans mon accord.

J'ai déjà cédé du terrain en lui permettant d'échapper à mon autorité. C'est bien assez ! Je ne me laisserai pas ridiculiser par ce petit bout de femme, aussi envoûtant qu'horripilant. Que dirait-on de moi si elle s'enfuyait ? Que je ne sais pas me faire respecter ? Trop de ragots circulent déjà sur mon compte. Tous font référence à la manière dont les femmes me traitent. Désormais, personne n'ignore que ma mère m'a abandonné à la naissance. Il est de notoriété publique qu'aucune de mes petites amies n'a voulu venir vivre avec moi. Car elles ont tout de suite compris qu'il leur faudrait renoncer à leur intimité. Ici, nul secret ne demeure caché bien longtemps. Tout le monde sait tout sur tout le monde !

Aux yeux de mes administrés, je ne suis donc qu'un pauvre naze, frappé de quelque malédiction. Ma beauté, ma force physique et mon charisme suscitent l'admiration, mais on plaint ma malchance et ma solitude. Or j'ai toujours détesté qu'on s'apitoie sur mon sort. Les sourires de compassion et les mines affligées aiguillonnent autant ma colère que la vue de graffitis sur les murs des maisons de la réserve. Encore aujourd'hui, je pourrais me battre jusqu'au sang si je surprenais un regard de pitié. Mais comme tout le monde connaît mon point faible, personne ne s'y risquerait.

Mon adjoint m'a posé de nombreuses questions lorsqu'il m'a vu charger les deux valises de la petite Française dans notre véhicule de service. J'ai biaisé comme j'ai pu afin de ne pas lui révéler que j'en faisais une affaire personnelle. Les femmes – ma mère comprise – se sont trop jouées de moi. Il serait temps de renverser la vapeur. Cette jolie demoiselle ne gagnera pas.

En entrant dans le bar, j'ai la mauvaise surprise de ne pas l'y trouver. La panique me saisit aussitôt. Et si elle était allée tirer de l'argent ! Après tout, seulement dix kilomètres nous séparent du distributeur de billets le plus proche. À pied, il faut moins de deux heures pour y accéder. En auto-stop, c'est carrément plus rapide. En outre, j'ai complètement oublié de lui confisquer sa carte bancaire, ainsi que ses papiers d'identité.

Pire encore, elle a très bien pu décider de ne jamais revenir. Elle ne perdrait pas grand-chose, puisque sa Toyota est une vieille épave et que ses bagages ne contiennent aucun objet de valeur. Eh oui ! Je les ai fouillés avant de les lui rapporter ! En réalité, c'est plutôt moi qui y perdrais au change. Ma réputation serait sérieusement écornée si elle me faussait compagnie. Non, impossible ! Nicole m'aurait prévenu.

Tandis que mon adjoint s'assoit à notre table attitrée, non loin du comptoir, je reste un moment près de l'entrée à scruter la salle. Elle est presque vide. Tout près des fenêtres donnant sur la place du Totem, deux employés de la voirie boivent leur bière en silence. D'un geste de main bienveillant, ils répondent à mon salut, avant de replonger le nez dans leur chope. Je les connais bien. Norbert et Georges sont de lointains cousins à moi. En plus de leur travail au ramassage des ordures ménagères, ces cinquantenaires au léger embonpoint et au front dégarni animent des activités sportives à la Maison des jeunes de Mendake.

Dans le fond du bar qu'éclairent à peine quelques appliques murales, j'aperçois trois hommes que je n'apprécie guère. Enfants, ils passaient leur temps à persécuter les plus faibles. J'ai fréquenté les mêmes classes qu'eux à Yarha – l'école primaire de la réserve. Je les ai perdus de vue au lycée, avant de les retrouver à l'université Laval à Québec. Mais nous n'avons jamais sympathisé. Je me souviens de m'être battu avec le plus grand de la bande, afin de venger Nicole de leurs moqueries répétées. J'en suis ressorti avec un énorme coquart.

Comme moi, ils n'ont jamais quitté la réserve. À l'heure actuelle, tous trois occupent de hauts postes au RCA, un organisme financier basé à Mendake qui gère les retraites et offre des prêts aux membres des Premières Nations du Canada. Le plus antipathique de la bande, Denis Vacheron, est le fils de l'un des huit Chefs familiaux de la réserve – une femme – et d'un Québécois venu vivre ici. Ses airs de bellâtre maniéré m'ont toujours tapé sur les nerfs. Contrairement à lui, sa mère est une personne de valeur, qui s'investit beaucoup pour prévenir les suicides chez les jeunes autochtones des autres réserves.

— Alors, tu viens t'asseoir ! me demande Henri, interrompant mes réflexions. Ah ! Voici Julie !

Tandis que je rejoins mon adjoint, la jeune serveuse fait son entrée dans la salle. Les préjugés veulent que les Amérindiens soient tous bruns à la peau mate. Ce n'est pas le cas de Julie, une Huronne-Wendate pure souche, qui est blonde aux yeux bleus comme sa mère et sa grand-mère. La raison vient du fait que les premiers colons français – qui étaient pour la plupart des trappeurs – prenaient souvent pour femmes des autochtones.

Or, chez les Hurons-Wendats, un enfant appartient au clan de sa mère et non à celui de son père. De plus, les orphelins des colons étaient fréquemment confiés aux Indiens, qui ne séparaient pas les fratries, à l'inverse des orphelinats religieux. Ils devenaient alors des membres à part entière de la réserve.

— Bonjour, Curtis ! Bonjour, Henri ! nous salue Julie d'une voix traînante, une fois arrivée à notre hauteur.

Les mains dans les poches de sa jupe, les yeux rivés sur moi, elle se balance de gauche à droite et d'avant en arrière, cherchant visiblement à attirer mon attention. Insensible à son petit manège, je scrute toujours la salle. Le fait de ne pas savoir où est passée la petite Française m'excède au plus haut point. Refrénant mon impatience, je me force à demeurer sur ma chaise au lieu de courir inspecter le bar.

— Bonjour, Julie. Où est…

— Bonjour, Julie. Une bière, s'il te plaît ! demande Henri, me coupant la parole. Et apporte-moi également une part de gâteau à l'érable. J'ai la dalle !

— Je vais aller voir s'il en reste dans la cuisine.

Elle récolte un sourire béat de mon adjoint, ce qui ne l'émeut aucunement. Bien au contraire, elle continue de l'ignorer, rivant sur moi un regard d'une langueur exaspérante.

— Et pour toi, Curtis, ce sera ? ajoute-t-elle sur un ton plus affable.

— Une bière pour moi aussi. Avec des cacahouètes. Où est la nouvelle ?

Pinçant les lèvres, elle se raidit et sort les mains de ses poches pour les crisper sur son tablier. Si une mouche l'avait piquée, elle n'aurait pas réagi autrement.

— Qui ? Estelle ?

— Oui, s'esclaffe Henri, qui tente en vain de capter son attention. Apparemment, Curtis a fait une fixette sur elle. Il ne veut plus la lâcher. C'est à se demander…

Mais il va se taire, ce con ? Le coup d'œil acéré que je lui jette le dissuade de poursuivre. Julie en profite pour reprendre la parole.

— Faudra qu'on m'explique ce que vous lui trouvez ! grogne-t-elle tout en soufflant bruyamment. Il n'y en a que pour elle depuis qu'elle est ici !

— Jalouse ? lui lance Henri, moqueur.

— Pff ! N'importe quoi !

— Alors, où est-elle ? insisté-je.

— Dans la cuisine, bien sûr !

— Dis-lui que je veux lui parler.

Comme elle demeure figée, les yeux toujours braqués sur moi, je m'énerve franchement.

— Tout de suite, s'il te plaît !

Haussant les épaules, elle pivote sur ses talons et part sans se presser en direction de la cuisine.

— Une fixette ! murmure Henri. Une méga, maxi, énormissime fixette !

Me sentant l'objet de ses sarcasmes, je me tourne vers lui. Il paraît évident qu'il se retient d'exploser de rire. Sinon, pourquoi se mordrait-il les lèvres ? De taille moyenne et excessivement musclé, il est plutôt beau gosse. Sa peau mate, ses yeux de velours ourlés de longs cils et ses cheveux soyeux noués en catogan remportent un vif succès auprès des femmes. Son uniforme le hisse en tête de liste des meilleurs partis de la réserve – juste derrière moi ! Seule Julie n'a pas succombé à son charme. Alors, peut-on m'expliquer pourquoi je lui trouve une certaine ressemblance avec un âne ?

— Je ne fais pas une fixette, riposté-je d'un ton faussement décontracté. Je me contente d'accomplir mon boulot.

— Et c'est dans tes attributions de transporter les valises de la première étrangère venue ?

— Si je la laisse aller et venir à sa guise dans la réserve, ce sera la chienlit. Tu n'imagines pas de quoi elle est capable.

— Oh ! J'en ai déjà un petit aperçu !

— Et si on causait plutôt de ta fixette à toi ! contre-attaqué-je, souhaitant changer de sujet.

Car si je laisse la discussion s'enliser, Henri pensera qu'il est dans le vrai. De fil en aiguille, il ira tout raconter à sa sœur, qui en parlera à son petit ami, dont le grand-père est l'un des huit Sages de Mendake. La nouvelle selon laquelle j'ai flashé sur une étrangère se répandra comme une traînée de poudre au sein du Cercle des Sages. Ces derniers en déduiront que le fils du Grand Chef est atteint du même mal que son père. Qui sait s'ils ne préconiseront pas quelques séances de purification sous une hutte à sudation, ce qui reviendrait à me faire passer pour un possédé auprès de tous mes administrés !

— Vas-y, je t'écoute ! me répond mon adjoint, soudain moins railleur.

— Julie.

— Mais ça ne me dérange pas du tout d'en parler ! Tout le monde sait ici que j'ai un faible pour les blondes. Je ne sais pas à quoi ressemble ta « protégée », mais d'après ce qu'en dit Julie, ça doit être une bombe.

— Que les choses soient claires, Henri. Primo, ce n'est pas ma protégée. Deuzio, elle est on ne peut plus banale. Tertio…

J'arrête là mon énumération lorsque je me rends compte que la petite Française est entrée dans la salle et qu'elle est en train de contourner le comptoir. Je lui fais signe de me rejoindre. Car j'ai bien l'intention de lui mettre les points sur les « i ». À savoir qu'elle n'est pas autorisée à quitter la réserve tant que Jean, le garagiste, n'aura pas reçu ses 600 dollars. Mais au lieu de venir à ma rencontre, elle feint de ne pas m'apercevoir et se hâte vers le fond du bar. Là où Vacheron et ses deux acolytes sont assis. Piqué au vif, je me lève.

— Hé, attendez ! lui crié-je, la voyant filer comme l'éclair.

Elle m'ignore superbement et accélère l'allure.

— Du calme ! Ta « protégée » ne va pas s'évaporer, me dit Henri, qui me retient par le bras.

Qui sait si elle n'en a pas le pouvoir, cette diablesse !

— Je suis calme. Et ce n'est pas ma « protégée ». Mais je dois intervenir avant que… Oh, et puis la barbe !

Refusant de perdre mon temps en palabres inutiles, je me défais de la poigne de mon adjoint et pars dans la même direction que la petite Française. D'un pas résolu, mais tranquille. Afin de ne pas éveiller la curiosité des deux employés de la voirie ni celle de Julie, qui est de retour de la cuisine avec nos bières.

Lorsque je réussis enfin à la rattraper, je la trouve en pleine discussion avec Vacheron et ses amis. Elle a, me semble-t-il, déclenché leur hilarité. Je ne la vois que de trois quarts, mais je distingue nettement ce que les trois hommes sont en train de lorgner. Ces cons n'ont d'yeux que pour sa poitrine bombée. Leurs regards concupiscents me donnent instantanément la nausée. Je saisis la petite Française par le bras et la tire vers moi. Elle prend un air offensé qui me ferait bien marrer si l'attention de la salle ne s'était pas concentrée sur moi. Ah, elle est très forte pour inverser les rôles ! Que je sache, le méchant dans toute cette histoire, ce n'est pas moi, mais elle !

— À quoi jouez-vous ? demandé-je abruptement, sans même saluer la tablée, ce qui n'est pas dans mes habitudes. Je vous ai fait appeler. Et la première chose qui vous vient à l'esprit en me voyant, c'est de filer comme un lapin !

Et de vous jeter dans la gueule du loup ! ai-je envie d'ajouter en entendant les rires goguenards des trois hommes.

— Encore une fois, tenez-vous-le pour dit, je n'ai pas d'ordres à recevoir de vous, rétorque-t-elle crânement.

Elle braque un regard courroucé sur le mien. Sa colère est au moins égale à la mienne.

— Bonjour, Curtis. Autant te prévenir, la demoiselle a son petit caractère, intervient l'un des hommes.

Pierre Lafleur ! Le plus grand et le plus con des trois ! Je lui dois un coquart invengé. Aussi, je lui bats froid.

— Je vous ai posé une question, mademoiselle ! Que fabriquez-vous ici ?

— Elle nous a demandé de lui prêter notre portable. Apparemment, tu lui as confisqué le sien, réplique Vacheron tout en brandissant son téléphone.

— Nous, on n'est pas contre ! Mais on aimerait bien une petite compensation.

— Et peut-on savoir laquelle ? grondé-je, me décidant enfin à répondre au grand con.

— Ça ne vous regarde pas ! couine la petite Française, d'une voix trop aiguë pour être honnête.

— On pourrait commencer par un baiser, poursuit Vacheron, dont le sourire s'est élargi.

— Un baiser ? demandé-je à ma prisonnière, tout en raffermissant ma poigne sur son bras.

Et pourquoi pas une pipe, tant qu'on y est ! Pour toute réponse, elle hausse les épaules et lève les yeux au ciel. Elle me cherche ou quoi ?

— C'est bien ce que je pensais ! Racolage sur la voie publique : ça va vous coûter cher ! m'énervé-je.

Sur ce, je sors ma paire de menottes pour la brandir sous son nez.

— Mais… proteste-t-elle. Je…

— Il fallait y réfléchir à deux fois avant de jouer les allumeuses !

— Ras-le-bol ! maugrée-t-elle.

Elle m'envoie un coup de pied dans le tibia. Merde ! Ça fait horriblement mal ! La douleur me fait lâcher prise. Elle me repousse alors brutalement, avant de s'élancer en direction du comptoir. Il n'est pas question que je la laisse m'échapper. Pas maintenant qu'elle m'a ridiculisé en public ! Aussi, je la prends en chasse.

— Revenez immédiatement ! lui crié-je, passablement agacé par les rires dans mon dos.

— Allez vous faire foutre !

Je m'attendais à ce qu'elle quitte le bar. Mais à quelques pas de la sortie, elle ouvre une porte et disparaît. J'entre à sa suite dans une petite pièce sans fenêtre, qui tient lieu de vestiaire pour les employés du Mandella. À l'instant où elle s'apprête à récupérer son sac à main, accroché à une patère, je l'empoigne par les bras et lui fais effectuer un demi-tour sur elle-même. Je ne saurais dire si c'est de la crainte ou de la colère que je vois étinceler dans son regard. Peut-être un peu des deux ! Tant mieux ! Je n'ai jamais brutalisé une femme, et ce n'est certainement pas aujourd'hui que je m'y essaierai. Toutefois cette furie commence à me courir sérieusement sur le haricot. Pourquoi ne lui ferais-je pas un peu peur ? Histoire de l'inciter à se montrer raisonnable et à me manifester du respect !

— Lâchez-moi ! me lance-t-elle, se débattant pour échapper à mon étreinte.

— Où comptez-vous aller comme ça ?

— N'importe où, pourvu que je ne voie plus votre tête de macaque !

— Parce qu'elle ne vous plaît pas ?

— Oh que non !

Vexé, je la ramène contre moi et agrippe plus fermement ses bras. Tout en m'allongeant une bourrade dans les côtes, elle me marche sur le pied et écrase ainsi mon petit orteil. La douleur qui en résulte me rend furax. D'autant que mon tibia porte encore la marque de son pied ! Je la secoue alors comme un prunier.

— Vous m'écœurez tous ! crache-t-elle, sans arrêter de se tortiller pour que je la libère. Vous et tous vos amis !

— C'est pour ça que vous alliez rouler une pelle aux trois types au fond du bar ?

— Pourquoi pas, si ça peut m'aider à partir d'ici !

— Vous ne pouvez pas. Je ne vous en donne pas l'autorisation, scandé-je, hors de moi.

Tout en relevant le menton, elle pouffe d'un rire méprisant. Nous nous toisons en silence pendant un petit moment. Nos regards s'entrechoquent et en disent plus long que les mots.

— Vous savez où je me la mets, votre autorisation ? finit-elle par répliquer, tremblante de colère.

— Dites toujours !

Elle entrouvre la bouche pour répondre. C'est alors que je me penche sur elle. Je ne trouve rien de plus intelligent à faire que de l'embrasser. Comme ça ! En plaquant mes lèvres desséchées par la rage sur les siennes. Aussitôt, une folie s'empare de moi, et ma langue force le barrage de ses dents.

Ce geste insensé ne peut être que la matérialisation des étincelles qui n'ont cessé de crépiter entre nous. Si je me donnais la peine de réfléchir, je n'en serais pas fier. Mais toute pensée cohérente a déserté mon esprit. Tandis que je prends pleinement possession de sa bouche, elle pousse un petit soupir, et ses muscles se détendent. Je l'enlace par la taille, et elle se pend à mon cou. Je sens alors monter une chaleur intense depuis le fond de mes entrailles. Elle déferle par vagues et m'enflamme de partout. La queue en feu, je presse mon érection contre le ventre de la petite Française. Elle gémit, et c'est comme si tout un univers s'offrait à moi. Un univers que je brûle d'explorer.

8

***Chefs familiaux** : au nombre de huit, ils siègent au Conseil de la Nation huronne-wendate, que le Grand Chef préside.*

Estelle

Non, je n'aurais jamais embrassé ces trois hommes au fond du bar. Même si ma vie en dépendait ! Aussi, pour ce qui était de leur emprunter leur portable en échange de faveurs, il ne fallait pas y compter ! Je ne suis pas une Marie-couche-toi-là, tout de même ! Je m'en suis juste vantée pour agacer monsieur « Tue-L'amour ». D'ailleurs, ce nom ne lui convient plus. Je devrais lui en trouver un autre. Pourquoi pas monsieur « Lèvres de feu » ? Oui, ce surnom lui va comme un gant ! Son baiser a allumé un véritable incendie en moi. Non, je ne suis pas une femme facile. Alors, qu'est-ce que je fais ainsi, pendue à son cou et la bouche écrasée contre la sienne ? Je me le demande !

Avant de perdre la raison et de me retrouver soudée à lui, j'en étais encore à le haïr. Comment ne pas détester un homme qui ne pense qu'à vous envoyer en prison ? Parce que c'est bien ce qu'il s'apprêtait à faire lorsqu'il a sorti sa paire de menottes. Et ça m'a mise dans une rage folle. Je me suis précipitée au vestiaire pour y récupérer mes affaires. À l'heure qu'il est, je serais déjà au bord d'une route, en train de faire de l'auto-stop, s'il ne m'avait pas rattrapée.

S'est ensuivie une dispute puérile, indigne d'une chorégraphe âgée de 28 ans. Tandis qu'il m'empoignait fermement par les bras, m'empêchant de fuir, je l'insultais, lui donnais des coups. Ses orteils n'ont pas été épargnés ! J'aurais pu lui casser un objet sur la tête si mes mouvements n'avaient pas été entravés. Allez comprendre pourquoi, je n'ai pas réagi quand il s'est penché sur moi et a capturé ma bouche ! Une onde de chaleur a fusé dans mon corps, m'ôtant toute envie de remuer. Quelle piètre image des Françaises je lui ai offerte là !

Les bras enroulés autour de ma taille, il m'embrasse avec fougue. J'ai enfoui mes mains dans ses cheveux soyeux et je gémis chaque fois qu'il intensifie son baiser. Quelle honte ! Plus grand et plus fort que moi, il m'a repoussée sans mal contre le mur, entre deux patères. Scotché au niveau de mes hanches et de ma poitrine, son corps musclé se presse contre moi. Aplatie comme une crêpe, je me délecte de ce baiser. Ce n'est pas un baiser empreint de sentiments, loin de là ! Sa langue brûlante et insistante, qui s'est mêlée à la mienne, exprime le désir. Un désir puissant que moi-même je ressens.

Mais bon sang ! Ressaisis-toi, ma vieille, et flanque-lui une paire de claques ! me rabroué-je intérieurement.

Non… Pas envie… C'est trop bon ! expliqué-je sommairement à cette partie bien trop sage de moi.

Tu ne vois pas que c'est un vrai sadique ! poursuit cette dernière.

Pas du tout d'accord avec toi ! Il a de très beaux yeux et il embrasse très bien.

Sur ce, je deviens plus molle que de la gelée anglaise et je m'abandonne à la fougue de mon beau policier.

L'un n'empêche pas l'autre ! continue la voix de la sagesse. *C'est un obsédé sexuel qui ne pense qu'à profiter de ta naïveté.*

Oh, la ferme ! Je ne souhaite pas parlementer avec cette rabat-joie. Je ne suis pas naïve. Je sais bien qu'elle a raison. Le renflement dur pressé contre mon ventre est on ne peut plus explicite. Or, il se trouve que j'ai moi aussi une énorme envie d'en profiter. Et l'idée de me livrer à un coït sauvage dans un vestiaire, avec un homme aussi sexy que monsieur « Lèvres de feu », m'excite au plus haut point.

Sans vraiment comprendre d'où me vient toute cette hardiesse, je laisse glisser mes mains jusqu'à ses fesses. Elles sont fermes et excessivement réactives à mes caresses. Je sens ses muscles palpiter sous mes doigts. Ses muscles, mais également son sexe. Chacun de ses battements déverse des torrents de feu dans mon corps. Tout en pétrissant ses fesses, je me frotte contre son érection. Il pousse un grognement éloquent. Et là, je perds toute mesure. L'une de mes mains échappe à mon contrôle, s'insinue entre nous et agrippe son sexe à travers son pantalon. Il se crispe et râle si fort que la voix de la sagesse se réveille.

Ne fais pas ça ! me sermonne-t-elle. *Il va encore te traiter d'allumeuse.*

Mais non ! Il faut toujours que tu dramatises tout ! la rembarré-je vertement.

Sans même l'once d'un remords, je fais coulisser l'objet de mon désir dans ma paume. Tout en accompagnant mon massage de coups de reins, mon beau policier interrompt son baiser pour me lécher les dents, me mordiller les lèvres. J'étouffe un petit cri, comme il m'empoigne un sein et le malaxe. L'instant d'après, il me relâche et recule, me forçant à sortir de ma transe érotique.

— Je m'excuse. Je ne sais pas ce qui m'a pris, mademoiselle… commence-t-il, avant de marquer une pause.

Il darde sur moi un regard chargé d'intensité. La lumière verte qui émane de ses iris est plus aveuglante qu'une lampe torche. Néanmoins, je ne peux détacher mes yeux des siens. Comme lui, je peine à reprendre ma respiration. Mes joues me brûlent. Il paraît aussi ébranlé que moi. De la sueur perle sur son front. Les mains enfoncées dans ses poches, il se balance sur les talons. Lui au moins tient encore sur ses jambes. Les miennes flageolent. Je m'adosse au mur pour ne pas tomber. Je n'ai donc pas rêvé cette passion qui nous a consumés. Elle nous a réellement dévastés. Je ne me souviens pas d'avoir un jour échangé un tel baiser avec un homme. En comparaison, ceux du Cornichon étaient insipides.

— Mademoiselle Duval, répliqué-je, pressée de combler ce silence devenu embarrassant. Mais vous pouvez m'appeler Estelle. Vous n'avez pas à vous excuser. Je préfère largement vos baisers aux menottes.

Je n'ai pas achevé ma phrase qu'il hausse un sourcil. Aussitôt, je prends conscience d'en avoir trop dit. Il n'est jamais bon de révéler ses faiblesses à son ennemi. Surtout quand ledit ennemi vient de faire sauter toutes vos défenses. Gênée, je baisse les yeux et regarde fixement mes pieds. Lesquels me font un peu mal, vu que les mocassins en daim prêtés par Martha sont trop petits. Tout en enroulant une tresse autour de mes doigts, j'attends avec appréhension la réponse de monsieur « Lèvres de feu ». Il est certainement en train de me concocter une réplique cinglante dont il a le secret. Une remarque assassine du même acabit que celle qui m'accusait de postillonner.

Dans le silence qui s'installe, je réfléchis à ma folle journée. Ce matin, j'étais une célibataire de fraîche date. Mes yeux s'étaient transformés en fontaines. J'étais en route pour la rivière Saguenay, où je devais passer mes vacances en compagnie des baleines. Là-bas, je n'aurais pas côtoyé grand monde. Quelle perspective réjouissante pour une fille qui comme moi déteste la solitude !

Un changement d'itinéraire m'a amenée jusqu'ici. À cause d'une simple erreur de carburant, je me suis retrouvée coincée dans cette réserve indienne. Depuis, j'en suis l'attraction-vedette. Les habitants de Mendake ne m'ont pas laissé un seul moment de tranquillité, ce qui m'a évité de me morfondre. Des gens, que je ne connaissais pas hier, se sont dit être mes amis et se sont comportés comme tels. Pas comme mes parents, de qui je ne peux attendre aucune aide ! D'autres se sont montrés intransigeants. Mais après tout, c'était pour mon bien puisqu'ils ne cherchaient qu'à réparer ma voiture. Quant à ce policier odieux au corps d'Adonis, il a réussi par ses baisers à bouleverser mes certitudes. Ai-je encore envie de passer mes vacances seule dans une tente monoplace, au bord d'un fjord désert ?

— Curtis !

Surprise de n'entendre qu'un prénom au lieu d'une longue diatribe, je relève les yeux et les plonge dans les siens. Ils jettent toujours un vif éclat, sauf qu'aucun éclair de méchanceté n'en sort. Le sourcil froncé, le buste un peu raide, il semble sur ses gardes, prêt à parer un mauvais coup. Il n'est manifestement pas en état de persifler.

— Pa… Pardon ? balbutié-je.

— Si vous voulez que je vous appelle Estelle, il faudra m'appeler Curtis, déclare-t-il d'une traite, les mâchoires serrées.

— Oui, je… je veux bien, Curtis. C'est un très… très joli prénom que vous avez là.

L'idiote ! Je bégaie comme une écolière.

— Merci. J'aime beaucoup le vôtre. Il est très poétique, poursuit-il avec un débit de mitraillette automatique.

— Oh, vraiment ! C'est… Je…

Eh zut ! Voilà maintenant que je sens mon visage s'empourprer jusqu'à la racine de mes cheveux. C'est vraiment humiliant de ne pas arriver à aligner deux mots sans bafouiller ! Il vaut mieux que je me taise. Un silence laisse passer ses anges. Pas un souffle d'air ne s'exhale de mes poumons tant je retiens mon souffle. Quant à Curtis – j'ai le droit de l'appeler ainsi désormais ! –, il demeure figé comme une statue.

— Donc, vous avez aimé que je vous embrasse, reprend-il à brûle-pourpoint.

J'inspire profondément sans pour autant recouvrer mes facultés mentales. Et là, je sors la phrase « magique ». Les mots qu'il ne fallait pas prononcer, mais que je n'ai pas pu m'empêcher de lâcher. Mais quelle imbécile je fais !

— Oui. Nous pourrions recommencer. Dans un coin plus tranquille par exemple.

Consciente de l'énormité de ma remarque, j'avale de travers et m'interromps net. Oh là là ! Je suis la reine des écervelées ! Je viens tout bonnement et simplement de lui proposer une partie de jambes en l'air. Il ne paraît pas du tout apprécier le fait que l'initiative émane de moi. Pas un sourire n'erre sur ses lèvres de feu. Quoi de plus normal ? Cet homme est un macho. Un dominant qui impose ses règles, et non l'inverse. Il n'a qu'à m'envoyer balader, ça me remettra les idées en place. Ce n'est pas le moment de craquer pour ce type. Mon petit cœur d'artichaut a déjà bien assez saigné comme ça. Je ne veux plus souffrir. Il serait grand temps pour je reprenne ma route pour Saguenay ! Et finir le mois seule ?

— D'accord ! me lance-t-il avec le plus grand sérieux. Accompagnez-moi dans ma voiture. Je connais un coin bien tranquille.

Estomaquée par sa réponse, j'ouvre et ferme la bouche plusieurs fois avant de bredouiller.

— Dans… Dans votre voiture ?

Il s'avance d'un pas et s'agrippe à mes tresses. Pendant un temps qui me semble interminable, j'observe avec fascination la lente éclosion de son sourire. Un sourire enchanteur qui égaie son visage de charmantes fossettes, tout en en adoucissant les angles. Cet homme est vraiment craquant !

— On ne va tout de même pas faire ça ici ! me dit-il d'une voix chaude et sensuelle, sans cesser de caresser mes tresses. On sera mieux sur la banquette arrière de mon véhicule de service.

— Faire… faire quoi ?

— Vous et moi. Ensemble !

Non, mais quel porc ! Je ne nie pas avoir très envie de lui. Il est beau, embrasse très bien et possède un organe reproducteur aux dimensions plus qu'impressionnantes. Je frissonne rien que d'imaginer comment il pourrait s'en servir. Mais il n'est pas question qu'il me saute à l'arrière de sa voiture comme une fille ramassée en boîte de nuit. Pourtant – allez savoir pourquoi ! –, je ne le repousse pas. Aussi continue-t-il de jouer avec mes cheveux.

— Oui… mais non ! répliqué-je maladroitement. Il faudrait d'abord me conduire à un distributeur de billets.

Comment ça, « d'abord » ? Mais je déraille ou quoi ? Je veux juste qu'il me conduise à un distributeur en état de marche. Point barre !

— À un distributeur de billets ? Pour quoi faire ? me demande-t-il, se figeant brusquement, les mains crispées sur mes tresses.

Son sourire se fane instantanément, de sorte que sa mine redevient austère. Une vraie porte de prison !

— Pour tirer de l'argent et ensuite payer les réparations de ma voiture.

— Il n'en est pas question, mademoiselle Duval, me répond-il froidement.

Relâchant mes tresses, il recule de plusieurs pas. Le voilà de nouveau changé en bloc de glace !

— Je vois clair dans votre petit jeu, poursuit-il d'un ton rêche. Vous allumez les mecs pour mieux les manipuler. Sauf que ça ne marche pas avec moi !

— Mais Curtis, ce…

— Il n'y a plus de Curtis ni d'Estelle qui tiennent ! me coupe-t-il, tout en me toisant de toute sa hauteur. Reprenez le travail, mademoiselle Duval ! Ce n'est pas en lambinant dans les vestiaires que vous réussirez à payer vos réparations !

Il émet un ricanement sinistre et se précipite sur mon sac à main. Je suis trop choquée pour réagir lorsqu'il fouille dedans.

— Confisquée ! claironne-t-il triomphalement, après avoir récupéré ma carte bancaire.

Il me rend mon sac à main et sort en claquant la porte. Bon débarras !

Je te l'avais bien dit qu'il te traiterait d'allumeuse, me lance la voix de la sagesse.

— Allez tous vous faire foutre ! crié-je, avec le secret espoir que mes insultes parviendront aux oreilles de monsieur « Tue-l'amour ».

Partie 2

Une fois, j'étais à Victoria, et j'ai vu une très grande maison. Ils m'ont dit que c'était une banque et que les hommes blancs plaçaient leur argent là pour le protéger et recevoir des intérêts.

Nous sommes indiens et nous n'avons pas de banque, mais quand nous avons beaucoup d'argent et de couvertures, nous les donnons à d'autres chefs, et ils finissent par nous les rendre avec intérêt, et nos cœurs se sentent bien.

Notre façon de donner est notre banque.

Maquinna, Chef des Nootkas (1786-1817)

9

***Pow-wow** : rassemblement d'Indiens d'Amérique du Nord. Il s'agissait traditionnellement d'un événement religieux ou célébrant des exploits guerriers. De nos jours, c'est une rencontre culturelle.*

Curtis

Samedi 28 juillet 2018

— Alors, c'était comment avec l'étrangère ? me demande Henri, tandis que nous prenons la route du commissariat.

Refusant de lui répondre, je hausse les épaules et me tourne vers la vitre. Des maisons grises toutes identiques défilent sous mes yeux. Je ne les vois même pas. Je ne prête pas davantage attention aux gens qui traînent sur les trottoirs. Des gens qui en temps normal captent mon intérêt. Ne suis-je pas censé connaître tous les faits et gestes de mes administrés ? Les images entrent et sortent de ma tête sans y apposer leur marque. En revanche, une vision obsédante s'est imprimée sur ma rétine et ne s'effacera pas de sitôt. Celle d'une femme qui a un sacré toupet !

— Tu parles ou il faut que je te tire les vers du nez ? continue mon adjoint, imperturbable.

Qu'il tienne son volant et, surtout, qu'il me fiche la paix ! Je ne suis pas d'humeur à plaisanter. Quand je pense qu'à l'heure qu'il est je devrais être sur la banquette arrière de ce 4 x 4, en train de prendre mon pied, ça me met le moral dans les chaussettes. Si vous voulez tout savoir, je me sens horriblement frustré. Je déteste qu'on me promette monts et merveilles, et qu'on me laisse en rade.

— Allez ! Dis tout à ton meilleur ami, insiste Henri sur un ton goguenard plus qu'exaspérant. Je te jure que je ne cafterai pas !

— Lâche-moi, veux-tu !

Oui, elle s'est bien foutue de moi, la petite Française. Estelle ! Un prénom poétique ? À d'autres ! C'est une véritable mante religieuse. Elle vous chauffe à blanc, à vous en déglinguer la cervelle. Et ce, dans le seul but d'obtenir ce qu'elle désire. Je vais lui en faire baver des ronds de chapeau, à celle-là ! Ça lui apprendra à se moquer de moi !

D'ailleurs, je ne lui ai toujours pas restitué ses valises. Elles sont encore dans mon coffre. Je les lui rapporterai ce soir. J'en profiterai pour lui assigner sa tâche dans l'organisation du pow-wow. Ces fameux travaux d'utilité publique dont Alphonse a eu l'idée et que je rendrai pénibles à souhait !

— Tu te l'es faite ou pas ?

— Rien ! le coupé-je. Il ne s'est rien passé. Concentre-toi sur ta route au lieu de m'enquiquiner.

— Menteur ! Tu as du rouge à lèvres sur la bouche.

La vache ! Cette allumeuse m'a marqué au fer rouge. En plus d'avoir mes vêtements imprégnés de son odeur, je me ridiculise allègrement en m'exhibant ainsi. Fou de rage, je m'essuie frénétiquement la bouche sur ma manche. Pour effacer toute trace d'elle. Le parfum de ses cheveux, le goût de ses lèvres, la chaleur de son corps… Autant de petits détails qui me harcèleront pendant encore longtemps !

— Je lui ai demandé de me prêter son rouge à lèvres pour soulager mes gerçures. Rien de plus ! improvisé-je, les yeux toujours rivés sur l'alignement des maisons qui bordent la rue.

— OK ! Je vois le truc. Tu as essayé de l'embrasser, et elle n'a pas aimé tes manières de trappeur indien. C'est normal ! Il paraît qu'avec les Françaises, il faut agir en douceur. Leur offrir des fleurs, les emmener au restaurant, et j'en passe !

— Cesse de jacasser ! Je ne veux plus rien entendre.

— Tu devrais arrêter de faire dans l'interethnique et te satisfaire des filles de chez nous. Elles chicanent beaucoup moins. Quand elles ont envie de toi, elles te regardent droit dans les yeux et te le disent bien en face. Les Françaises, ça minaude, ça tortille des fesses, ça t'allume grave, et en fin de compte, on ne sait jamais si c'est oui ou c'est non.

C'est à peu près ça ! Le problème, c'est que les femmes d'ici ne m'intéressent pas. Je vais finir par m'acheter une poupée gonflable si ça continue comme ça ! Ou me jeter à corps perdu dans le travail ! Désireux d'évacuer mon stress, je reporte mon attention sur le spectacle de la rue. J'y découvre un dérivatif salutaire.

— Arrête-toi tout de suite ! crié-je à mon adjoint.

Comprenant que je ne plaisante pas, il freine brusquement et se gare sur le bas-côté.

— Quoi ? Qu'est-ce qui…

Au lieu d'écouter sagement la fin de sa phrase, je me précipite hors du 4 x 4 et cours vers le contrevenant. Un bichon blanc à poil frisé qui est en train d'uriner sur un réverbère.

— Tu es en état d'arrestation, mon brave !

Une salve d'aboiements me répond, de sorte que j'hésite à m'approcher du coupable. Enfant, j'ai été mordu à la main par un chien errant. Aussi ai-je conçu une certaine méfiance vis-à-vis de ces animaux à quatre pattes. Surtout lorsqu'ils me dévisagent d'un œil torve !

— Mais ce n'est qu'un chien ! s'esclaffe Henri dans mon dos. Un tout petit chien !

— Va chercher le lasso de capture dans le coffre. Vite ! Il est dangereux.

— Cet adorable caniche à sa mémère, dangereux ? Tu penses ! Il ne ferait pas de mal à une mouche ! ajoute-t-il tout en s'agenouillant près du bichon.

Ce dernier cesse immédiatement de japper. Après avoir reniflé avec prudence la main de mon adjoint, il la lui lèche. Ses yeux noirs et ronds comme des billes regardent son sauveur par en dessous, l'air tout penaud. Encore un qui sait s'y prendre pour enjôler son monde !

— Arrête de frayer avec le prévenu, Henri, et va chercher le lasso de capture, répété-je, excédé.

Faisant fi de mon ordre, mon adjoint prend le bichon dans ses bras et se redresse. L'animal lui lèche le menton. J'en connais une qui, pour échapper à sa sanction, a tenté la même approche avec moi.

— Pas besoin de l'attacher. Il est inoffensif.

— Repose-le par terre tout de suite, m'énervé-je.

— Je ne peux pas. Tu ne vois pas qu'il m'adore !

— C'est un chien errant, décrété-je crânement. Article 76 du règlement concernant les nuisances : tout animal domestique fréquentant les rues de la réserve doit être tenu en laisse par son propriétaire. Or je ne vois ni laisse ni propriétaire. En conséquence de quoi, on l'embarque à la fourrière.

— Tu délires, Curtis. Regarde, il a un collier. Il y a même une médaille gravée avec un nom et une adresse… C'est le chien des Sioui, et il s'appelle Lucky.

— Quels Sioui ?

Il y en a toute une tripotée qui porte ce patronyme. Un patronyme qui signifie « soleil levant » en langue wendate et qui appartient à notre patrimoine culturel depuis des générations.

— Le couple de dentistes ! Ceux qui ont leur cabinet dans l'avenue Chauveau, à une dizaine de minutes de la réserve ! réplique mon adjoint, trop occupé à gratter l'arrière des oreilles de son protégé pour s'attarder sur ma grimace de dégoût.

— D'accord ! On leur ramène leur clébard, mais ça leur vaudra une belle amende.

Plus que contrarié, je rejoins mon véhicule de service et prends le volant. Aujourd'hui, tout va de travers ! J'insiste pour qu'Henri et Lucky montent à l'arrière. Je ne veux pas avoir cette boule de poils nauséabonde dans mon champ de vision. Elle me rappelle une certaine Estelle, la mauvaise odeur en moins ! Tous deux possèdent cette aptitude à mener leur monde par le bout du nez. Et ça m'exaspère au plus haut point ! La seule pensée que j'aie pu me montrer faible face à la petite Française me hérisse. Je refuse de ressembler à mon père. S'il s'était imposé face à ma mère, elle serait encore parmi nous. Dieu sait où elle peut bien être maintenant ! De toute façon, je m'en contrefiche royalement.

Je nous conduis quelques rues plus loin, à l'adresse indiquée sur la médaille du bichon. La maison dans laquelle réside la famille Sioui est en tout point identique à celles qui bordent la rue. Pourtant, je devine que les revenus de dentistes sont plus élevés que ceux des habitants de la réserve. C'est ainsi que nous fonctionnons à Mendake. Selon un principe égalitaire. L'aisance matérielle ne nous rend pas supérieurs à notre prochain. Seule compte la valeur de nos actes. C'est sur cette croyance que je fonde mes actions. Chaque jour, je m'applique à devenir un homme meilleur. Soucieux du bien-être de mes administrés et digne de leur respect !

Une fois sorti de mon véhicule de service, je frappe à la porte des Sioui. Henri, qui continue de serrer son protégé contre lui, m'emboîte le pas. Une jolie brunette aux yeux bleus et au teint clair nous ouvre. Je la reconnais sur-le-champ. Nous fréquentions le même lycée à Québec. À l'époque, elle était déjà très mignonne. Une horde d'admirateurs lui tournait autour. Je n'étais qu'un garçon bagarreur à la mine renfrognée. J'en voulais à la terre entière pour avoir été abandonné à la naissance par ma mère. Nos univers étaient donc aux antipodes l'un de l'autre. Elle évoluait en pleine lumière tandis que, tapi dans l'ombre, je combattais mes démons. Je devais lui paraître insignifiant. Elle ne doit pas se souvenir de moi.

Dans une société matrilinéaire comme la nôtre, où les enfants font partie du clan de leur mère, je n'ai jamais vraiment su où était ma place. Certes, mon père est le Grand Chef de la réserve, et mon rattachement à son clan – le clan du loup – n'a jamais été remis en cause. Il n'empêche que j'éprouve un sentiment profond de déracinement. Je suis un Huron-Wendat, ça ne fait aucun doute. Mais j'ai toujours l'impression qu'il me faut fournir davantage d'efforts pour le prouver.

En m'apercevant sur le seuil de sa maison, mon ancienne camarade de lycée hausse des sourcils étonnés, avant de se fendre d'un sourire éclatant.

— Curtis ?

— Bonjour…

Je marque une pause lorsque je réalise que son prénom m'échappe. En revanche, je suis plutôt surpris de constater qu'elle a gardé le mien en mémoire.

— Salut, Isabelle, intervient Henri. On te rapporte le chien de tes parents.

Plusieurs aboiements joyeux ponctuent sa phrase. Le bichon se met à s'agiter avec frénésie, motivé par la volonté évidente de sauter sur sa maîtresse. Il me semble du reste que mon adjoint aimerait en faire autant. La jupe courte et le tee-shirt moulant au décolleté échancré d'Isabelle produisent leur effet. Sur moi, ils agissent comme une madeleine de Proust, ravivant les sensations que le sein d'Estelle dans ma main avait excité.

— Lucky ! s'écrie Isabelle. Mais où étais-tu fourré ? Je t'ai cherché partout.

Elle s'empresse de le récupérer. Ils ont l'air heureux de se revoir, ces deux-là ! Pendant que son bichon lui lèche le visage, couinant comme un jouet, elle l'abreuve de petits mots gentils qui rendent Henri complètement gaga. J'observe la scène d'un œil dubitatif. Je ne comprends pas quel plaisir peut bien leur procurer la langue d'un chien. Je préfère largement celle de la petite Française. Eh merde ! Il faut que j'arrête de penser à elle et à tout ce qui m'est passé sous le nez !

— Il s'est enfui quand j'ai ouvert la porte tout à l'heure, ce vilain garnement ! nous explique Isabelle, rompant le silence contemplatif dans lequel nous étions tous plongés.

— On ne t'a pas beaucoup vue ces derniers temps. Où étais-tu passée ? lui demande Henri, tout sourire.

— J'étudiais le droit fiscal à Toronto. Mais maintenant que j'ai obtenu mon diplôme, je reviens parmi les miens. Vous m'avez tellement manqué ! J'ai hâte de rattraper le temps perdu.

Elle nous adresse un clin d'œil qui me fait sursauter. Est-ce une invitation qu'elle nous lance là ? Henri, à qui l'allusion n'a pas échappé, glousse – cet âne ! –, avant de répliquer.

— Les tiens t'accueillent à bras ouverts, Isabelle. Toi aussi, tu nous as beaucoup manqué ! Tu viens t'installer dans la réserve ?

— Oui. J'ai décroché un poste d'assistante dans un cabinet d'avocats à Québec. Il ne me reste plus qu'à me trouver une maison ici.

— Si tu veux, je peux en parler à mon beau-frère. L'un de ses cousins fait partie du comité de sélection pour l'attribution des logements contingentés de Mendake.

— Oh, c'est vraiment trop gentil à toi ! minaude-t-elle tout en battant des cils. Mais en attendant, j'habiterai chez mes parents. Vous pourrez venir me voir, tous les deux ! Qu'est-ce que vous diriez de m'emmener au restaurant ce soir ?

— Je ne peux pas. J'ai du travail, rétorqué-je aussi sec.

Et surtout, je rends visite à la petite Française. Je me sens revigoré à l'idée de lui agacer les nerfs. Je ne doute pas un seul instant que Nicole – qui est d'ailleurs bien aimable de l'héberger – m'invitera à dîner.

— C'est OK pour moi ! 20 heures, ça te va ? demande Henri d'un ton enjoué.

— Parfait ! lui répond Isabelle, ses yeux oscillant entre mon adjoint et moi. Mais j'insiste pour que Curtis m'invite demain soir.

— Je ne sais pas encore si je serai disponible, bougonné-je.

— Curtis est le chef de la police de notre réserve, lui explique Henri, un brin sarcastique. Il prend son boulot très à cœur. Le respect des règles passe avant tout pour lui, tu comprends ? Gare à ceux qui contreviennent à la loi ! Il les fout en taule.

La ferme, Henri ! grogné-je intérieurement.

La discussion se poursuit sans moi, vu que je refuse d'y participer. J'esquive toutes les questions par des mouvements de tête. Dans le même temps, je compte mentalement jusqu'à cinquante avant d'interrompre leurs roucoulades.

— Il faut qu'on y aille, Henri. Au revoir, Isabelle. Content de t'avoir revue !

Et pas fâché de te quitter !

Comme vous le savez déjà, je déteste quand on me fait du rentre-dedans ! J'aime conserver la maîtrise dans les jeux de séduction.

— On lui a tapé dans l'œil ! Tu as tort de décliner ses invitations, on pourrait envisager un plan à trois, me dit Henri, une fois que nous avons regagné notre 4 x 4. Elle est plutôt mignonne, non ? En tout cas, moi, je ne vais pas me gêner.

— Je croyais que tu préférais les blondes.

— Bah ! Dans le noir, tous les chats sont gris. Franchement, je me demande ce qu'on va bien pouvoir faire de toi.

— Laisse-moi tranquille. Je me débrouille très bien sans toi. Merci ! décrété-je sèchement après avoir démarré.

— Continue de jouer les matamores, et tu finiras seul.

— Je ne serai jamais seul. Je vous ai tous sur le dos du matin au soir ! Je n'ai nul besoin d'une épouse qui fliquera mes moindres faits et gestes…

— Une épouse qui réchauffera ton lit, me coupe-t-il.

— Je ne suis pas frileux !

Des séries de bips retentissent sur nos deux portables, ce qui clôt notre conversation. Comme je tiens le volant, je laisse à Henri le soin de consulter sa messagerie.

— Qu'est-ce que c'est ? lui demandé-je, inquiet.

— Apparemment, ils ont un problème au commissariat. Attends, je les appelle !

Durant tout son coup de fil, je l'entends acquiescer et pester, sans réussir à comprendre de quoi il retourne. Ce n'est qu'après avoir raccroché qu'il m'explique la situation.

— On a un souci avec notre système de vidéosurveillance. Plusieurs caméras ont cessé de fonctionner. Les gars au central ne savent pas si c'est une défaillance technique ou du vandalisme.

Il ne manquait plus que ça ! À quinze jours du pow-wow, on ne peut pas se le permettre. Il va falloir s'en occuper sérieusement.

10

***Attrape-rêves** : objet artisanal amérindien composé d'un cerceau et d'un réseau de fils en forme de toile d'araignée. Selon la croyance populaire, il empêche les mauvais rêves d'envahir le sommeil de son détenteur.*

Estelle

J'attends plusieurs minutes avant de quitter le vestiaire. Principalement parce que ma colère contre monsieur « Tue-l'amour » est si vive que je préfère ne plus avoir à le croiser. Je serais bien capable de l'assommer avec le premier objet qui me tomberait sous la main. Fatalement, j'atterrirais en prison, ce que je souhaiterais éviter à tout prix ! Lorsque je regagne le bar, j'ai la chance de ne pas l'y trouver. Son collègue et lui ont vidé les lieux. Bon débarras ! Je m'apprête à repartir à la cuisine, mais Nicole m'annonce que notre journée de travail est finie.

Ainsi, à peine sortie du vestiaire, j'y retourne pour enfiler mes vêtements de ce matin. Je soupire de contentement quand mes pieds réintègrent des chaussures à leur taille. Clopin-clopant, je suis ma nouvelle amie jusque chez elle. Nous gardons le silence tout du long de notre trajet. Toujours un peu déboussolée par ce qui m'arrive, je me résigne à mon sort. Après un bain et une bonne nuit de sommeil, j'y verrai probablement plus clair et j'aviserai au meilleur moyen de m'extirper de ce mauvais pas. Nous marchons pendant une quinzaine de minutes sous un soleil de plomb avant de parvenir aux abords d'une église au toit pointu et surmonté d'un clocheton.

— C'est l'église Notre-Dame-de-Lorette ! me dit Nicole avec une fierté touchante. Elle a été bâtie en 1730. Un incendie l'a partiellement détruite en 1862, mais nous l'avons fait reconstruire à l'identique juste après. Elle est belle, n'est-ce pas ?

— Euh, oui ! Très belle ! marmonné-je, amorphe. Je ne savais pas que…

— Notre petite communauté a embrassé la foi catholique à notre arrivée ici, au début du XVIIIe siècle, me coupe-t-elle, m'épargnant ainsi l'embarras de m'empêtrer dans les clichés que je collectionne sur son peuple.

Une fois l'église dépassée, nous nous engageons dans une rue ombragée, aux trottoirs tapissés de verdure et qui se termine en cul-de-sac à la lisière d'une forêt. Les maisons basses qui la bordent sont impeccablement alignées et se ressemblent toutes. Celle que Nicole partage avec sa mère et sa grand-mère est située au bout de l'impasse.

— J'habite juste à côté du parc de la Falaise, me dit mon amie, qui me désigne du doigt le bois jouxtant sa maison. Je ne sais pas si on aura le temps de s'y promener ce soir, mais, sûr et certain, je t'emmènerai demain voir la cascade Kabir Kouba. C'est tout près d'ici.

— Oui, demain, c'est parfait ! répliqué-je, sentant mes yeux se fermer tant je suis exténuée.

— Viens ! Je vais te faire visiter mon chez-moi !

Marchant comme un zombie, je la suis à l'intérieur. Depuis l'extérieur, on pourrait croire sa maison toute petite tant sa façade est étroite. En réalité, elle est très spacieuse. Une bonne dizaine de chambres s'agencent autour d'un très long couloir.

Nicole m'explique que la plupart des habitations de la réserve sont bâties sur ce modèle. À savoir qu'elles reproduisent la structure des maisons longues de ses ancêtres. Ces habitations en écorce de bois mesuraient moins de dix mètres de large et pouvaient atteindre cinquante mètres de long. Composées d'une seule pièce, elles abritaient tous les membres d'un même clan. On pouvait savoir combien de familles y vivaient au nombre de feux qui y brûlaient en continuité.

Je suis fille unique. Ma famille se résume à mon père et ma mère. Enfant, je disposais d'une chambre et d'une salle de bains rien qu'à moi. Je ne voyais guère mes parents, car je préférais prendre mes repas dans ma chambre, devant une série visionnée sur mon écran d'ordinateur. J'ai donc un peu de mal à imaginer ce qu'était la vie de ces gens. Ils ne devaient pas jouir de beaucoup d'intimité. En revanche, ils ne se sentaient jamais seuls. Je ne compte pas les fois où la solitude m'a pesé.

Comme il fallait s'y attendre, la maison de Nicole grouille de vie. Un gros chat tigré vient se frotter contre moi dès notre arrivée.

— Je te présente Tigrou ! N'hésite pas à le chasser s'il t'embête, me conseille mon amie. Il est un peu collant !

L'animal a certainement compris les propos de sa maîtresse, car il lui jette des regards hostiles. Je me baisse pour le caresser.

— J'ai toujours voulu avoir un chat rien qu'à moi, répliqué-je par-dessus les ronronnements d'allégresse du gros matou.

Mais mon père étant allergique aux poils des félins, je n'ai jamais pu réaliser mon rêve.

— Je peux t'en donner un si tu le souhaites. Tigrou a fait des petits à la chatte de la voisine. Elle vient de mettre bas.

— C'est gentil, Nicole. Malheureusement, je ne peux pas accepter. Je ne suis même pas sûre de rester au Canada, tu sais !

Parce que de mon côté, je suis en train de développer une sévère allergie aux hommes de ce pays. Les contacts prolongés avec le Cornichon et monsieur « Tue-l'amour » m'ont sérieusement échaudée.

— Oh ! C'est trop triste ! On ne se verra plus jamais si tu rentres en France ! se plaint mon amie, sincèrement désolée.

Toute cette semaine, ainsi que celle d'après, tu vas me coller aux basques ! C'est déjà bien assez, non ? suis-je sur le point de rétorquer.

Je me mords la langue pour me faire taire. Ce n'est pas en agressant Nicole que je résoudrai mon problème.

— On se téléphonera, ne t'inquiète pas ! lui dis-je, pressée de la voir quitter ce regard peiné.

— Oui, je suppose. Mais j'aurais préféré que tu restes à Québec !

Lasse de cette discussion, je me relève, récoltant au passage quelques miaulements indignés. Deux paires d'yeux implorants se rivent sur moi. Gênée, je fais mine d'admirer l'attrape-rêves suspendu au mur de l'entrée.

— Il y en a un dans chaque pièce, m'explique mon amie. Ce sont des cousines de Jean (tu sais, le garagiste !), qui les confectionnent.

— Celui-ci est très beau !

— Ils ne sont pas seulement ornementaux. Ils capturent nos cauchemars et nous protègent dans notre sommeil. Viens, je vais te montrer !

Suivies de près par Tigrou, nous commençons la visite par les chambres. La mienne est située à côté de l'entrée. Meublées simplement, elles sont peintes en blanc. Des tentures et des couvre-lits bariolés apportent la touche de couleur. Effectivement, un attrape-rêves est bien accroché à chaque fenêtre.

— Et voici mon atelier de peinture ! m'annonce Nicole, tandis qu'elle me fait pénétrer dans une pièce assombrie par des rideaux tirés.

— Tu peins ?

— C'est ma passion !

Elle allume le plafonnier. Une lumière éclatante et crue éclaire alors son cabinet de travail encombré de toiles, de chevalets et de matériel de peinture. Une grande fresque murale représentant la place du marché retient mon attention, tant elle regorge de couleurs.

— Tu es très douée !

— Merci, me répond-elle, visiblement fière d'elle.

Après une courte pause contemplative, nous repartons dans le couloir. Mon amie me conduit sur le seuil d'une vaste salle à manger. Décorée selon le style trappeur, elle est lambrissée de bois brut du sol au plafond. Des masques rouge et noir à la laideur grotesque ornent les murs. Ils sont tous plus effrayants les uns que les autres. J'en ai la chair de poule. Comme mon regard se fixe sur l'un d'eux, Nicole se penche vers moi pour m'abreuver d'explications.

— C'est le masque de Skadawati, le protecteur de notre peuple. Il a été sculpté dans l'écorce d'un arbre vivant. Et puisque ce dernier a survécu à la scarification, le masque possède de grands pouvoirs.

— Brrr ! Il fait peur ! murmuré-je, afin de ne pas déranger les quatre hommes assis à la longue table et occupés à jouer aux cartes.

— C'est normal ! C'est un visage d'esprit. Il n'est pas censé ressembler à un humain. Tous les masques que tu vois là appartiennent à ma grand-mère. Elle est chamane. Elle les porte lors des séances de transe pendant lesquelles elle soigne ses patients.

— Et elle arrive à les guérir avec ces masques ?

— Avec des plantes également ! Ma famille fait partie du clan de l'ours, dont les membres sont les dépositaires du savoir sur les plantes et les remèdes naturels. Je ne suis encore qu'une novice en la matière, mais ma grand-mère est de loin la plus experte de nous tous. C'est elle qui m'a aidée à me débarrasser de ma leucémie, ajoute mon amie sur un ton grave qui me fait froid dans le dos.

Ses immenses yeux de faon dégagent tant de tristesse que je me verrais mal lui poser des questions sur sa maladie. Aussi, je change de sujet.

— En tout cas, ces masques n'ont pas l'air de perturber tes invités ! dis-je, tout en pointant le menton en direction des quatre hommes.

Très concentrés sur leur jeu, ils ne nous accordent aucune attention. J'aperçois monsieur « Zénitude » parmi eux. À l'exception de ses sourcils froncés, la physionomie du vieux pompiste aux cheveux blancs noués en catogan respire la confiance et le calme.

— Ils sont habitués à leur présence. Tu connais déjà Alphonse, qui travaille à la station essence. C'est l'un de nos huit Sages, me répond Nicole.

— Sage ? demandé-je bêtement.

— Oui ! Il fait partie du Cercle des Sages, chargé de surveiller l'application du Code de notre nation.

— Moins de bruit ! grogne un jeune homme brun au regard sombre et aux traits fins.

— Lui, c'est Daniel, mon frère ! Ne t'inquiète pas, il n'est pas méchant. Il y a aussi Raymond et François, les petits amis de ma mère et de ma grand-mère.

— Salut ! nous lancent de conserve ces derniers.

— Bonsoir ! répliqué-je tout bas, intimidée par la carrure massive du premier et la longue chevelure blanche du second.

— Bonsoir à tous ! poursuit Nicole. Je vous présente Estelle, ma nouvelle amie.

— Bonsoir ! Est-ce que vous voulez vous joindre à nous ? nous propose Alphonse, tandis que nous nous apprêtons à quitter la salle.

— Nous ne faisons que passer, lui explique mon amie. Peut-être après le dîner !

Sur ce, elle me conduit jusqu'à la cuisine, ultra-moderne, où je fais la connaissance de sa mère, Hélène, et de sa grand-mère, Annie. Oh là là ! Ça commence à faire beaucoup de prénoms ! Je ne réussirai jamais à tous les mémoriser. Quoi qu'il en soit, il y en a un que je souhaite oublier à tout prix. À partir de maintenant, j'efface « Curtis » de mon esprit.

Bien qu'occupées à préparer le repas, les deux femmes me font bon accueil. Je m'en veux de ne pas me montrer plus accorte. Après tout, elles n'y sont pour rien si un enfoiré de policier me retient ici contre mon gré.

Elles ressemblent tellement à mon amie que je n'ai aucun mal à deviner leur lien de parenté. Toutes trois sont petites, menues, avec un teint très clair et de grands yeux noirs. Seuls diffèrent leurs cheveux. Noirs pour la mère et la fille, là où ceux de la grand-mère sont blancs. En outre, Nicole est bien moins chevelue que ses aînées, de sorte que je comprends mieux sa fascination pour ma tignasse.

— Tu devrais emmener Estelle à sa chambre, dit la mère de Nicole à sa fille. Elle dort debout, la pauvre petite.

Oh que oui ! Je suis exténuée.

— Vous avez largement le temps de faire une sieste avant le repas, Estelle, renchérit la grand-mère. Nous ne dînerons pas avant 20 heures.

La paupière tombante, les bras ballants, j'opine du chef. La déprime est en train de me gagner. Ces gens sont si charmants, pourquoi chercherais-je à les fuir ? Parce que je n'ai pas choisi d'être ici, pardi ! Tout en emboîtant le pas à Nicole jusque dans ma chambre, je mijote des plans d'évasion. Tiens, et si je descendais la rivière Akiawenrahk en canoë !

Arrivée à destination, je m'effondre sur le lit, tête la première. Tigrou se couche sur le flanc contre ma hanche. Les quelques mots gentils que m'adresse Nicole effleurent mes oreilles sans atteindre mon cerveau. Les ronronnements du chat suivent le même chemin. Je m'endors à peine ma porte refermée.

Écrasée de fatigue, je sombre dans un sommeil agité de cauchemars. Tous me transportent à l'époque de la conquête de l'Ouest. Dans l'un d'eux, je me vois à bord d'une caravane de pionniers, pourchassée par une horde d'Indiens belliqueux. Et devinez qui chevauche en tête de la troupe ! Monsieur « Tue-l'amour » ! Torse nu et sexy comme un diable. Dans une autre scène rêvée, je suis sa prisonnière. Il m'a attachée à un totem et danse autour de moi tout en brandissant un bâton de parole.

« La ferme ! La ferme ! » scande-t-il sans relâche.

À l'évidence, l'attrape-rêves accroché à ma fenêtre ne fonctionne pas.

11

Masques de cérémonie : *sculptés à l'effigie d'un animal ou d'un humain, ils représentent presque toujours l'esprit d'un défunt, d'un animal ou d'un concept (eau, vent, forêt…). Pendant les séances de transe, le chamane les porte afin de s'incarner dans les esprits des morts ou dans ceux de la nature. Il acquiert ainsi leurs pouvoirs et est en mesure de communiquer avec eux.*

Estelle

Des coups frappés à ma porte me réveillent en sursaut. Quelle heure peut-il bien être ? Je ne saurais le dire. Il fait encore jour dehors, et mon estomac crie famine. C'est tout ce que mon esprit embrumé est capable d'appréhender. Ça et le fait que je ne suis pas chez moi ! Sinon, que ferait ce gros chat collé contre moi ?

— Ouvrez immédiatement, mademoiselle Duval ! tonne une voix d'un velouté incomparable, tandis que les coups redoublent contre ma porte.

Une voix si harmonieuse que j'inviterais volontiers son propriétaire dans mon lit. Harmonieuse ? Oh non ! C'est celle de monsieur « Tue-l'amour ». Mais il ne me laissera donc jamais tranquille, celui-là !

— Fichez-moi la paix ! Je dors, répliqué-je, avant d'enfouir ma tête sous l'oreiller.

Malheureusement pour moi, la voix me parvient toujours.

— Ce n'est pas l'heure de dormir. Le dîner est servi. On n'attend plus que vous.

Mon premier réflexe serait de le rembarrer, mais en pensant à Nicole et à sa famille, je me ravise sur-le-champ. La bouche pâteuse et les jambes lourdes, je me lève. Tigrou m'imite. Je m'étire mollement. Il en fait autant avant de bâiller à s'en décrocher la mâchoire.

— Je vous préviens ! Si vous ne sortez pas d'ici tout de suite, j'entre ! continue de me harceler monsieur « Tue-l'amour ».

Dans la foulée, il tape un grand coup sur le battant de bois. Lequel coup résonne comme un glas à mes oreilles. Tout en boitillant, je marche en direction de la porte. Je ne l'ai pas atteinte qu'elle s'ouvre à la volée. Monsieur « Tue-l'amour » surgit et s'arrête sur le seuil de ma chambre. La main sur la poignée, les yeux étrécis et les mâchoires crispées, il ressemble à un tigre prêt à bondir sur sa proie. Je suis persuadée que je pourrais l'entendre feuler si les ronronnements du chat n'emplissaient pas l'espace sonore. Il est plus sexy que jamais dans son uniforme de policier. Bien que je n'aie nulle envie de lui plaire, je prie pour que mon visage ne porte pas les marques de l'oreiller.

Durant un court moment, nous nous dévisageons. Lui, effrontément. Moi, soutenant bravement les regards impudents qu'il coule sur mon anatomie. Quel goujat ! Qu'il n'aille surtout pas s'imaginer que je vais l'inviter à partager mon lit !

— C'est donc ici qu'on vous a installée ? finit-il par me dire sur un ton cassant. S'il n'en tenait qu'à moi, vous dormiriez en prison.

— Sauf que tout le monde n'est pas aussi abject que vous ! rétorqué-je du tac au tac.

Il ricane sottement avant de contre-attaquer. Qu'est-ce qu'il m'exaspère !

— J'espère que vous n'abuserez pas de l'hospitalité de vos hôtes et que vous n'allumerez pas tous les hommes de la maison.

— Vous n'allez pas recommencer ! me récrié-je, outrée. Je n'allume personne. Et surtout pas vous ! Si vous faites allusion à ce qui s'est passé dans les vestiaires, je vous signale que c'est vous qui m'êtes tombé dessus, bouche la première !

— Puisque vous faites allusion à ce baiser de rien du tout, laissez-moi vous dire une chose, mademoiselle Duval ! J'y aurais mis fin rapidement si vous ne m'aviez pas encouragé à l'approfondir.

Ce disant, il lâche la poignée et s'avance de plusieurs pas vers moi. Je recule d'autant, avec des frissons dans tout le corps. Car je dois bien avouer que le souvenir de sa langue me fouillant profondément me donne tour à tour chaud et froid. Arrivée en butée contre le lit, je n'ai d'autre choix que de laisser monsieur « Tue-l'amour » m'approcher. Si près que je suis obligée de relever la tête pour affronter son regard. Quelle femme pourrait résister à ses beaux yeux d'émeraude, ombragés de longs cils ? Moi ! Ce type est devenu mon pire cauchemar.

— N'importe quoi ! m'énervé-je, tout en renâclant un bon coup. Je ne vous ai jamais encouragé à faire quoi que ce soit.

— Non seulement vous m'avez chauffé à blanc, mais en plus, vous ronronniez de plaisir.

Il tend une main vers moi et m'effleure le visage. Je m'efforce de ne pas bouger pendant que ses doigts frôlent ma joue en feu. Pourtant, je me verrais bien le mordre.

— Oui ! Vous ronronniez, me susurre-t-il d'une voix rauque. Je vous entends encore !

— C'est Tigrou, le chat, qui ronronne. Pas moi !

Sur ces mots, je repousse sa main.

— Vous avez réponse à tout, mademoiselle Duval !

Les éclairs qui sortent de ses yeux, sa large poitrine haletante et ses paroles foudroyantes le rendent semblable à un dieu. Un dieu en colère qu'il vaudrait mieux éviter de contrarier. Alors pourquoi est-ce que j'éprouve autant de plaisir à le provoquer ?

— Et vous, vous prenez vos rêves pour la réalité, monsieur le policier ! Vous ne m'inspirez que du dégoût.

— Du dégoût ? me demande-t-il, ses lèvres tordues par un rictus méprisant.

— Oui, du dégoût ! En votre présence, j'aurais plutôt envie de… vomir.

— Faites donc, ne vous gênez pas pour moi ! Mais ensuite, il faudra tout nettoyer. La grand-mère de Nicole est très à cheval sur la propreté. Vous devrez également m'expliquer ce que faisait votre main sur mon *sexe*, ajoute-t-il à voix basse, tout en insistant sur le dernier mot.

À l'évocation de cette scène scabreuse, je deviens rouge comme une tomate, et mon rythme cardiaque s'emballe. Néanmoins, je lutte pour ne pas baisser les yeux. Plutôt crever que de lui dévoiler mon trouble !

— Allez-y, criez-le plus fort ! maugréé-je entre mes dents. On ne vous a pas entendu à l'autre bout de la maison.

— Vu que vous y tenez tant, je me ferai un plaisir de vous agréer. Votre main sur ma queue ! articule-t-il d'un ton doucereux. Dites-moi un peu ce qu'elle faisait là !

— Je pensais que c'était votre bâton de parole, improvisé-je.

Comme truffe, je me pose là ! Je ne suis d'ailleurs pas la seule à m'en rendre compte. Le sourire moqueur qui s'épanouit sur la figure de Monsieur « Tue-l'amour » me confirme que j'aurais été mieux avisée de me taire. Enhardi par ma bévue, il m'agrippe par les épaules et m'attire contre lui. Je me retrouve plaquée contre son torse ferme, obligée de m'accrocher à ses bras pour ne pas basculer sur le lit.

— Lâchez-moi tout de suite ou je crie ! le menacé-je. Ainsi, tout le monde saura quel être retors vous êtes.

Semblant sortir d'une transe, il cligne des yeux. Puis il s'exécute et recule de plusieurs pas. Au passage, il m'assène une réplique assassine.

— J'espère que vous ne causerez pas d'ennuis à Nicole. C'est une fille bien, elle !

— Je suis une fille bien, moi aussi ! riposté-je, remontée à bloc.

— Les filles bien ne masturbent pas les hommes avant de les envoyer promener, rétorque-t-il, narquois.

— À vous entendre, j'aurais dû vous suivre dans votre voiture !

— Tout à fait ! Je vous aurais montré comment je me sers de mon bâton de parole.

— Je… Vous… bégayé-je, à court de mots, ce qui n'est pas dans mes habitudes.

— Qu'importe ! Ça ne se reproduira plus, reprend-il sur un ton redevenu sérieux. Désormais, je n'admettrai plus aucun débordement. J'attends de vous un comportement responsable. J'ai bien l'intention de vous surveiller de près. De très, très près !

Au lieu de lui répondre, je lui lance une œillade meurtrière. Il me foudroie du regard en retour. Même pas peur ! L'irruption de Nicole interrompt notre affrontement silencieux.

— Ah ! Tu es réveillée ? me dit-elle gentiment. Viens. Le dîner va pouvoir commencer.

Son intervention fait tressauter monsieur « Tue-l'amour », qui marmonne quelques paroles inintelligibles et s'éclipse. Mon amie disparaît à son tour de mon champ de vision. Je m'empresse de leur emboîter le pas, Tigrou sur mes talons. En passant devant un miroir mural, j'inspecte brièvement mon reflet. Hormis une tresse à moitié dénouée, mon apparence est acceptable. J'ai même meilleure mine que ce matin.

Lorsque je pénètre dans la salle à manger, les conversations cessent, et tous les regards convergent vers moi. Beaucoup de regards, puisque je compte neuf convives ! La mère et la grand-mère de mon amie occupent, chacune, un bout de la table. Les quatre joueurs de cartes sont présents. Une femme blonde aux yeux noirs d'un certain âge s'est ajoutée à eux. Je bafouille un bonsoir à peine audible et je m'assois à la gauche de Nicole. En face de ce maudit policier qui, à mon grand désespoir, me scrute de ses yeux verts perçants.

— Pour ceux qui ne la connaissent pas déjà, je vous présente Estelle, annonce fièrement mon amie comme si elle exhibait un trophée.

De nombreux « bienvenue parmi nous », déclinés sur toutes les intonations, fusent. Monsieur « Tue-l'amour » garde les mâchoires serrées et se tait.

— Parfait ! Nous allons pouvoir commencer notre repas, déclare la grand-mère de Nicole.

S'ensuit un court silence pendant lequel tous prient à voix basse, la tête baissée sur leur poitrine, les mains jointes. Tous, sauf monsieur « Tue-l'amour » qui ne me quitte pas des yeux. Galvanisée par la présence du chat sur mes genoux, je lui tire la langue. C'est le comportement le plus « responsable » que je suis en mesure d'adopter ! Il l'accueille avec l'un de ses rictus méprisants. Qui pourrait imaginer que quelques heures plus tôt nous nous embrassions avec passion ? Et pourtant, je n'ai pas rêvé ce baiser brûlant dans les vestiaires. Baiser qui ne se reproduira plus ! Je m'en fais la promesse.

— Nous remercions le Grand Créateur pour ce repas, me chuchote à l'oreille Nicole. Dieu, si tu préfères !

Après un bref instant de recueillement, la grand-mère de Nicole se lève pour nous servir de la soupe sagamité. Un potage à base de haricots rouges, de maïs et de sauge fraîche. Vient ensuite un mijoté de poulet au maïs, puis une tarte au sirop d'érable. Pendant tout le dîner, les discussions vont bon train. Elles tournent autour de l'organisation du pow-wow qui se déroulera ici dans une quinzaine de jours.

J'apprends ainsi que celui de Mendake est connu pour ses compétitions de chant, de tambour et de danse. Avant de m'installer au Québec, j'ignorais l'existence de ces célébrations amérindiennes. Désormais, je sais qu'elles sont une bonne vingtaine et qu'elles ont lieu durant les week-ends d'été. Je n'y ai jamais participé, mais je devine qu'elles sont hautes en couleur et en émotion. Ma captivité aura au moins cela d'utile qu'elle me permettra d'assister à l'une d'elles. Si je ne me suis pas enfuie entre-temps !

En plus de m'instruire, je profite de ce que personne ne fait attention à moi pour observer tout ce petit monde. Ils parlent fort, gesticulent beaucoup. Mais ils ne se disputent pas pour autant. Je dirai plutôt qu'ils défendent leurs idées avec ferveur. À la maison, mes parents n'élevaient jamais la voix. Nous formions une famille parfaite, sans histoire et – je dois bien en convenir – parfaitement ennuyeuse. Je pense que j'aurais aimé grandir dans un foyer tel que celui-ci.

— Je vous propose maintenant d'aborder un sujet en rapport avec notre invitée, déclare monsieur « Tue-l'amour », comme le repas se termine et que la mère de Nicole apporte des tisanes à la canneberge. Il nous faut décider quel travail d'intérêt collectif nous lui assignerons.

Eh zut ! Il n'a pas oublié !

— Curtis voulait lui dresser une contravention, mais Alphonse a jugé préférable qu'Estelle nous aide à organiser le pow-wow pour payer sa dette, intervient Nicole. Je trouve qu'il a entièrement raison.

Tous les regards se tournent vers moi. Allez savoir pourquoi, j'acquiesce. Mais où est passé mon esprit combatif ? Qu'est-ce que j'attends pour frapper du poing sur la table, me lever et leur annoncer que je rentre chez moi ? À pied ? Autant ne pas y songer ! J'ai les jambes en compote. Et puis, je serais curieuse de voir la tête que tirera monsieur « Tue-l'amour » quand je leur parlerai de mon idée. Laquelle a germé dans mon cerveau pendant que la grand-mère de Nicole évoquait l'ordre de passage des différentes danses pendant le pow-wow.

— Il ne faudra pas l'occuper plus d'une heure par jour, poursuit mon amie. Elle a déjà beaucoup de travail au bar.

— Je suis tout à fait d'accord avec toi, intervient monsieur « Zénitude ». Une heure par jour me paraît suffisante. Qu'en pensez-vous ?

Tandis que le frère de Nicole hausse les épaules d'un air indifférent, les deux autres joueurs de cartes opinent du menton avant de plonger le nez dans leur tisane.

— Je n'ai pas vraiment d'opinion sur la question, dit la femme blonde aux yeux noirs, qui toussote avant de s'adresser à la grand-mère de Nicole. Et toi, Annie, quel est ton avis ?

— Du moment que la charge de travail n'est pas excessive, je n'y vois aucun inconvénient, lui répond cette dernière. Mais je me réserve le droit de tout interrompre si je sens qu'Estelle est trop fatiguée.

De nouveaux hochements d'approbation accueillent sa réflexion. J'ai cru comprendre que la grand-mère de Nicole était guérisseuse, ce qui lui confère une sorte d'autorité. J'ouvre la bouche afin de lui confirmer que je suis très fatiguée et que j'ai grand besoin de vacances, mais monsieur « Tue-l'amour » ne m'en laisse pas le loisir.

— Je propose qu'elle intègre l'équipe affectée au nettoyage du site du pow-wow, lâche-t-il sur un ton sans appel.

Il achève sa phrase en passant sa langue sur ses lèvres. Aussi ne puis-je réprimer un frisson d'excitation. Une lueur de contentement de soi brille dans ses yeux, comme il les fixe sur moi. Je suis à la fois flattée et agacée qu'il concentre autant d'attention sur ma personne. J'inspire profondément avant de lui exposer ma façon de voir les choses. Mais Alphonse et Nicole prennent la parole pour protester et m'en empêchent.

— Je ne crois pas que ça lui conviendra, dit mon amie.

— Et si on demandait plutôt à Estelle ce qu'elle aimerait faire ! suggère monsieur « Zénitude ». Elle préférerait peut-être coudre les costumes ou peindre des banderoles avec Nicole.

— As-tu un talent caché qui pourrait nous être utile ? s'enquiert mon amie, qui pose une main sur mon épaule afin de m'encourager à parler.

Je me racle la gorge pour m'éclaircir la voix, puis je me lance. Je n'attendais que ça !

— Dans la vraie vie (celle où je ne me repose pas !), je suis chorégraphe. Je travaille pour une compagnie de danse moderne à Québec. Je me verrais bien organiser un ballet pour les plus jeunes d'entre vous.

J'ai en effet remarqué que le pow-wow de Mendake enchaînait plusieurs danses réservées aux adultes. Il y a bien la Grande Entrée, cette danse d'ouverture dans laquelle les enfants défilent après leurs aînés. Mais ils n'ont pas de danse attitrée. Un grand silence succède à mon annonce. Les convives ouvrent des yeux ronds, et monsieur « Tue-l'amour » fronce les sourcils.

— Un ballet pour enfants ? me demande-t-il, sincèrement surpris.

— Oui ! Je peux les former en moins de dix jours. Les jeunes apprennent vite.

Ils sont surtout plus malléables que les adultes. Je ne devrais pas rencontrer beaucoup d'opposition.

— C'est une très bonne idée ! me dit la mère de Nicole, qui s'exprime pour la première fois sur le sujet. Mais il faudra veiller à respecter les coutumes de notre réserve.

— Ne vous inquiétez pas, j'y veillerai, répliqué-je.

— Si tu veux, je peux te montrer les vidéos des pow-wow précédents, intervient Nicole. Tu pourras t'en inspirer.

— Volontiers !

— Je vais en parler au comité organisateur du pow-wow, reprend la mère de Nicole. Je suis persuadée qu'ils accepteront que nos jeunes entrent dans l'aréna de danse.

Un concert d'approbations fait écho à sa remarque. Tous les convives affichent un sourire qui m'apporte un grand réconfort. Tous, sauf monsieur « Tue-l'amour » !

— Bien ! Puisque tout le monde semble d'accord pour qu'elle fasse danser nos jeunes, je me range à vos avis, grince-t-il. Mais je tiens à surveiller de près les opérations.

12

***Totem :** grand poteau de bois portant des figures sculptées superposées. Chez les Wendats, il comporte les représentations du chevreuil, du loup, de l'ours et de la tortue, qui sont les animaux protecteurs des quatre clans habitant la réserve. Un aigle (« sandokwa » en wendat) surmonte le totem et sert de messager entre les esprits et les vivants.*

Curtis

Deux jours plus tard : lundi 30 juillet 2018

Une bonne dizaine de caméras hors d'usage : c'est le bilan de ces deux derniers jours ! Toutes ont été enduites de peinture rouge indélébile. Autant dire qu'elles sont foutues. Et comme elles ne seront pas remplacées avant la fin de la semaine, je me retrouve avec plusieurs failles de sécurité. Désormais, deux sites importants de Mendake ne seront plus couverts par mon dispositif de vidéosurveillance. La place du Totem, ainsi que le terrain vague qui jouxte l'église et où se tiendra la grande majorité des manifestations du pow-wow.

Plus grave encore : le totem de la réserve a été vandalisé cette nuit. On l'a barbouillé de peintures rouges, jaunes et bleues. Vu qu'aucune caméra n'a filmé l'infraction, mon équipe et moi n'avons pas pu coincer le coupable. De nombreux volontaires se sont mobilisés pour tenter de nettoyer le totem, mais les taches sont tenaces.

Quand mon père a appris la nouvelle ce matin, j'ai été la première personne sur qui il a déchargé sa colère. Il était furieux d'avoir dû annuler sa rencontre avec les dirigeants de Loto-à-Québec. À l'en croire, j'ai miné sa crédibilité et mis en danger son projet d'implantation d'un casino dans la réserve.

Il semblerait qu'il ne se souvienne de mon existence que pour me reprocher mes manquements. Je n'entends jamais parler de lui les fois où je conjure des menaces ou que je secours un administré. Il ne connaît mon numéro de portable que pour me fustiger. Je mesure alors combien il me déteste.

Il me tient sûrement responsable du départ de ma mère. Cette ingrate qui m'a abandonné, alors que je n'avais pas plus de six mois. Qu'est-ce que j'y peux si mon père s'est amouraché d'une femme sans honneur, suffisamment indigne pour délaisser son enfant ?

— Il ne faut vraiment pas avoir grand-chose dans la citrouille pour perpétrer un acte aussi odieux, me dit Henri, tandis que nous pénétrons dans le bar Mandella. Qu'on s'amuse à détériorer des caméras de surveillance, passe encore ! Mais un totem rituel ! Je te parie que le coupable n'est pas des nôtres.

Rechignant à lui répondre, je file droit vers les fenêtres qui donnent sur la place. Il a bien évidemment raison ! Quel habitant de Mendake serait assez fou pour profaner un artefact aussi sacré que le totem des Wendats ? Arrivé près des vitres, je m'arrête à la table de Norbert et Georges. Comme à leur habitude, ces cinquantenaires au léger embonpoint et au front dégarni prennent une bière, une fois leur travail au ramassage des ordures ménagères achevé. Mon adjoint et moi en ferons autant dès que j'aurai fini de les interroger. Car après une journée entière passée à enquêter sur l'affaire du totem sans recueillir d'indices probants, j'estime avoir bien mérité ma pause « bière ».

— On n'a rien trouvé ! me lance Georges, le plus basané des deux, avant même que j'aie besoin de le questionner.

— On a fouillé toutes les poubelles de la réserve, ajoute Norbert qui, les lèvres enduites de mousse blanche, sirote sa bière. Comme tu nous l'as demandé !

— Ce n'est pas logique, intervient Henri dans mon dos. Le tagueur aurait dû se débarrasser des bombes de peinture non loin de son délit.

— Le ou les tagueurs ! Avez-vous inspecté les caniveaux et les impasses ? continué-je, passablement contrarié.

— Avec les collègues, on a arpenté toutes les rues de Mendake, me répond Georges. Et ça n'a rien donné.

— Ils ne l'ont pas loupé ! s'exclame Norbert, qui se tourne vers les vitres.

Je l'imite et regarde par les fenêtres. Bien que ce ne soit pas un jour de marché, la place grouille de monde. De nombreux badauds se sont massés autour du totem bariolé, qui capte toute leur attention. Parmi eux, je reconnais quelques membres du Cercle des Sages, dont Alphonse. Le pinceau à la main, grimpé sur l'une des trois échelles dressées autour du totem, ce dernier repeint l'aigle à son sommet. Je ne distingue pas bien ceux qui s'affairent plus bas. Un peu à l'écart de la foule, j'aperçois mon père, en grande discussion avec deux Chefs familiaux : Marc Gros-René, en charge de la sécurité publique, et Lise Vacheron, responsable de la jeunesse. Il a sa tête des mauvais jours.

— J'irai les aider à peaufiner les détails quand j'aurai terminé mon service, nous dit Nicole, qui s'est jointe à nous.

— C'est très gentil à toi, réplique Henri, tout sourire. On aura besoin de tes talents de peintre pour restaurer ce totem à l'identique.

Machinalement, je tapote l'épaule de Nicole pour la remercier. Ça fait du bien de pouvoir s'appuyer sur des amis comme elle ! J'avoue lui en avoir un peu voulu d'héberger la petite Française chez elle, mais maintenant, c'est du passé. Je ne peux décemment pas lui tenir rigueur de sa trop grande générosité.

— Moi, je parie que c'est une histoire de vengeance, hasarde Georges. Des types qui nous ont en haine, ou un truc dans ce genre !

— Quel que soit leur mobile, ils me le paieront ! grogné-je entre mes dents, avant d'aller m'installer à ma table attitrée près du comptoir.

Il n'empêche qu'il a peut-être raison ! Beaucoup de nos voisins jalousent la prospérité de Mendake. Ils pensent que nous la devons à la loi sur les Indiens. Certes, celle-ci nous dispense d'acquitter des taxes foncières et des impôts, dès lors que nous habitons et travaillons dans une réserve indienne. En outre, nos biens sont insaisissables. Mais toute médaille a son revers : aucune banque ne veut nous octroyer des prêts, car nous ne sommes pas en mesure de leur offrir des garanties hypothécaires. Nous ne pouvons contracter des crédits qu'auprès de nos propres organismes financiers, comme le RCA basé à Mendake.

Ainsi, nous ne devons nos succès qu'à nous même. Notre proximité avec la ville de Québec nous avantage bien un peu, mais ce n'est pas la seule raison de notre réussite. Notre peuple a le sens des affaires. Il a de l'or au bout des doigts. Serait-il possible que de mauvaises personnes cherchent à nous nuire ? S'ils sabotaient notre pow-wow, les répercussions seraient terribles. Pour la réserve, pour mes administrés. Mais aussi pour mon père et moi !

J'en suis encore à phosphorer sur la question quand Henri me rejoint à la table. Dans la foulée, la voix cristalline de la petite Française me tire de mes réflexions.

— Vos bières !

Elle dépose nos chopes devant chacun de nous sans même les cogner contre le bois. Serait-elle devenue docile ? C'est la première fois qu'elle nous sert. Hier, elle s'est évertuée à fuir notre table. J'ai dû aller la chercher à la cuisine lorsqu'il m'a fallu l'amener à la Maison des jeunes. C'est encore là-bas que je la conduirai tout à l'heure. Je tiens à superviser personnellement le bon déroulement de sa mission. Et puis, on n'a pas tous les jours l'occasion de rigoler. Surtout en ce moment où ma crédibilité s'effrite ! Or je dois bien avouer que la voir se débattre avec une bande d'adolescents récalcitrants me met en joie.

— Julie est de relâche, sinon je lui aurais laissé le soin de vous servir, ajoute-t-elle, comme si elle devinait mes pensées. Elle y prend tellement de plaisir ! Rassurez-vous, ce n'est pas mon cas.

Sur ces mots, elle me jette une œillade meurtrière. Stoïque, je la dévisage froidement et bois une première gorgée. C'est ça, cause toujours, tu m'intéresses !

— Un peu de changement ne peut pas nous faire de mal, lui répond Henri. Surtout s'il est apporté par une charmante jeune femme !

Le large sourire qu'il lui adresse me fait tousser, ce qui me vaut un regard narquois de la part de la demoiselle.

— Et ne buvez pas trop vite, vous risqueriez de vous étouffer, poursuit-elle d'un ton acide. Ce serait dommage !

— Tu viendrais nous secourir, j'espère ! Je suis sûr que tu es une experte en bouche-à-bouche !

Piqué au vif par la remarque de mon adjoint, je grimace et lui décoche un coup de coude dans les côtes. Histoire de le calmer ! Il feint de m'ignorer et continue de sourire béatement. Quel âne !

— Je me contenterais de te flanquer de bonnes grosses claques dans le dos, rétorque la petite Française, toujours aussi caustique. Ça devrait suffire !

— Tu es dure avec moi ! lui dit Henri avec malice.

Depuis quand se tutoient-ils, ces deux-là ? Aurais-je raté un épisode ? J'ouvre la bouche pour rappeler à la demoiselle que son atelier de danse est dans moins d'une demi-heure, mais elle me coupe la parole.

— Ah, et j'oubliais ! Si vous vous demandez d'où vient ce drôle d'arrière-goût, c'est à cause de l'arsenic ! J'ai aromatisé vos bières avec.

Aussitôt, Henri part d'un grand éclat de rire. Les mains sur les hanches, la petite Française prend un air vainqueur et rive ses yeux noisette aux miens. Cédant à la provocation, j'avale ma chope d'une traite. Le regard toujours planté dans le sien, je lèche avec gourmandise la mousse collée sur les bords. J'ai alors la satisfaction de la voir déglutir avec difficulté. Elle devient rouge jusqu'aux oreilles, de sorte que de délicieux frissons parcourent tous mes membres. Ah, ah ! On fait moins la maligne, maintenant !

— Non, sans blague ! Et comment feras-tu sans deux vaillants policiers pour te protéger ? continue Henri, qui ne s'est pas aperçu de mon petit manège.

— Je rentrerai chez moi. Tout simplement ! persifle-t-elle.

— C'est donc pour se débarrasser de nous que vous avez repeint notre totem, lui lancé-je, revigoré par la rougeur qui persiste sur ses joues.

— Je suis chorégraphe ! Pas peintre en bâtiment ! rétorque-t-elle avec une pointe de mépris dans la voix.

— J'ai hâte de voir comment vous allez vous débrouiller pour votre deuxième leçon. La première n'a pas été très probante.

— La première leçon était une prise de contact avec mes élèves. Je ne me fais aucun souci pour la suivante !

— Ma nièce m'a dit qu'elle s'était bien amusée hier, intervient Henri, toujours prompt à se mêler de ce qui ne le regarde pas.

— Qui est-ce ? lui demande la petite Française.

— Zoé, une brunette de 16 ans aux yeux bleus.

— Ah, oui ! Je vois très bien de qui il s'agit, réplique-t-elle, les lèvres pincées. Ses copines et elle étaient très dissipées.

C'est peu dire ! Elles faisaient un tel boucan qu'on entendait à peine la musique. Qu'est-ce que je me suis marré !

— Assez parlé ! décrété-je tout en quittant ma chaise. Dépêchez-vous d'aller vous changer, mademoiselle Duval. Je vous emmène à la Maison des jeunes.

— Ouh là, tout doux ! Ce n'est pas encore l'heure ! intervient de nouveau Henri qui me retient par le bras. De plus, je te rappelle qu'on a rendez-vous avec ton père. Tu ne peux tout de même pas me laisser l'affronter seul.

— De quoi as-tu peur ? Qu'il te mange tout cru ! ricané-je, après m'être dégagé de sa poigne. Explique-lui qu'on a mis en place des rondes de surveillance autour des sites sensibles de la réserve. Ça devrait le calmer ! Et vous, mademoiselle Duval, que faites-vous encore ici ? Vous devriez déjà être en train de vous changer !

— Je n'ai pas terminé mon service, me répond crânement la petite Française, plus horripilante que jamais.

— Il est 17 h 15. Votre cours commence dans exactement trente minutes. En conséquence de quoi, je vous prierai de vous activer.

Voyant que la demoiselle ne fait toujours pas mine de bouger et que mon adjoint est sur le point de protester, je m'apprête à hausser le ton. L'arrivée inopinée de Nicole me sauve de la crise de nerfs.

— Ne t'inquiète pas, Estelle, je vais prévenir Martha que tu pars un peu plus tôt. Je crois aussi qu'elle aimerait bien que ses jumeaux participent à la danse des jeunes.

— Ses jumeaux ? fait la petite Française avec une moue dépitée.

Cette nouvelle n'a pas l'air de la réjouir. Et pour cause ! Les fils de Martha sont des geeks accros aux jeux vidéo. De vrais cataplasmes ambulants ! Je sens qu'on va bien rigoler.

— Dis-leur de se tenir prêts, annoncé-je à Nicole. Je lève le camp dans dix minutes.

— Je m'y rends de ce pas, Curtis, me lance mon amie, qui déjà se précipite vers la cuisine.

— Et vous, mademoiselle Duval, magnez-vous le train !

— Si je veux !

Sur ces mots marmonnés tout bas, la petite Française tourne les talons et part en direction du vestiaire. Je la regarde s'éloigner avec un sentiment de contentement. Mieux encore, je jubile. Oui, je ris de ce rire intérieur qui sonne comme un hymne à la joie. Quel poète, je fais ! Finalement, ma journée n'est pas si pourrie que ça. J'ai même l'impression qu'elle s'achèvera en beauté.

— On ne t'a jamais dit que tu t'y prenais mal avec les femmes ?

La voix de mon adjoint me tire de mes pensées et me ramène à la réalité. Laquelle réalité lui donne entièrement raison. Au jour d'aujourd'hui, je n'ai toujours pas trouvé l'âme sœur, tandis que lui a conclu avec Isabelle Sioui dès le premier rendez-vous.

— Occupe-toi de tes oignons ! le rembarré-je.

13

***Aréna :** cercle central dans lequel se produisent les danseurs vêtus de leur régalia (habit d'apparat). Ce lieu est consacré avant le début des célébrations. Il demeure sacré jusqu'à ce que le pow-wow se termine.*

Estelle

Pourquoi a-t-il fallu que je fasse ma maligne, l'autre soir ? Apprendre une chorégraphie à une bande d'adolescents boutonneux, c'est pire que si j'essayais d'enseigner la philosophie aux danseurs de ma troupe !

Lorsque je me suis proposé de monter un spectacle pour enfants, je pensais tomber sur d'adorables bambins. Mais le comité organisateur du pow-wow s'est opposé à ce que de trop jeunes sujets se produisent dans l'aréna, où se déroulent les démonstrations de danse.

Selon Alphonse, qui est venu m'expliquer en personne ce que le comité attendait de moi, l'aréna est un lieu sacré réservé aux danseurs adultes. À titre expérimental, ses membres, dont il fait partie, acceptent qu'elle soit ouverte à de jeunes gens proches de la majorité. Ceux qui se sont portés volontaires pour tenter l'aventure ont toutes leurs dents et savent s'en servir. Hier, j'ai pu tâter de leur résistance à l'autorité. Ils m'en ont fait baver, les corniauds ! Pas une seule de mes propositions ne leur a convenu.

Comme si cela ne suffisait pas, j'étais sous haute surveillance. J'ai reçu une bonne dizaine de visites des membres du comité organisateur. Certains ne faisaient que passer. D'autres se plantaient dans un coin de la salle et m'observaient. Pour couronner le tout, monsieur « Tue-l'amour » s'est amusé à mes dépens. Un sourire narquois ne l'a pas quitté tout du long de la séance. J'étais à deux doigts de commettre un meurtre. Seulement voilà ! Aujourd'hui, ça ne se passera pas comme ça. J'ai un plan en béton.

C'est donc l'esprit serein que je m'installe à l'avant du 4 x 4 de monsieur « Tue-l'amour ». Pourtant, la présence de ce dernier devrait me rendre nerveuse. En outre, le mutisme des jumeaux assis à l'arrière du véhicule me donne un petit aperçu du défi que je m'apprête à relever. Or j'aime les défis. Je me sens vivante quand les circonstances me poussent à me surpasser.

Sur le chemin qui mène à la Maison des jeunes, je garde le silence. Monsieur « Tue-l'amour » s'emploie à le meubler. Il pose mille questions aux fils de Martha, qui lui répondent par des onomatopées. Il insiste particulièrement sur ce qu'implique leur participation aux danses rituelles. Devoir et honneur ! Il n'a que ces mots-là à la bouche. Ainsi, il leur énonce toutes sortes de règles qu'ils devront observer pendant le pow-wow. Interdiction de porter une casquette, de toucher à l'alcool, au portable ou à une plume tombée d'un vêtement d'apparat. Il nous fait tout un laïus sur le caractère sacré des plumes d'aigle. Seul un vétéran a le droit de les ramasser.

— Ces consignes s'appliquent aussi à vous, me dit-il, tandis qu'il gare la voiture sur le parking de la Maison des jeunes.

— Je n'ai plus de portable. C'est vous qui me l'avez confisqué, vous vous en souvenez ?

Sur ce, j'ouvre ma portière, pressée d'emboîter le pas aux jumeaux qui ont eu la bonne idée de se précipiter hors du 4 x 4. Malheureusement pour moi, monsieur « Tue-l'amour » me retient par le bras, m'empêchant d'en faire autant. Je me tourne vivement vers lui. Mon regard se lance à l'assaut du sien. Il me dévisage avec un drôle d'air. Beaucoup trop sérieux et aucunement moqueur. Pour un peu, on le prendrait pour un gentil monsieur. Méfiance !

— Je ne vous parle pas de vos effets personnels, mais de votre conduite, réplique-t-il d'un ton pénétré. Un pow-wow n'est pas un simple spectacle de danse. Pour nous, c'est une cérémonie sacrée qui doit se dérouler dans le respect de nos traditions.

— Alphonse et Nicole m'ont déjà briefée. Merci bien, je suis au courant !

— Ce qui signifie que je ne veux pas entendre de musique de dancefloor.

— Depuis avant-hier soir, j'ai eu l'occasion de visionner de nombreuses vidéos. Je sais donc quel genre de musique est approprié.

— Je ne veux pas davantage voir de déhanchements suggestifs. Vous me comprenez ?

Ce disant, il raffermit sa poigne sur mon bras. Ah ! Je me disais aussi qu'il était trop convenable ! Cette main brutale est plus conforme au personnage auquel il m'a habituée. Elle va également finir par me donner des bleus.

— Vous me faites mal.

— Tant mieux ! me répond-il avec aplomb. Ainsi vous n'oublierez pas notre petite conversation.

Tout en continuant de me dévisager étrangement, il me relâche. En plus d'avoir un regard magnétique, ce type a un sérieux problème de communication.

— Je n'oublie jamais rien ni personne, me rebiffé-je.

— Ah bon ! Comment un danseur de pow-wow entre-t-il dans l'aréna ? me demande-t-il à brûle-pourpoint.

— Toujours à partir de l'est, en se dirigeant vers le soleil.

— Quelles chaussures doit-il obligatoirement porter ?

— Des mocassins. À ce sujet, ceux que j'ai au bar sont trop étroits. J'aimerais bien m'en acheter une paire, mais Martha ne peut pas me verser d'avance sur mon salaire sans votre accord.

— Nous en reparlerons plus tard ! objecte-t-il, balayant l'air de la main. À quoi les danses de pow-wow rendent-elles hommage ?

— Elles glorifient la culture et la spiritualité de votre peuple.

— De quelle manière ?

— De plein de manières différentes. Le danseur pourra aussi bien imiter les mouvements des animaux que ceux des chasseurs et des guerriers. C'est pour cette raison qu'il progresse lentement, frappant le sol de ses pieds et balançant le corps. Je compte me servir de figures de *street dance* pour moderniser un peu tout ça.

— Il n'en est pas question, mademoiselle Duval, tranche-t-il, le sourcil froncé.

— Cessez un peu de faire votre rabat-joie, monsieur le policier. Ce n'est pas la première fois que les danses de pow-wow subissent quelques modifications. Alphonse m'a raconté qu'il y a un peu plus de cent ans, une chorégraphie simulant l'évitement des balles de fusil a été introduite dans les pow-wow. Il faut vivre avec son temps !

Apparemment, j'ai réussi à lui clouer le bec, car il ne renchérit pas. Ses yeux d'un vert émeraude me scrutent avec une telle intensité que j'ai du mal à soutenir son regard.

— Vous voyez, les pow-wow n'ont plus de secrets pour moi ! lui dis-je, souhaitant masquer ma gêne.

— Admettons ! Et peut-on savoir sur quelle musique vous ferez danser nos jeunes ?

— J'en ai sélectionné plusieurs. J'ai l'intention de les leur soumettre. Ils retiendront celle qui leur plaira.

— Ils ne retiendront rien du tout ! C'est moi qui choisirai, décrète-t-il froidement. Donc que proposez-vous ?

Deux options s'offrent à moi. Soit je lui vole dans les plumes, soit j'obtempère. Je me décide pour la seconde solution, principalement parce que je n'ai pas envie de voir cette discussion s'éterniser.

— *Big hands,* interprété par Les Tambours du Bronx.

— Ces mecs torses nus, qui frappent comme des dératés sur des bidons ?

— Oui. C'est un groupe de percussions français qui, selon moi, est en accord avec l'esprit du pow-wow, me justifié-je, sûre de mon fait.

— Trop cliché ! C'est non. La suite, s'il vous plaît !

— Le solo de batterie de *Moby Dick,* joué par John Bonham.

— Le John Bonham des Led Zeppelin ?

— Lui-même !

— Trop mythique ! réplique monsieur « Tue-l'amour » du tac au tac.

— *Who are you* du groupe The Who, avec son morceau de batterie endiablé. C'est le générique de la série *Les Experts*...

— Et c'est interprété par Keith Moon, qui a inspiré le batteur fou du Muppet Show. Trop grotesque !

— Keith Moon est tout sauf grotesque. C'est le...

Je m'interromps brusquement, lasse d'argumenter dans le vide. Je ne souhaite pas dépenser mon énergie inutilement. Je la réserve à six adolescents apathiques – non, en fait huit en comptant les fils de Martha !

— Pourquoi n'allez-vous pas régler la circulation à un carrefour ou sauver un chat coincé dans un arbre, plutôt que de vous ingérer dans mes affaires ?

— Parce qu'au premier faux pas de votre part, c'est sur nous deux que la faute retombera. J'ai l'habitude que mon père s'acharne sur moi. Ça ne me fait plus rien. Mais vous risquez de ne pas apprécier ses représailles.

— Votre père... le Grand Chef ?

— Lui-même ! Il déteste la médiocrité.

— Écoutez-moi bien, monsieur le policier ! Vous commencez à me courir sur le système. Je n'ai pas choisi d'être ici. Et votre différend avec votre père ne m'intéresse pas. Mais je peux vous assurer que je n'ai jamais failli à ma tâche. La danse, c'est toute ma vie ! J'ai l'intention de monter ce ballet, et je ferai un sans-faute.

J'ai conscience de m'être montrée dure avec lui. Je vois de la tristesse dans son beau regard, ainsi que quelque chose de plus sombre qui m'atteint au plus profond de mon être. Contre toute attente, le rictus amer qui retrousse ses lèvres est loin de me réjouir. Je l'ai blessé et je n'en retire aucun plaisir. Sans doute est-ce à cause de ce que Nicole m'a raconté sur son enfance. Une enfance passée à essayer de satisfaire un père trop exigeant ! Une enfance privée d'amour. C'est certainement pourquoi ce type est si acariâtre. Mais cela n'explique pas pourquoi j'ai autant envie de le prendre dans mes bras pour le consoler.

— C'est votre tour de bien m'écouter, mademoiselle Duval. Montez votre ballet. Mais au premier faux pas, je vous fous en taule, scande-t-il d'un ton cinglant.

Quelle imbécile je fais ! Monsieur « Tue-l'amour » est tout le contraire d'un gentil garçon en manque de réconfort. C'est un gros connard de première, ce que je ne dois pas oublier. De même que je ne dois pas oublier qu'il me retient ici contre mon gré. Il faut absolument que j'évite de développer le syndrome de Stockholm.

Refusant de polémiquer, je sors du véhicule et gagne la salle de danse à l'intérieur de la Maison des jeunes. Laquelle salle offre un environnement propice à l'expression de mon art. Parquet en bois, barres de travail, bancs, miroir sur tout un pan de mur et sono. Il y a également huit adolescents dispersés aux quatre coins de la pièce. Je sens qu'ils vont me donner du fil à retordre.

Du nerf, tout va bien se passer !

— Bonjour, les jeunes ! Prêts pour notre deuxième leçon ? m'écrié-je d'un ton enjoué, tout en affichant un large sourire. Allez, on se motive ! Tout le monde en chaussettes ou pieds nus.

Pas de réaction ! À ma gauche, les jumeaux continuent de jouer sur leur portable. À ma droite, une petite blonde glousse sans arrêt pendant qu'un grand gaillard de forte stature lui fait les yeux doux. Hier déjà, je les avais repérés, ces deux-là. Ils avaient passé la séance à flirter. Tout près du miroir, quatre filles tiennent un conciliabule et me jettent des regards peu amènes.

— Pour commencer, je vais vous mettre un peu de musique.

— Pas la même qu'hier, j'espère ! me lance la brunette aux yeux bleus dénommée Zoé. On a failli s'endormir.

— Ce sera de la musique pop latino. Ce n'est pas du dancefloor, mais ça devrait vous garder éveillés, ajouté-je à l'adresse de monsieur « Tue-l'amour » qui vient d'entrer dans la salle.

— Bonjour, tout le monde. Dépêchez-vous d'obéir à mademoiselle Duval et d'ôter vos chaussures, s'il vous plaît, tonne ce dernier, coupant la parole à une Zoé rétive. Et rangez vos portables, vous n'en aurez pas besoin.

Tiens ! On dirait qu'il s'est enfin décidé à m'épauler ! Tandis que les jeunes s'exécutent, je me rapproche de l'alcôve dans laquelle est installée la sono. Contrairement à hier où il m'a fallu une bonne dizaine de minutes avant de la faire fonctionner, je l'allume en un temps record. J'y introduis la clé USB contenant la playlist que Nicole m'a aidée à confectionner. Dès que les premières notes de musique résonnent, des cris de protestation retentissent. Monsieur « Tue-l'amour », qui s'est campé bien en vue à l'autre bout de la salle, affiche une mine contrariée.

— Ne vous inquiétez pas, je vous mettrai des chansons plus palpitantes lorsque nous entrerons dans le vif du sujet. Pour l'instant, j'aimerais que nous apprenions à mieux nous connaître. Rejoignez-moi au centre de la salle. Nous allons former un grand cercle.

Un silence pénible succède à ma requête, et l'air semble se figer. Les jeunes se tournent vers monsieur « Tue-l'amour », qui hoche la tête. Aussitôt, ils se rangent en cercle.

— Parfait ! Nous allons tous nous présenter. Commençons par moi. Je m'appelle Estelle. J'ai 28 ans. Je suis française et j'exerce le magnifique métier de chorégraphe. J'aimerais aussi que vous me tutoyiez. À toi ! fais-je tout en désignant du menton ma voisine de droite.

— C'est inutile. Tout le monde me connaît ici, me répond-elle en prenant un air blasé.

— Pourquoi on ne danse pas tout de suite ? renchérit Zoé d'un ton revêche.

— Faites ce qu'Estelle vous demande, intervient monsieur « Tue-l'amour ».

Dans la seconde qui suit, les jeunes déclinent leur identité chacun à son tour. J'apprends ainsi qu'ils sont nés à Mendake, qu'ils ont plus de 16 ans et que toutes les filles ont déjà fait plus de quatre ans de danse jazz. En revanche, les garçons n'ont jamais pris de leçons de danse.

— Bien ! Maintenant, les garçons et moi allons nous placer à l'intérieur du cercle et former un cercle plus petit. Ce cercle tournera, ce qui nous permettra de faire un *hug*, puis un *check* à chaque fille.

— Le *check*, ça me va ! Mais le *hug*, c'est débile ! lâche le grand gaillard de forte stature.

— À quoi ça sert, tout ça ? grogne l'un des jumeaux.

— Dans un ballet, les danseurs sont amenés à se côtoyer de très, très près, lui expliqué-je calmement. Il est primordial que vous vous familiarisiez les uns avec les autres. Vous devez pouvoir vous toucher sans éprouver de gêne, tu comprends ?

— Non.

— On perd notre temps ! s'énerve Zoé, tandis que ses camarades regardent du côté de monsieur « Tue-l'amour ».

Je pense avoir un sérieux problème d'autorité. Et même si ça m'écorche la bouche, je dois bien reconnaître que je ne m'en sortirai pas sans l'aide de ce satané policier. La poisse !

— Curtis ! le hélé-je, feignant la parfaite décontraction. Et si tu te joignais à nous ? Il nous manque un garçon pour le cercle intérieur.

Si vous saviez ce qu'il m'en coûte de l'appeler par son prénom. Et encore plus de le tutoyer comme si nous étions les meilleurs amis du monde. Mais je n'ai pas le choix ! Sans lui, les jeunes ne m'écouteront pas. Et si je ne parviens pas à créer une complicité avec eux, jamais je ne réussirai à monter ce fichu ballet.

14

Hutte à sudation : *Tente assimilable à un sauna dans laquelle règne une très forte chaleur. On s'y enferme pour communiquer avec le Grand Créateur. Pendant cette cérémonie plutôt longue, on chante, on prie afin de prévenir les maladies, de se guérir, de purifier son corps et son esprit.*

Curtis

— Curtis ! Et si tu te joignais à nous ? Il nous manque un garçon pour le cercle intérieur, me lance la petite Française.

D'apparence anodine, cette requête ressemble à un cri de détresse. Elle m'a pourtant été adressée sur un ton désinvolte. Mais il y a ce tutoiement qui sonne faux. Depuis quand la demoiselle m'appelle-t-elle par mon prénom ?

Comme je tarde à répondre, les regards se font plus appuyés. Par-dessus les accents joyeux de la musique latino, je crois entendre l'air crépiter. La pression qui pèse sur mes épaules s'intensifie. Les jeunes espèrent me voir ratifier leur refus de coopérer. Et leur professeure attend de moi le contraire. Elle est aux abois. Car elle sait que ses élèves ne collaboreront pas si je ne lui apporte pas mon soutien. Vais-je continuer à me délecter de son désarroi ? Je n'en ai plus vraiment envie.

Il est hors de question que je laisse la séance dégénérer comme hier. Si mon père passe par ici et qu'il découvre que cette initiative est un fiasco, il se défoulera sur moi. À vrai dire, je m'en moque royalement. De même que je ne suis plus très sûr d'en vouloir à la petite Française. Lorsque j'ai vu avec quelle ferveur elle défendait ce projet de ballet, j'ai compris qu'elle y croyait réellement. La preuve : ces gosses ne lui facilitent pas la tâche et, pourtant, elle tient bon. Je ne peux m'empêcher d'admirer son courage. N'importe qui d'autre à sa place aurait jeté l'éponge. Elle manifeste une détermination remarquable.

Je pense que le moment est venu d'enterrer la hache de guerre. Pas définitivement, bien sûr. Juste le temps que durera cette leçon de danse. Sans mot dire, j'enlève mes chaussures, ma veste et je retrousse les manches de ma chemise au-dessus des coudes. Puis je rejoins la demoiselle au centre du cercle.

— Merci, me murmure cette dernière, visiblement soulagée.

— De rien ! bougonné-je, refusant de lui révéler à quel point ce simple témoignage de gratitude me touche.

L'instant d'après, les trois garçons se postent à nos côtés. S'ensuit la scène la plus décalée, la plus incongrue que j'aie jamais vécue. Moi, le chef de la police de Mendake, l'homme le plus redouté de cette réserve, je me retrouve embarqué dans des jeux de cour de récréation. Ainsi, je me mets à distribuer des accolades et des tapes dans les mains à toutes les jeunes filles du grand cercle. À la demande de la petite Française, je réitère l'opération plusieurs fois.

À mesure que le temps passe, les étreintes deviennent de plus en plus amicales, les jeux de mains se complexifient. On avance à cloche-pied, on fait des moulinets avec les bras, on se tape sur les cuisses, dans les mains selon des séquences de plus en plus compliquées. Peu à peu, l'ambiance se détend, et le miracle s'accomplit. Des éclats de rire fusent. Même Zoé, la nièce récalcitrante d'Henri, réussit à se dérider. Je me surprends à rire des blagues que lancent les jumeaux. Ils n'en ont pas l'air comme ça, mais ce sont de vrais pitres.

Quant à la petite Française, elle affiche une mine radieuse que je ne lui connaissais pas. C'est la première fois que je la vois aussi heureuse. Sa bonne humeur éclaire sa personne d'un jour nouveau. Son sourire rayonnant, ses yeux plissés de bonheur, ses tresses qui s'agitent sur sa tête la rendent très attirante. Je me demande à quoi elle peut bien ressembler les cheveux lâchés.

— Maintenant, nous allons en faire autant entre membres du même cercle, nous annonce-t-elle, comme je termine ma quinzième – ou peut-être ma vingtième – tournée de *hugs* et de *checks*.

— Entre mecs, ce sera moins marrant ! se plaint le garçon à la carrure de baseballeur.

— Coup dur pour mes mains ! Elles sont en compote ! renchérit l'un des fils de Martha sur un ton tragi-comique.

— Moi, ce sont mes pieds que je ne sens plus ! ajoute son frère, tout aussi boute-en-train. Je pense que je vais envoyer un snap à ma mère pour lui dire de faire chauffer la colle !

Tandis que les jumeaux miment des gestes d'éclopés, les filles éclatent de rire. Je jette un coup d'œil sur la petite Française : elle continue de sourire à pleines dents. La joie triomphante qui illumine son visage produit un drôle d'effet sur moi. Une immense bouffée de chaleur me monte dans la poitrine, et mon cœur s'emballe. Maudite musique latino qui me ramollit la cervelle ! Je t'en foutrai, moi, des « *Despacito* » (doucement) et des « *Quiero desnudarte a besos despacito* » (je veux te déshabiller lentement de mes baisers) ! La dernière fois que j'ai embrassé la petite Française, les choses ont très mal tourné.

Souhaitant abréger au plus vite ce moment de faiblesse, je m'empresse de reprendre mon rôle de policier irréductible et reporte mon attention sur les jeunes. Les pitreries des jumeaux ont provoqué une hilarité prolongée qui ne peut que nuire au bon déroulement du cours. Aussi, je décide d'intervenir.

— On se calme, et on écoute sa professeure, décrété-je sur un ton impérieux.

Aussitôt, les rires cessent, ce qui me procure un réel soulagement. Rien de tel que l'ordre et l'autorité pour chasser les accès de sentimentalisme. Dans l'instant qui suit, nous formons deux groupes. Les filles d'un côté ; les garçons et la petite Fran… non, les garçons et Estelle de l'autre. Puis nous recommençons nos distributions de *hugs* et de *checks*.

Chaque fois que je me retrouve face à Estelle, je me sens tout chose. Un peu comme si j'avais bu trois pleines chopes de bière. J'ai beau lutter pour ne pas tomber sous son charme, rien n'y fait. La serrer dans mes bras me cause des frissons dans tout le corps. Je me mets à trembler lorsqu'elle pose les mains sur moi. Décidément, elle a un sourire enchanteur. Et son regard… son regard est si tendre qu'il me donne envie de hurler à la lune pour la supplier de me rendre la raison.

— Bien. Je pense que nous pouvons arrêter cet exercice et passer à la danse, nous dit-elle au bout d'un moment. Je vais vous apprendre quelques pas qui nous seront utiles pour le ballet.

Ouf, sauvé ! songé-je tout en tâchant de recouvrer une respiration normale.

— On ne choisit pas la musique ? lui demande Zoé d'une voix radoucie.

— Pas tout de suite ! Vous devez d'abord maîtriser des figures de base. Mettez-vous par deux, ainsi vous pourrez vous entraider.

Elle n'a pas fini sa phrase que les bavardages reprennent. Déjà, des couples se forment. J'en profite pour amorcer un repli, mais Estelle me retient par le bras. Sa paume brûlante sur ma peau fait courir de la lave dans mes veines. Tout en bloquant l'air dans mes poumons, je me fige net. J'évite toutefois de la regarder.

— Reste, Curtis ! J'ai besoin de toi pour leur expliquer les pas.

Surpris par son ton implorant, je me tourne vers elle. Mes yeux se fixent sur les siens, et je reçois comme un choc. La bouche légèrement entrouverte, elle demeure immobile et me scrute avec insistance. La vie autour de nous devient alors une succession d'images au ralenti. La musique s'assourdit. C'est à peine si j'entends les rires et les conversations environnants. Pas un battement de cils, pas un souffle ne viennent rompre ce lien invisible qui m'attache à son regard. Ce regard… Il me parle. Il m'apprend presque tout sur elle. Cette femme a besoin d'un homme comme moi. Elle l'ignore encore, mais moi, je le sais.

— S'il te plaît ! finit-elle par chuchoter.

Ces quelques mots me transpercent de part en part et achèvent de crever ma carapace.

— D'accord ! marmonné-je, feignant d'accepter à contrecœur.

En réalité, toutes les extrémités de mon corps frétillent de joie. Mes pieds se réjouissent à la perspective de bouger. Mes doigts rêvent de pouvoir la toucher. Et ma queue… Non, je refuse d'évoquer cette zone qui échappe à mon contrôle. Et pourtant, elle se rappelle douloureusement à moi lorsque Estelle me prend par la main pour entamer les démonstrations de danse.

— Détends-toi un peu. Tu es tout crispé, me murmure-t-elle à l'oreille avant de s'adresser aux jeunes. Nous allons commencer par une figure de Krump.

— C'est quoi, ce truc ? intervient l'un des jumeaux. Une marque de lessive ?

— Mais non ! glousse l'une des filles. C'est du *street dance*.

— En effet, le Krump est né il y a une quinzaine d'années dans les quartiers pauvres de Los Angeles. Il avait pour but de canaliser la colère des jeunes par le biais de défis de danse. Beaucoup de mouvements miment des scènes de combats, mais en réalité c'est une danse non violente. Regardez bien : Curtis et moi allons vous décomposer la première figure.

— On se prend nous aussi par la main ? demande Zoé.

— Non, mais vous ne devez pas hésiter à intervenir pour corriger les gestes de votre partenaire de danse. Bien ! Tout le monde face au miroir. Écartez les jambes de la largeur du bassin, baissez les épaules…

Tout en continuant ses explications, Estelle se place derrière moi et me donne de légers coups dans les mollets pour faire fléchir mes genoux. Puis elle agrippe mes poignets et me montre comment me positionner. Poings levés à la hauteur du visage et une jambe légèrement en retrait. Elle colle ensuite ses pieds contre les miens et imprime de petites impulsions pour me forcer à bouger.

Je la laisse me manipuler comme si j'étais sa marionnette. Tout du long, la pression de ses seins sur mon dos me met au supplice. Je brûle de partout. De la sueur mouille ma chemise. Et je me sens ridicule. Le reflet que me renvoie le miroir n'est d'ailleurs pas très glorieux.

— Tu te débrouilles très bien, me dit Estelle, qui semble avoir deviné mes pensées.

— Peut-être, mais je n'ai pas l'intention de participer au ballet.

— Cela va de soi !

Et qu'elle ne compte pas sur moi demain pour lui servir de pantin ! La suite de la séance se déroule comme dans un épais brouillard. Mes six sens sont toujours opérationnels, mais je suis incapable de voir au-delà d'Estelle. Par le biais de ses remarques, j'apprends que les jeunes se montrent assidus. Ils s'amusent également beaucoup, puisque des rires fréquents me parviennent. Grâce aux encouragements de ma professeure, j'ai l'impression de progresser. Je m'emmêle beaucoup moins les pieds, et mes mouvements sont plus fluides.

Lorsque le cours se termine, la brume qui m'enveloppait se dissipe enfin. Tandis qu'Estelle s'éloigne en direction de la sono, les jeunes vont récupérer leurs affaires et quittent la salle. Je reste au milieu de la pièce, les bras ballants, jusqu'à ce que la musique s'arrête et que j'entende une voix familière.

— C'est donc à ça que tu t'amuses !

Mon père, dans toute sa splendeur ! Le dos appuyé contre un mur, les bras croisés, il me dévisage durement. J'ignore s'il est ici depuis longtemps, mais j'imagine qu'il en a assez vu. Moi, en bras de chemise, les pieds nus, le front suant et certainement l'air un peu perdu ! Je me ressaisis vite. Comme chaque fois que je suis en sa présence, je carre les épaules et rabats sur mon visage le masque glacé de l'indifférence.

Très jeune, j'ai appris qu'il ne fallait pas lui dévoiler ses faiblesses. Il n'a toujours eu que mépris pour les larmes et les jérémiades. Je m'apprête à lui asséner une réplique cinglante, mais l'intervention d'Estelle me coupe dans mon élan.

— Parce que vous appelez ça s'amuser ? lui lance-t-elle tout en s'avançant à sa rencontre. Nous travaillons sur la danse des jeunes pour le pow-wow !

— Quelle danse des jeunes ? Il n'y en a jamais eu dans les pow-wow ! Et qui êtes-vous d'abord ?

— Estelle Duval, française, chorégraphe et de passage ici ! Et vous ?

Les mains sur les hanches, elle se campe devant lui. Je dois bien reconnaître qu'elle ne manque pas de cran. Mon père la dépasse d'une tête. Avec les années, il s'est épaissi. Son front dégarni et ses yeux sombres lui donnent un aspect encore plus sévère que dans mes souvenirs d'enfance. Pourtant, Estelle ne paraît pas s'en inquiéter. J'avoue que ce tableau fait plaisir à voir. Tout ce qui est de nature à contrarier mon père me ravit. En revanche, je n'avais pas prévu sa réaction. Au lieu de se présenter fièrement, ainsi qu'il en a l'habitude, il éclate de rire.

— Ah ! C'est vous qui avez tourné la tête de mon fils ! lâche-t-il, hilare.

J'ouvre la bouche pour protester, car si une telle rumeur se répand dans la réserve, je suis bon pour la hutte à sudation. Mais Estelle me devance.

— Donc, vous êtes le père de Curtis. Le Grand Chef !

— Lui-même !

— Eh bien, je ne vous félicite pas ! Pour ce qui est de la politesse, on repassera ! Sachez que je n'ai tourné la tête de personne, et surtout pas celle de votre fils. Curtis est un policier intègre qui s'acquitte scrupuleusement de son devoir.

Ai-je bien entendu ? Estelle prend ma défense ! Que lui arrive-t-il ? Je ne comprends pas son engouement soudain pour ma personne. Ça n'a pas de sens ! Et puis, je n'ai pas besoin d'elle pour affronter mon père. Piqué au vif, je les rejoins.

— Je vois, je vois ! lui répond mon père, dont le regard brillant oscille entre Estelle et moi.

— Ne va surtout pas te faire des idées, lui dis-je, exaspéré par son petit sourire en coin. Je suis ici pour superviser la bonne marche des opérations.

— Oui, c'est évident ! Tu en es où avec cette histoire de totem ? Il est hors de question que d'autres actes de vandalisme se produisent dans ma réserve.

— Ne t'inquiète pas pour ça ! Je m'en occupe, rétorqué-je sèchement.

— Espérons-le ! soupire-t-il avant de se tourner vers Estelle. Quant à vous, vous m'avez l'air d'une personne intelligente. Je vous confie donc le soin de confectionner une danse pour nos jeunes qui fasse honneur à notre réserve.

— J'y veillerai ! réplique Estelle, le menton levé. Ne vous faites aucun souci pour ça, je connais mon métier, monsieur…

— Monsieur Gervais ! Mais ici, tout le monde m'appelle Richard.

— Et moi, c'est Estelle Duval !

— Enchanté de faire votre connaissance, mademoiselle Duval ! Je vous souhaite un très bon séjour à Mendake. Et ne vous laissez pas trop déstabiliser par mon fils. Il grogne beaucoup, il boude souvent, mais il n'est pas méchant.

Tout en lui adressant un large sourire, mon père lui tend une main qu'elle serre. Je n'ai rien contre le fait que ces deux-là pactisent l'un avec l'autre. En revanche, s'ils pouvaient éviter de le faire à mes dépens, ça m'irait parfaitement !

15

Chute Kabir Kouba : *cascade d'une hauteur de vingt-huit mètres, sise sur la rivière Akiawenrahk. Une légende raconte qu'un serpent vivant dans cette rivière aurait frappé très fort avec sa queue pour mettre fin aux rivalités entre les riverains. Ce coup de semonce aurait donné naissance au canyon et à ses méandres.*

Estelle

Mardi 31 juillet 2018

Dans quelques heures commencera mon travail au Mandella. Et une journée de dingue débutera. En ce jour de marché, les clients afflueront en masse au bar. Il me faudra alors cravacher dur, puisque Julie a un poil dans la main et que Nicole n'aime pas servir en salle.

Je dois être devenue folle pour accepter de demeurer dans cette réserve. Oui, c'est ça, je suis devenue cinglée ! Complètement siphonnée ! Parce qu'il n'y a pas d'autres mots pour désigner une personne qui a eu en sa possession un téléphone et n'a pas cherché à l'utiliser.

Hier, après le départ des jeunes et du Grand Chef, il ne restait plus que Curtis et moi dans la salle de danse. Je sais que je devrais continuer d'appeler monsieur « Tue-l'amour » par ce surnom. Mais je l'ai trouvé si touchant – bourru, mais néanmoins touchant – pendant la leçon de danse que je ne peux décemment plus l'affubler de ce sobriquet. Donc, nous étions seuls. Debout l'un en face de l'autre, nous n'avions pas bougé depuis que son père avait quitté la pièce. Lui, la chemise trempée qui collait à ses muscles saillants. Moi, happée par son regard revolver.

— Alors comme ça, tu trouves que je suis un policier intègre ?

Sur ces mots prononcés avec gravité, il a attrapé l'une de mes tresses et l'a fait glisser entre ses doigts. Aussitôt, une boule s'est formée dans ma gorge, et j'ai frissonné de tout mon corps. Pourtant, ce n'était pas comme s'il m'avait demandé de lui faire une gâterie à l'arrière de son véhicule de service. De peur qu'il ne lise dans mes pensées, je me suis reculée. Il s'est accroché à ma tresse et a suivi le mouvement, m'empêchant ainsi de mettre une distance salutaire entre nous. Oh non ! Il ne devait surtout pas s'apercevoir que je mourais d'envie de lui sauter dessus. Pas question de se faire encore traiter d'allumeuse ! Je me suis donc empressée d'avaler ma salive et de formuler une réponse pertinente.

— Ça dépend des fois ! Si tu veux, on en reparlera quand tu m'auras rendu mon portable !

Sans me quitter des yeux, il a relâché ma tresse et m'a caressé une joue. Une telle tension régnait entre nous qu'elle m'a ôté tout esprit de rébellion. Du coup, je l'ai laissé promener ses doigts sur ma peau à vif. Mon visage tout entier a viré au rouge. Rouge framboise : c'est la couleur que reflétait le grand miroir.

— Je ne demande que ça ! Mais je veux d'abord être sûr que tu t'acquitteras de ta dette.

— Quelle dette ? ai-je croassé, le cœur battant à tout rompre sous l'afflux de pensées lubriques.

Il devait m'avoir sacrément détraqué la cervelle, car je me suis imaginée agenouillée devant lui, les mains plaquées sur ses fesses et la langue enroulée autour de son sexe.

— Les réparations de ta voiture et la danse des jeunes pour le pow-wow.

Ah, ça !

— Mais c'est prévu ! ai-je répliqué vivement avant de me flanquer une gifle mentale censée me remettre la tête à l'endroit. Que je sache, je travaille toujours au Mandella, et le ballet est en bonne voie.

— Je suis content que nous soyons sur la même longueur d'onde. Maintenant que nous avons clarifié les choses, je te raccompagne chez Nicole, m'a-t-il annoncé de sa voix grave et veloutée.

La gorge nouée, j'ai acquiescé en silence.

— Attends-moi. Je remets mes chaussures, et on y va, a-t-il ajouté.

Souhaitant me soustraire à son odeur entêtante, je me suis dirigée vers la sortie pendant qu'il récupérait ses affaires. Malgré tous mes efforts pour l'ignorer, son parfum musqué qui imprégnait mon corsage a continué de me harceler. Je n'ai pu m'empêcher de penser à celui du Cornichon. Un mélange de vétiver et d'agrumes dont il s'aspergeait à longueur de journée. Il ne m'avait jamais causé la langueur que j'ai cru ressentir l'instant d'avant.

En passant près d'un banc, j'ai trouvé un téléphone portable que l'un des jeunes avait probablement égaré. J'aurais pu le fourrer dans ma poche et attendre d'être seule pour appeler un garage digne de ce nom. Oui, j'aurais dû ! On m'aurait envoyé une dépanneuse, ce qui m'aurait permis de rentrer chez moi. Ainsi, jamais plus je n'aurais entendu parler de Mendake et de ses habitants.

Mais il y avait Nicole, dont l'amitié me faisait chaud au cœur. Sa famille, si accueillante. Martha, enceinte jusqu'aux dents et qui ne trouverait pas de nouvelle serveuse avant un bon bout de temps. Comment réussirait-elle à se débrouiller sans moi ? Et que dire de ces jeunes qui se réjouissaient à l'idée de danser au pow-wow de leur réserve ? Moi partie, ils devraient y renoncer. Sans omettre Curtis, cet homme un peu sauvage et carrément pousse-au-crime tant il est sexy, qui a fait irruption dans ma vie. Pas de la meilleure façon qui soit, je vous l'accorde. Tout ça pesait lourd dans le plateau d'une balance en comparaison de ma chère liberté.

— Je crois qu'un des jeunes a oublié son portable, ai-je lancé tout en brandissant ledit objet.

Depuis l'autre bout de la salle, Curtis a relevé le nez des chaussures qu'il était en train de lacer. Je l'ai vu hausser les sourcils d'un air franchement étonné. Sans même une hésitation, je l'ai rejoint en quelques enjambées et lui ai donné le téléphone. Tout de suite après, je me suis reculée de plusieurs pas.

— Merci, c'est vraiment très honnête de ta part, m'a-t-il complimentée avec sérieux. J'apprécie beaucoup ton geste !

— Ce n'est pas grand-chose. Et puis, je suis une personne honnête.

Comme ma réflexion n'a suscité aucune réaction de sa part, je me suis sentie vexée. Depuis que je connais cet homme, il doute sans arrêt de mon intégrité. Ça en devient irritant. De ma vie entière, je n'ai jamais rien volé à personne. Pas même des confiseries sur un étal de supermarché !

— Très honnête ! ai-je insisté, les poings sur les hanches. Je n'avais pas l'intention de le dérober.

— Sans aller jusque-là, tu aurais pu être tentée de t'en servir.

Sur ce, il s'est penché de nouveau en avant et, tout en me jetant des regards en coin, il a repris le laçage de ses chaussures. J'ignore encore pourquoi, mais j'ai éprouvé le besoin de me confier.

— Je n'ai personne à appeler.

— Comment ça, personne ? Tu n'as pas une famille ?

— Oui et non ! Quelqu'un d'aussi bien entouré que toi peut trouver ça étrange, mais ma famille se résume à mon père et ma mère. Et ils n'ont pas beaucoup de temps à me consacrer, lui ai-je expliqué d'un ton maussade. Pour tout te dire, je ne sais même pas où ils sont en ce moment.

— Tu as bien des amis ?

— Mes deux seules véritables amies habitent Paris. À part compatir à mon sort, elles ne me seraient d'aucune aide.

— Un fiancé ou un petit ami, alors ? a-t-il poursuivi d'un air faussement détaché.

— Non plus ! ai-je grommelé. Je n'en ai plus depuis vendredi dernier. Il s'est barré avec l'une des danseuses de ma troupe.

— Je suis désolé.

Ah bon ? Sans blague ! Je n'y ai pas cru un seul instant. Blottie au creux de mon lit, je me repasse la scène en boucle. Nous ne nous sommes plus adressé la parole jusqu'à ce qu'il me dépose chez Nicole. Un simple échange de « À demain » a clos cet épisode désastreux. Avais-je besoin de lui dévoiler les facettes les plus sordides de ma vie ? Je suis persuadée que, maintenant, il me voit comme une ratée. Oh, et puis zut ! Je m'en fous.

Je me suis réveillée un peu plus tôt que d'habitude ce matin. Le jour ne s'est pas encore levé, mais je n'ai pas envie de me rendormir. Pourtant, je sais que le petit déjeuner ne sera pas servi avant deux bonnes heures. Il faut que j'aille me dégourdir les jambes. Histoire d'évacuer ce trop-plein de pensées déprimantes ! Je me dépêche d'enfiler un survêtement de sport, puis je sors de la maison. Dehors, une pâle clarté tombée d'un ciel livide enveloppe le quartier. Aucun nuage n'en ternit la pureté. Il fera beau et chaud aujourd'hui.

Plutôt que de remonter la rue en direction de l'église, je choisis de diriger mes pas vers le parc de la Falaise. Hier soir, Nicole a honoré sa promesse de me le montrer et m'a conduite jusqu'à la cascade Kabir Kouba. Nous y avons croisé beaucoup de gens – principalement des habitants de Mendake. Certains allaient se baigner, d'autres profitaient de la fraîcheur des lieux pour faire leur promenade quotidienne. En cette heure matinale, je suis prête à parier qu'il n'y aura pas grand monde.

Je m'enfonce donc dans la forêt jouxtant la maison de Nicole. Très vite, je constate que je suis bien la seule à emprunter le sentier qui descend jusqu'à la rivière Akiawenrahk. Sous la frondaison des grands arbres, je n'y vois pas très clair. La main sur la rampe en bois qui balise le chemin, je me laisse guider par le bruit uniforme de la cascade. À mesure que je m'en rapproche, la pénombre s'estompe. Ma route s'éclaire de lueurs bleuâtres que l'écume luminescente de la chute d'eau épanche.

Bientôt, j'arrive au pied de la cascade. Il y règne un vacarme assourdissant. Des trombes d'eau dégringolent du haut de la falaise en un large rideau étincelant de blancheur bleutée. Elles s'écrasent vingt mètres plus bas sur des amas de rochers et viennent gonfler la rivière. De fines gouttelettes échappées de la colonne d'eau écumeuse éclaboussent mon visage. C'est très revigorant.

Cet échantillon de nature à l'état brut m'inspire un tel sentiment de liberté que, les bras levés au ciel, je tourne sur moi-même en esquissant quelques pas de danse. Et je crie. Très fort. Jusqu'à m'égosiller. Je tourne comme une toupie et crie pour faire écho au mugissement des flots. Je crie ma solitude, mes frustrations. Je hurle ma colère de n'être qu'Estelle, la gentille Estelle qui ne ferait pas de mal à une mouche. Celle que le Cornichon a larguée. Celle qui ne ressemblera jamais à l'Asperge. Si vous saviez combien ça fait du bien de lâcher prise.

Emportée par un élan d'enthousiasme, je continue ma promenade sur le sentier qui longe la rivière. De même que mon humeur, le courant finit par se calmer. Ainsi, lorsque je parviens au niveau d'une grande vasque, la surface de l'eau est devenue paisible. Mon esprit aussi. On entend encore le bruit de la cascade, mais il ne couvre plus le chant des oiseaux. Ni le son d'une voix que je ne connais que trop bien.

— Bonjour, Estelle.

Aussitôt, mon rythme cardiaque s'accélère. Les yeux plissés à l'extrême pour percer la pénombre, je tourne la tête en tous sens avant de découvrir Curtis, plongé dans la vasque, de l'eau jusqu'au cou. Il nage à ma rencontre. Machinalement, je me rapproche du bord de la rivière. Des vaguelettes viennent clapoter à mes pieds sur un lit de gros galets.

— Bonjour, Curtis, répliqué-je, le souffle court, alors que nous ne sommes plus qu'à quelques mètres l'un de l'autre.

— Tu es bien matinale.

— Oui, j'avais besoin d'un peu d'exercice avant de…

Je m'interromps net en le voyant se redresser et émerger de la vasque. L'eau lui arrive aux genoux. Il est nu. Entièrement nu. La bouche grande ouverte, je regarde tout ce qui se présente à mes yeux. Ses cuisses… musclées, ses bras… musclés, son torse… eh bien, tout aussi musclé ! Et lisse. Sa peau mouillée qu'éclairent les premières lueurs de l'aube luit de reflets satinés. Une fine traînée de poils bruns descend depuis son nombril jusqu'à ses attributs masculins. Bien malgré moi, je m'y attarde un peu. Au repos, ils sont d'une taille impressionnante.

— Pas de maillot ? lui demandé-je d'une voix étouffée.

— Je me baigne toujours nu.

— Pas de maillot ! répété-je bêtement.

— Tu l'as déjà dit.

Vite ! Trouver quelque chose d'intelligent à répondre !

— Moi, je dors toujours nue, lâché-je tout à trac.

Eh mince ! Estelle-la-gaffeuse est de retour ! Si ma remarque me fait rapetisser de plusieurs centimètres, tant je rêve de m'enfoncer sous terre, elle produit l'effet contraire sur Curtis que je vois carrer les épaules et dilater le buste. Sa peau ivoire se tend sur ses muscles bandés. Et un début d'érection s'amorce, ce qui enflamme mon sang.

— J'aimerais bien voir ça, grogne-t-il.

Sa respiration est brève et saccadée, la mienne s'exhale avec difficulté. Il s'avance de quelques pas vers moi. L'eau ne lui arrive maintenant plus qu'aux chevilles. Je suis si proche de lui qu'il me suffirait d'étendre le bras pour le toucher. Ce que je fais ! Lentement, je déplie le poing que j'avais gardé serré et je pose un doigt sur sa poitrine.

— Tu n'as pas froid ? lui demandé-je timidement.

En même temps qu'une lueur de convoitise s'allume dans ses beaux yeux verts, il me saisit par le poignet et ramène ma paume contre son torse. Là où je sens son cœur palpiter.

— Un peu ! Tu me réchauffes ?

Cette voix grave. Ce regard envoûtant… C'en est trop ! Répondant à l'essaim de fantasmes qui bourdonnent dans ma tête, j'empoigne Curtis par les épaules et je l'attire vers moi.

16

***Feu sacré :** allumé avant le début du pow-wow, il est gardé actif dans un cercle sacré durant toute la durée des festivités. On s'en approche, muni de médecines (tabac, foin d'odeur, cèdre, sauge ou une combinaison de ces éléments), et on se tient près du feu pour prier le dieu de son choix. La prière terminée, on dépose sa médecine dans le feu sacré, et la fumée ainsi créée transporte sa prière vers le Grand Créateur.*

Curtis

— Tu n'as pas froid ? me demande gentiment Estelle.

— Un peu ! Tu me réchauffes ?

Je ne m'attendais vraiment pas à ce qu'elle me prenne au mot. Elle m'agrippe par les épaules. Ses mains brûlantes diffusent des ondes de chaleur dans tout mon corps. Tandis qu'elle m'entraîne hors de l'eau, je noue les bras autour de sa taille. Au cas où elle changerait d'avis et qu'elle essaierait de s'enfuir ! Toutefois, je veille à ne pas presser ma queue durcie contre son ventre. Je m'en voudrais de l'effaroucher pour si peu.

Elle n'a pas de petit ami, pas de fiancé. Je suis libre comme l'air. Nous nous plaisons mutuellement, c'est évident ! Tous les ingrédients sont donc réunis pour que la mayonnaise prenne.

— Oui, je vais te réchauffer, me dit-elle tout en frictionnant mes bras et mon dos. Tu es gelé.

Gelé ? Plus depuis que ses mains laissent des traînées de feu dans leur sillage ! Le menton relevé, elle me regarde avec intensité. Je paierais cher pour savoir ce qu'elle a en tête. Il fait trop sombre pour que je puisse distinguer l'expression peinte sur son visage. Se moque-t-elle de moi ? Cherche-t-elle encore à me faire bander comme un fou sans m'offrir la jouissance ? Je peux voir briller ses yeux de biche, ainsi que ses lèvres humectées de salive. Ce sont des manifestations de désir ou je ne m'y connais pas ! Ça me donne une furieuse envie de l'embrasser.

Je me penche vers elle. Son parfum – un parfum indéfinissable de séductrice – me titille les narines. Hier, lorsqu'elle m'apprenait à danser, je le respirais à pleins poumons. Il m'étourdissait. Aujourd'hui, c'est bien pire puisque nous sommes seuls, enfoncés dans une épaisse forêt à une heure où mes administrés se réveillent à peine. Dans cette pénombre propice à tous les excès, mon imagination surchauffée galope, cravachée par les frissons que provoque son massage. Je m'incline encore. Ma bouche effleure la sienne. Mais les paroles d'Henri me reviennent en mémoire et me coupent dans mon élan.

« Elle n'a pas aimé tes manières de trappeur indien. C'est normal ! Il paraît qu'avec les Françaises, il faut agir en douceur... », m'a expliqué mon adjoint l'autre jour.

OK ! Changement de tactique ! Le poète qui est en moi reprend du service.

— Quel homme pourrait résister à une femme comme toi ? murmuré-je à l'oreille d'Estelle, au lieu de l'embrasser. Tu es si belle !

— Tu... Tu es sérieux ?

— Oui. Tu ensorcelles quiconque t'approche de trop près. Tes yeux sont des lacs éclairés par la lune. Malheur à celui qui se penche pour y contempler son reflet ! Il finira par se noyer.

— Ils sont juste marron.

— Ils sont superbes, insisté-je avec lyrisme, tandis que ses massages se transforment en caresses. Tes lèvres sont comme des pétales de rose couverts de rosée du matin. Tes cheveux... Ah ! Si je pouvais défaire tes tresses, je suis sûr qu'ils se déploieraient en un long voile de soie sombre.

— Tu y verrais plutôt un tas de broussailles...

— Que je prendrais plaisir à démêler. Les courbes de ton corps m'évoquent les méandres de la rivière Akiawenrahk. Je brûle de les explorer.

— Je me trouve un peu grosse.

— Mais pas du tout ! me récrié-je, sincèrement peiné qu'elle puisse avoir une image déformée d'elle-même. Tu es parfaite. Des pieds à la tête !

Je crois que ma poésie n'a pas su la convaincre, car elle se fige net. Ses paumes s'immobilisent sur mes pectoraux et me paraissent moins chaudes qu'avant. Va-t-elle me repousser ? Je me souviens alors des conseils d'Henri. Selon lui, pour séduire une Française, il faut lui offrir des fleurs, l'emmener au restaurant et lui prodiguer toutes sortes de raffinements qu'il n'a pas daigné m'exposer. Ah, ah ! La bonne blague ! Nu comme je suis, je ne vois pas très bien comment je pourrais appliquer ses recommandations.

— Merci d'avoir essayé, Curtis, mais mon ex-fiancé ne partageait pas ton avis, finit-elle par répliquer, alors que je désespérais de trouver une solution à mon problème. Il m'a préféré une fille beaucoup plus mince que moi.

— C'est un idiot ! Si j'avais la chance d'avoir une fiancée telle que toi, je la traiterais comme une reine. Je lui offrirais des fleurs tous les jours. Je l'emmènerais au restaurant…

Comme elle ôte les mains de mon torse, je resserre mon étreinte. Mon affaire a l'air mal partie. Maudit Henri ! Ses conseils, c'est de la daube !

— Ah bon ? me lance-t-elle abruptement. J'ai dû rater un épisode, parce que je n'ai reçu ni fleurs ni invitations au restaurant. Et puis, peut-on savoir pourquoi tu me retiens prisonnière ?

— C'est pour te garder près de moi ! Depuis le moment où je t'ai vue, je suis tombé sous ton charme.

Dans la foulée, un silence de plomb s'abat sur nous. Même les oiseaux cessent de chanter. Quoi ? Ai-je dit quelque chose qu'il ne fallait pas ? Je ne lui ai pas raconté de mensonges. Cette femme me plaît. Il est vrai que, la plupart du temps, elle me porte sur les nerfs, mais là n'est pas le propos ! Je scrute son visage, guettant ses réactions. Sa bouche vermeille se tord, ce qui n'augure rien de bon pour la suite des événements.

— Mouais ! rétorque-t-elle sèchement au bout d'un court instant. C'est pour cette raison que tu m'as mise aux travaux forcés ?

On dirait que la situation se corse. Au diable, les politesses ! À court de répartie, j'encadre son visage de mes mains et, tout en plaquant ma virilité tendue contre son ventre, je l'embrasse. Au début, elle résiste. Je la sens se raidir. Ses lèvres restent désespérément fermées. Je promène alors ma langue dessus et entame de subtiles caresses sur les lobes de ses oreilles.

À force de tendresse, je la gagne à ma cause. Elle commence par poser ses mains sur mes épaules. Puis elle entrouvre les lèvres pour permettre à nos langues de s'unir. Bientôt, elle ondule du bassin, frottant son sweat-shirt sur ma queue. Un soupir lui échappe tandis que notre baiser s'approfondit. J'en viens tout naturellement à glisser les mains sous ses vêtements. Pour pouvoir la toucher. Je la caresse. Sa peau est douce. Je remonte jusqu'à son soutien-gorge. Comme je réussis à le dégrafer, elle interrompt notre baiser.

— Est-ce que tu le penses vraiment ? me demande-t-elle, braquant son regard sur le mien.

— Penser quoi ?

— Eh bien ! Le fait que tu sois tombé sous mon charme et que tu veuilles me garder près de toi.

Plutôt que de raconter des conneries, je vais m'accorder quelques instants d'introspection. Une petite mise au point avec moi-même s'impose. Tout en réfléchissant à toute allure, je continue de caresser le dos d'Estelle. Son souffle chaud et haletant dans mon cou m'intime de ne pas tarder. Oui, Henri a raison, j'ai fait une fixette sur elle ! Désormais, ça me paraît clair comme de l'eau de roche. Échaudé par les abandons répétés dont j'ai été victime, je me suis montré un brin excessif dans mon opération de séduction. Au lieu d'inviter la demoiselle à boire un verre au bar, je l'ai assignée à résider ici.

— Je crois, qu'en quelque sorte, j'ai flashé sur toi, me dépêché-je de répondre.

— Et tu t'y prends toujours comme ça pour draguer ? Avec des menottes et des menaces !

— Non, c'est une toute nouvelle méthode que j'ai expérimentée sur toi ! répliqué-je avec un petit rire. J'étais bien obligé de te retenir d'une façon ou d'une autre, non ?

— Non ! Mais merci tout de même pour ta franchise.

Souhaitant clore cette discussion au plus vite, je la serre étroitement contre moi et m'empare de nouveau de ses lèvres. Avec passion. Cette fois-ci, je mets dans ce baiser toute ma force de persuasion. Laquelle consiste à mimer avec ma langue ce que je rêve de lui faire plus bas.

N'allez pas croire que je suis un obsédé ! Contrairement à Henri, je n'ai jamais été très porté sur le sexe. Je me suis toujours contenté de peu. Mais depuis qu'Estelle a croisé ma route, une petite révolution s'est opérée en moi. Je suis mû par un formidable appétit de jouissance. Chaque nuit, je me réveille trempé de semence. Le jour, des fantasmes me harcèlent et m'empêchent de réfléchir normalement. Dans chacun de ces songes éveillés, je me vois enfermer Estelle dans une cellule et la menotter aux barreaux. Ce que je fais d'elle est un peu flou, mais ça se termine toujours en étreinte bestiale. C'est très perturbant.

À ma grande surprise, elle s'accroche à mes épaules plutôt que de me repousser. Je m'enhardis jusqu'à glisser une main derrière sa nuque, une autre sur l'un de ses seins. Et je le malaxe en tous sens. Les gémissements d'Estelle me vident la tête de mes remords. Je ne pense plus qu'à m'enfoncer en elle. À la pilonner comme un forcené, dussé-je le faire debout !

— Tu me trouves allumeuse ? me demande-t-elle, interrompant de nouveau notre baiser.

Hors d'haleine, j'appuie mon front sur le sien et tente de recouvrer mes esprits. Elle vient de me poser la question piège par excellence. Depuis que je la connais, je n'ai cessé de la traiter d'allumeuse. Vu l'effet qu'elle produisait sur moi, c'était amplement justifié ! C'était également insultant, je m'en rends compte maintenant.

— Seulement quand tu me chauffes à blanc, répliqué-je avec naturel.

C'est à son tour d'émettre un petit rire. Au lieu de me répondre, elle niche son visage dans le creux de mon épaule et me donne un coup de langue.

— Tu vois, tu recommences ! lui dis-je, m'agrippant un peu plus à elle.

— Recommencer quoi ?

— À m'allumer !

— Je peux tout arrêter si tu le souhaites, murmure-t-elle, tout aussi essoufflée que moi.

— Non, continue… Mais ne joue pas avec moi, Estelle.

— Je n'en ai pas l'intention.

Elle pousse un soupir adorable qui me chatouille délicieusement la peau. Puis elle presse ses lèvres à la base de mon cou. Sa bouche experte me lèche, me suce, attisant mon désir comme jamais. J'aimerais lui procurer du plaisir. Introduire un doigt dans son sexe, le faire coulisser en elle, masser son clitoris jusqu'à l'entendre crier. Oui, j'aimerais faire tout ça – et plus encore ! –, mais j'en suis incapable. Les tremblements que ses bons soins m'arrachent m'empêchent de coordonner mes mouvements. C'est encore pire lorsqu'elle empoigne ma queue à pleine main.

— Estelle… Attends, je…

— Non, ne dis rien.

Mes doigts se crispent sur sa nuque et sur son sein, tandis qu'elle commence à me masturber. Elle fait ça bien, ma petite Française à moi ! Dès le début, elle adopte le bon rythme. J'en suis tout retourné.

Sa main brûlante va et vient sur ma queue. Je ne vais pas tarder à éjaculer sur elle. Ce sera moche ! Je dois faire cesser tout ça. Non, pas tout de suite. C'est trop bon. Je sens le plaisir monter, monter. Il faut que je tienne, que je me ressaisisse et que je m'occupe un peu d'elle.

— Vas-y doucement ! la supplié-je, avant de lâcher un grognement approbateur.

Car au lieu de m'écouter, elle a accéléré le mouvement et me branle encore plus fort. Sa langue continue de s'activer sur mon cou. Je suis au bord du trou. À deux doigts du court-circuit. Ma queue est en train de flamber. Et des étoiles dansent déjà devant mes yeux.

Ne pas craquer ! Tenir bon ! scandé-je intérieurement, fermant les paupières.

Au prix d'un effort surhumain, je parviens à bouger mes doigts. Je m'en sers pour lui caresser la nuque et frotter le bout de son sein. Par-dessus mes halètements, elle gémit. Un bon point pour moi : elle semble éprouver du plaisir ! Malheureusement, tout se gâte au moment où elle plante ses dents dans mon cou. J'explose en poussant un râle de damné. Quelle exquise torture ! Les spasmes de la jouissance n'en finissent pas de secouer mon corps. Je suis au septième ciel. En revanche, j'ai bien peur qu'Estelle ne soit restée à terre. Eh merde ! Je ne suis qu'un gros con qui ne sait pas se servir de sa bite !

— Ça n'aurait pas dû se passer ainsi, maugréé-je, peu fier de moi.

— Et peut-on savoir pourquoi, s'il te plaît ? me demande-t-elle, après s'être dégagée de mon étreinte.

J'ouvre les paupières. Elle a reculé de plusieurs pas. Il fait un peu plus jour que tout à l'heure, de sorte que je peux voir le rictus courroucé qui déforme son visage. C'est bien ce que je pensais, ma piètre performance l'a déçue.

— C'était trop rapide ! m'excusé-je.

— Je vois !

Elle sort un mouchoir de la poche arrière de son pantalon et essuie ses mains mouillées de ma semence. Je demeure immobile sans savoir quoi faire. Si je la serre dans mes bras, elle me repoussera, c'est certain. D'un autre côté, en n'agissant pas, j'empire la situation.

— Tu préfères les filles qui prennent leur temps, poursuit-elle d'une voix aigre. Celles qui sautent au cou des hommes te font horreur.

— Non, je…

— Pas la peine d'en rajouter ! Je sais désormais à quoi m'en tenir. Mais je te préviens : si tu t'avises encore de me traiter d'allumeuse, je raconte à tout le monde que tu es un éjaculateur précoce.

Sur ce, elle s'enfuit en courant. Elle est déjà loin lorsque je comprends ce qu'elle me reproche.

Partie 3

Je suis pauvre et nu, mais je suis le Chef de la nation.

Nous ne voulons pas de richesse, mais nous tenons à instruire correctement nos enfants.

Les richesses ne nous serviraient à rien. Nous ne pourrions pas les emporter avec nous dans l'autre monde.

Nous ne voulons pas de richesses. Nous voulons la paix et l'amour.

Red Cloud, Chef des Sioux Oglalas (1822-1909)

17

Grand Manitou : *c'est le premier des esprits. On lui prête un grand pouvoir. Il habite le monde supérieur, inaccessible au monde des mortels. C'est pourquoi toutes les créatures ailées sont souvent utilisées comme intermédiaires entre les deux mondes*

Estelle

Mardi 31 juillet 2018

Et le prix de la plus grosse bécasse est décerné à… Estelle Duval ! N'applaudissez surtout pas ! Peut-on m'expliquer ce qui m'est passé par la tête ce matin ? Ce n'est tout de même pas la première fois que je côtoie des hommes sexy. Bon, d'accord, j'avoue que monsieur « Tue-l'amour » est bigrement sexy ! Mais les danseurs de ma troupe sont loin d'être moches. Certes, aucun d'eux ne m'a jamais fait d'avances. Toujours est-il que je n'ai jamais eu envie de leur sauter dessus.

« Ne joue pas avec moi, Estelle », m'a implorée monsieur « Tue-l'amour ».

Parce que lui n'a pas joué sur ma corde sensible en affectant fragilité et vulnérabilité ? Et je ne parle même pas de son numéro de poète. Quelle mascarade ! Bien évidemment, je me suis laissé émouvoir. Hier déjà, j'avais été tentée de le défendre face à son père. Comme si un grand gaillard comme lui avait besoin de moi pour le protéger ! Quoi qu'il en soit, j'aurais pu m'abstenir de le masturber. L'embrasser était bien suffisant.

Mince, je n'y suis pas allée avec le dos de la cuillère ! Branlette et suçon, rien que ça ! Le pire, c'est que je ne peux pas invoquer la crise de démence. Je crevais réellement d'envie de lui faire toutes ces choses. Ce sale type et son physique d'athlète m'ont grandement stimulée. Désormais, la vision de son corps sculpté me hante.

Loin d'être délivrée de mes démons, je frémis de désir au souvenir de ses râles longs et puissants. Je sens encore la peau soyeuse de son sexe sous mes doigts. Son sexe si dur, si imposant ! Le savoir en mon pouvoir m'a excitée comme jamais. C'est moi, et moi seule, qui l'ai fait jouir. J'en ai retiré un énorme plaisir, même si je n'ai pas pris mon pied. En revanche, je n'ai pas apprécié ses réflexions injurieuses.

« Ça n'aurait pas dû se passer ainsi… C'était trop rapide », m'a-t-il dit, sitôt son orgasme terminé.

Comme si je l'ignorais ! On ne masturbe pas un homme qu'on connaît à peine. Mais dans la mesure où il en a bien profité, il aurait pu s'abstenir de me traiter de la sorte. Je le déteste, ce sale con. Qu'il ne s'avise pas de se moquer de moi ! De toute manière, je ne veux plus le voir.

Je me suis réfugiée à la cuisine, tout de suite après son arrivée au bar. Hors de question de subir ses sarcasmes ! Bousculant ses habitudes, il est venu prendre une bière vers 16 h 30. Son adjoint – un gars plutôt avenant – l'accompagnait. J'ai laissé Julie les servir. Pour une fois, elle n'a pas manifesté son mécontentement de se retrouver seule en salle. Il n'aurait plus manqué que ça ! Elle ne s'est pas beaucoup démenée ce midi, tandis que les clients affluaient en masse. En revanche, quand il s'agissait de frétiller du derrière et d'agiter ses seins devant un représentant de la gent masculine, personne n'était plus efficace qu'elle.

— Dépêche-toi, Estelle. Curtis t'attend, me lance Nicole.

La brusque irruption de mon amie dans la cuisine m'arrache à mes ruminations.

— Mais ce n'est pas encore l'heure, protesté-je, après avoir jeté un coup d'œil sur l'horloge murale qui marque 16 h 50.

— Donne-moi ça ! Je m'en charge, renchérit Martha, qui m'ôte la cuillère pleine de confiture de myrtilles des mains.

— Je n'ai pas fini de verser la garniture, me récrié-je.

J'aime le travail bien fait, moi ! J'essaie de récupérer ma cuillère. Tout en secouant la tête, Martha la cache derrière son dos. Son ventre proéminent forme une barrière infranchissable. Aussi je n'insiste pas. Je me suis proposé de l'aider à confectionner des tartes pour échapper à monsieur « Tue-l'amour ». En effet, Sophie, son aide-cuisinière d'âge plus que canonique, n'est pas venue travailler aujourd'hui. À cause de ses rhumatismes ! Maintenant, je vais devoir affronter celui qui est devenu mon pire cauchemar.

— Curtis dit que ton cours a été avancé. Tu seras en retard si tu ne te dépêches pas, poursuit Nicole avec conviction. À ce sujet, est-ce que ça t'embête si j'assiste à la séance ?

En retard ? Je suis censée être en vacances. Il faudrait voir à ne pas l'oublier. Je ravale quelques paroles bien senties et je m'efforce de sourire.

— Tu es la bienvenue, Nicole. Tu verras, les jeunes ont bien assimilé les deux précédentes leçons. Pas vrai, les garçons ?

Je me tourne vers les fils de Martha. Assis dans un coin de la cuisine, ils pianotent comme des fous sur leur portable. Aussi mutiques qu'à l'accoutumée ! Je suis toujours incapable de me rappeler leurs prénoms. Et encore moins de les différencier ! Cependant, ils me paraissent plus sympathiques depuis que je les ai entendus blaguer.

— Ouais ! On s'est bien marrés, lâche jumeau n° 1, sans quitter des yeux son écran.

— Grave marrés ! approuve son frère.

Ah ! Ils ont retrouvé leur langue !

— C'est bien beau de s'amuser, mais il faut également écouter les enseignements d'Estelle, les gronde Martha.

— Mais maman, on a tout écouté, ronronne jumeau n° 2.

— Oui, trop ça ! rebondit jumeau n° 1. Maintenant, on sait danser le Krump. Pas vrai, Estelle ?

Tous les regards se rivent sur moi. Je m'empresse d'acquiescer.

— En effet ! Vous avez été très assidus.

— Voilà ! C'est ce qu'on disait ! triomphe jumeau n° 2, qui se lève de sa chaise.

— Tu viens, Estelle ! Curtis nous attend, ajoute son frère.

Sous l'œil ébahi de leur mère, ils rangent leur portable dans la poche arrière de leur pantalon et se dirigent droit vers la sortie.

— Oui, oui, j'arrive ! grogné-je.

— Ça, alors ! Tu as accompli un véritable miracle, s'exclame Martha, les mains sur les hanches. Je ne reconnais plus mes garçons.

— Estelle est très forte ! intervient Nicole, tandis que je me rengorge de cette petite victoire contre l'adversité. Alphonse est passé tout à l'heure au bar. Il s'est déclaré enchanté par les progrès réalisés hier.

— J'ai hâte de voir le résultat final, lui répond Martha. Allez ! Filez, toutes les deux ! Il ne faudrait pas faire attendre Curtis.

Qu'il aille se faire foutre, celui-là ! maugréé-je intérieurement.

— Salut, la compagnie ! lance une voix grave derrière moi.

Je sursaute, prise de court par l'irruption d'Henri. Il arbore un sourire qui découvre ses dents blanches. Elles offrent un contraste saisissant avec sa peau mate. Sa jovialité fait plaisir à voir. La suite de son discours, un peu moins !

— Estelle ! Curtis t'attend dans la voiture avec les jumeaux. Si j'étais toi, je ne tarderais pas. Il a une blessure dans le cou qui le rend terriblement grognon.

Il m'adresse un clin d'œil qui me glace les veines. Et ce, malgré la chaleur qui règne dans la cuisine. Zut ! Le suçon de ce matin ! Ne me dites pas que tout Mendake est déjà au courant pour monsieur « Tue-l'amour » et moi. Horriblement gênée, je marmonne un « au revoir » et, la tête basse, je sors précipitamment de la cuisine. Nicole m'emboîte le pas, de sorte que nous nous retrouvons toutes les deux seules dans le vestiaire.

Chacune de notre côté, nous nous changeons. Mes mocassins trop petits enlevés, mes doigts de pied recouvrent enfin leur liberté. J'apprécie à sa juste valeur le silence de mon amie. Peut-être se doute-t-elle de quelque chose ! Peut-être pas ! Dans tous les cas, le fait qu'elle ait la décence de ne pas en parler m'évite des contrariétés. Alors que je m'apprête à quitter le vestiaire, elle se ravise.

— Estelle ? m'interpelle-t-elle, me tirant par la manche.

— Oui !

Me préparant à essuyer un feu roulant de questions, je monte à l'assaut de son regard. Elle me scrute avec un air qui m'ôte toute envie d'attaquer. Les traits de son visage ont pris une expression d'inquiétude. Un pli soucieux ride de haut en bas son front pâle. Je ne me souvenais pas d'avoir jamais vu ma mère me témoigner autant d'attention.

— Si tu as tes règles, je peux demander à ma grand-mère de te concocter une potion.

— Mes règles ? Non, je n'ai pas mes règles, répliqué-je, soulagée que ma mésaventure de ce matin n'ait pas été mise sur la sellette. Qu'est-ce qui te fait dire ça ?

— Tu sembles particulièrement à cran aujourd'hui.

— C'est jour de marché. On a eu beaucoup de passage. Mais ça ira mieux demain.

— C'est à cause de Curtis, n'est-ce pas ? poursuit-elle, pas convaincue pour deux sous par mes explications.

Je marque une pause. Elle aussi. Ses immenses yeux de faon me fixent avec une compassion dérangeante.

— Non, pas du tout ! lâché-je, les mâchoires serrées.

— Ne nie pas. Tout le monde voit bien qu'il y a quelque chose entre vous.

Alors là, ne comptez pas sur moi pour lui raconter la scène de ce matin !

— Ah ! Maintenant que tu m'en parles, ça me revient : Curtis me déteste, et je ne peux pas le piffer ! persiflé-je.

— Moi, je crois au contraire qu'il t'aime bien ! Il a juste du mal à exprimer ses sentiments. Tu sais, la vie ne l'a pas épargné. Il y a d'abord eu sa mère, qui l'a abandonné. Tu as rencontré son père : il n'est pas très tendre avec son fils. Puis Curtis n'a pas cessé de tomber sur les mauvaises personnes. Mais avec toi, c'est différent ! Tu n'es pas comme ces femmes dont il s'entichait et qui l'ont fait souffrir.

— Qu'en sais-tu ? Qui te dit que je ne suis pas une mégère, imbue de sa personne et qui ne pense qu'à elle ?

— Je le sais ! me répond Nicole d'un ton buté. Ta gentillesse est gravée sur ton visage.

Je ne souhaite pas continuer cette conversation plus longtemps. Car je pourrais être amenée à la décevoir. Je ne veux plus être la fille gentille que tout le monde écrase. M'identifier aux désirs et aux souffrances des gens ne m'a jamais rien rapporté de bon. Essayer d'exaucer les uns et de soulager les autres, encore moins ! Que tous les Cornichons de la terre passent leur chemin et qu'ils me laissent en paix !

— Qu'importe ! soupiré-je. Dans moins de deux semaines, j'aurai gagné l'argent de mes réparations. Je récupérerai ma voiture et je m'en irai. Chacun de nous reprendra sa petite vie d'avant.

— Tu as tort de croire que tu peux tout contrôler. C'est le Grand Manitou qui décide de notre sort.

Je hausse les épaules. Le Grand Manitou ne m'empêchera pas de partir d'ici le moment venu ! Suivie de près par Nicole, je me dépêche de sortir. Une fois dehors, nous quittons la place encombrée d'étals et de kiosques. Le 4 x 4 de monsieur « Tue-l'amour » nous attend dans une rue adjacente. Comme Henri occupe le siège avant, nous montons à l'arrière du véhicule. Nicole s'assoit à côté des jumeaux, pressés contre la portière droite. Je me rencogne contre celle de gauche, évitant ainsi le regard scrutateur de monsieur « Tue-l'amour » dans le rétroviseur.

— Je vois quatre personnes sur cette banquette, là où il n'y a que trois ceintures de sécurité, déclare ce dernier, tout en tapotant nerveusement sur son volant. Je ne vais pas pouvoir démarrer.

— Et en plus, la ceinture du milieu est pétée, criaille l'un des jumeaux, qui tire comme un malade sur la sangle sans réussir à la dérouler.

— Nous avons donc un problème ! martèle monsieur « Tue-l'amour ».

— OK, je sors ! m'écrié-je, la main sur la poignée. Je vous rejoins à pied.

Un cliquetis retentit. Monsieur « Tue-l'amour » vient de verrouiller ma portière. Génial ! Je vais avoir droit à un petit sermon !

— Non. Pas toi, Estelle ! tonne-t-il. Nicole, je suis vraiment désolé, mais je vais devoir te demander de m'attendre sur le trottoir. Je reviens te chercher dans un petit instant.

— Oui, bien sûr ! Je…

— Reste, Nicole ! l'interrompt Henri, avant de se tourner vers son ami et patron. *Keep cool*, Curtis ! Il n'y a pas mort d'hommes s'ils n'attachent pas leur ceinture à l'arrière.

— Cette voiture est dimensionnée pour transporter cinq passagers. Pas six !

— Ne t'inquiète pas. Il ne nous arrivera rien. La Maison des jeunes n'est qu'à quelques centaines de mètres d'ici. Et la route est sûre.

— La loi, c'est la loi, Henri ! Elle s'applique à tous. En notre qualité de représentants de la loi, nous nous devons de donner l'exemple.

— Relax, Curtis ! proteste Henri. Je te promets que personne ne nous dressera de contravention. Dépêche-toi de démarrer ! J'ai entendu dire que tous les Sages comptaient assister à la leçon d'aujourd'hui. Il y aura même ton père.

Un chapelet de jurons étouffés lui répond, en même temps que le 4 x 4 démarre. Pendant tout le trajet, un silence austère s'établit. Je sens peser sur moi de nombreux regards. Ceux de mes compagnons de banquette. Ceux qu'Henri tourne de temps en temps vers moi. Monsieur « Tue-l'amour » se concentre sur sa route. Pourtant, j'ai comme l'impression que des yeux lui ont poussé dans le dos et qu'ils me fixent.

Comme la voiture s'arrête enfin devant la Maison des jeunes, je tente de sortir. Ma portière refuse toujours de s'ouvrir. En revanche, celle de droite n'est pas verrouillée. J'attends patiemment que les jumeaux et Nicole soient dehors pour les suivre. Lorsque vient mon tour de descendre du 4 x 4, la main de monsieur « Tue-l'amour » m'agrippe fermement par le bras.

— Reste ! me commande-t-il tout bas, avant de s'adresser à voix haute aux autres. Allez-y ! On vous rejoint dans un instant. J'ai quelques mots à dire à Estelle.

La poisse !

18

Calumet de la paix : *pipe utilisée par les Amérindiens pour fumer du tabac. La croyance populaire veut, à tort, qu'il ne serve qu'à conclure la paix entre deux ennemis. En réalité, il accompagne tous les gestes importants de la vie et permet de guérir les corps et les âmes.*

Curtis

Enfin seuls ! J'aime beaucoup Nicole. Henri est mon meilleur ami. Et je trouve les fils de Martha rigolos. Mais comme empêcheurs de tourner en rond, ils se posent tous là ! Pas une fois je n'ai pu rester en tête-à-tête avec Estelle depuis notre rencontre improvisée à la cascade. Ce n'est peut-être pas plus mal. Le malentendu qui s'est installé entre nous me laisse perplexe. J'ai comme l'impression que les mots ne suffiront pas à le dissiper.

« Tu préfères les filles qui prennent leur temps. Celles qui sautent au cou des hommes te font horreur », m'a-t-elle dit avant de partir en courant.

J'aurais bien aimé lui expliquer qu'elle se trompait, mais le temps que je me ressaisisse, elle était déjà loin. Par la suite, j'ai été trop occupé à gérer les urgences pour aller lui parler. Des rapports à rédiger, la circulation aux abords du marché à réguler. En outre, le plan des barrages routiers contre l'alcool au volant m'a donné du fil à retordre.

Comme Lucky, le chien des Sioui, avait encore fugué et qu'Henri tenait absolument à faire plaisir à Isabelle, sa nouvelle conquête, il m'a fallu affecter deux agents de police à la recherche du bichon. Lequel bichon s'est ensuite impatronisé dans le commissariat. Il a passé la matinée à aboyer, à mordre les pieds des chaises et à uriner sur les ficus en pot. Il a également planté ses crocs dans le pantalon de Marc

Gros-René, le Chef familial en charge de la sécurité publique. C'était bien la première fois que ce sale cabot me procurait des frissons jouissifs.

En sa qualité de vice-Grand Chef de Mendake, Marc Gros-René est le bras droit de mon père. Je ne peux pas le saquer ! En temps normal, il vient me voir tous les jours. Soi-disant par pure courtoisie. En réalité, il me surveille pour le compte de mon père. C'est encore pire depuis que notre totem rituel a été vandalisé. La fréquence de ses visites a été multipliée par deux. *Ça* veut savoir comment évolue l'enquête et si tout a bien été entrepris pour appréhender les coupables. Pourquoi ne m'accompagne-t-il pas aux toilettes, tant qu'il y est ?

Avant l'arrivée d'Isabelle vers midi, j'ai eu toutes les peines du monde à me concentrer tant je bouillais de colère. J'ai bien failli étrangler la demoiselle lorsqu'elle m'a demandé de garder son Lucky jusqu'au soir. Dans le non catégorique que je lui ai opposé, j'ai mis toute ma rancœur contre ceux qui croient avoir un ascendant sur moi. Ces hommes à la solde de mon père. Ces femmes qui pensent pouvoir me duper à force de minauderies.

Bien heureusement, l'après-midi a été plus calme. Les caméras n'ayant toujours pas été réparées, j'ai patrouillé dans la réserve. Au volant de mon 4 x 4. Henri m'accompagnait. Le bichon aussi, puisque mon âne d'adjoint n'a jamais su résister aux battements de cils d'une demoiselle en détresse. Toutefois, j'ai insisté pour qu'il emballe la banquette arrière avec du Cellophane. S'il avait pu également coller du sparadrap sur sa bouche, j'aurais eu une paix royale. Parce que dans la catégorie « casse-bonbon », il détient la palme !

Il ne lui a pas fallu longtemps pour repérer le suçon qu'Estelle m'avait fait ce matin dans le cou. Une longue série de questions en a découlé. Je m'en suis tenu à une version édulcorée des faits. À savoir que j'avais juste échangé un baiser à la sauvette avec Estelle. Immédiatement après, Henri en a tiré des plans sur la comète. À l'entendre, je terminerais marié avant la fin de l'été, et je deviendrais le père de trois charmants enfants.

Finalement, c'est la boule de poils vautrée sur la banquette arrière qui m'a sauvé de la crise de nerfs. Lorsque nous sommes passés près de sa maison, Lucky a cessé de mordiller la ceinture de sécurité centrale et s'est mis à hurler à la mort. J'en ai profité pour écourter la conversation et rapporter le bichon à sa maîtresse. Bon débarras !

Nous avons ensuite repris notre patrouille, et Henri a recommencé à bavarder… bavarder. Sauf que cette fois-ci, son discours s'est concentré sur Isabelle. En l'écoutant parler des aspirations de sa petite-amie, j'en suis venu à penser à Estelle. S'il était vrai que je ne connaissais pas grand-chose d'elle, je pouvais tout de même affirmer qu'elle était bien différente des femmes qui avaient croisé ma route. Tout le contraire de ces arrivistes uniquement soucieuses de leur carrière.

Pour nous – Amérindiens –, gagner de l'argent ne constitue pas le but ultime à atteindre. Grimper les échelons de la pyramide sociale ne rime à rien. Nous nous considérons comme les éléments d'un grand Tout. À la fois intimement liés au monde des esprits et enracinés dans nos terres, nous entretenons des relations étroites avec la nature. À ce titre, nous aspirons à une fraternité universelle. C'est au sein même de notre communauté que celle-ci s'exprime le mieux.

Bien évidemment, nous ne sommes pas idiots. Nous savons que pour subsister dans cette société occidentale qui nous a été imposée, il nous faut des dollars. Pour construire nos maisons, élever nos enfants, mener une existence décente. Il est bien fini ce temps où nous vivions de chasse, de pêche et où nous cultivions le maïs, les haricots et les courges. Ainsi, beaucoup d'entre nous accueillent favorablement l'implantation d'un casino dans la réserve. Si ça peut créer des emplois, pourquoi pas !

Pour en revenir à Estelle, je n'ai pas trouvé chez elle ce caractère calculateur et opportuniste qui me fait tant horreur. Elle n'a pas l'air de courir après l'argent et la gloire. Sa passion pour la danse semble l'emporter sur toute considération matérielle.

Tandis qu'Henri poursuivait son bavardage, j'ai compris que je m'y étais très mal pris avec elle. Un cadeau, il me fallait un cadeau pour l'amadouer ! Notre discussion de la veille s'est alors rappelée à ma mémoire.

« Les mocassins que j'ai au bar sont trop étroits. J'aimerais bien m'en acheter une paire… », m'avait-elle dit avant que je la rembarre.

Je savais ce qu'il me restait à faire ! Tout est ensuite allé très vite. Je me suis rendu à la fabrique de mocassins de Mendake et j'ai prétexté une affaire urgente pour forcer Henri à demeurer dans le 4 x 4. Une fois à l'intérieur du magasin d'usine, j'ai téléphoné à Nicole qui m'a donné la pointure des chaussures d'Estelle. Sitôt les mocassins achetés, je me suis empressé de les ranger dans le coffre de ma voiture, à l'abri des regards curieux. Faute d'intimité, je n'ai pas réussi à les offrir à Estelle pendant ma pause « bière » ni sur le trajet qui mène à la Maison des jeunes. Maintenant qu'Estelle et moi sommes seuls dans le 4 x 4, je compte bien rattraper le temps perdu.

— Reste ! lui murmuré-je tout en la retenant par le bras.

Elle ne réagit pas, mais je l'entends soupirer d'exaspération. Depuis le trottoir, Henri, Nicole et les fils de Martha me dévisagent d'un air intrigué. Je dois me dépêcher de désamorcer un éventuel mouvement de protestations.

— Allez-y ! On vous rejoint dans un instant. J'ai quelques mots à dire à Estelle, ajouté-je avant de m'adresser de nouveau à la petite Française. Ferme la porte, s'il te plaît, et boucle ta ceinture.

Estelle regagne sa place derrière moi et se sangle. Je ne m'attendais pas à ce qu'elle s'exécute sans discuter. Satisfait de me voir obéi, je démarre. Je ne peux décemment pas stationner devant l'entrée, alors que les Sages et mon père risquent de débarquer à tout moment.

— Je te signale que mon cours va bientôt commencer, grogne Estelle, tandis que je roule à vive allure en direction d'un parking d'entrepôt que je sais désert.

— Ce n'est pas encore l'heure. On a de l'avance.

— C'était bien la peine de faire tout un foin pour que je me presse ! Où m'emmènes-tu ?

Le parking n'étant plus très loin, je garde le silence. Dans quelques instants, nous nous arrêterons, et elle obtiendra sa réponse. Mais en tournant l'angle d'une rue, je comprends que ce ne sera pas pour tout de suite ! Des jeunes à motocyclette disputent une course sur le parking. La semaine dernière, je les avais coincés en train d'en faire autant sur une route à grande circulation. Je leur avais passé un savon carabiné. Braves petits ! Ils ont écouté mes avertissements. Ici, au moins, ils ne mettront pas leur vie en danger. Quant à moi, je vais devoir trouver un endroit plus tranquille !

— Eh oh ! Tu m'entends ? me crie Estelle, tout en donnant un coup de pied dans mon siège. J'espère que notre interlude matinal ne t'a pas rendu sourd !

— Mes oreilles fonctionnent parfaitement. Merci !

Bien esquivé, Curtis ! Tu n'es pas tombé dans son piège, jubilé-je intérieurement.

Car je ne souhaite pas voir la conversation tourner autour de ma queue.

— Alors, où m'emmènes-tu ?

— Tu le sauras bien assez tôt, répliqué-je d'un ton neutre, comme je mets le cap sur le cimetière.

— Est-ce que tu t'es enfin décidé à me conduire à un distributeur de billets ? Oh ! Mais où avais-je la tête ? Je n'ai plus de carte bancaire depuis que tu me l'as confisquée !

— Il faut qu'on parle.

— De quoi ? De cette ceinture que je n'ai pas attachée tout à l'heure ? ricane-t-elle, moqueuse.

— Non ! D'un sujet important.

— Et ça ne peut pas attendre que je termine ma leçon de danse ?

J'ouvre la bouche pour me justifier, mais un événement inopiné m'oblige à la refermer sur-le-champ. À moins d'une centaine de mètres devant moi, une vieille dame traverse la route alors que le feu pour piétons est rouge. Je m'arc-boute sur la pédale de frein. Mes pneus crissent. J'évite de justesse la collision et pile à quelques mètres de la contrevenante. Ce qui ne l'émeut aucunement puisqu'elle continue d'avancer d'un pas lent.

— Eh bien ! Ils donnent le permis facilement par ici ! s'exclame Estelle derrière moi.

Sa réflexion narquoise atteint mon cortex cérébral en même temps que s'y allume le signal d'alarme « interdiction de traverser ». J'ai le choix entre lui river le clou ou héler la vieille dame à l'aide de mon mégaphone. Elle n'aurait pas volé sa contravention, celle-là ! J'opte pour une troisième formule et je redémarre.

— Ah, d'accord ! Bonjour, la justice ! J'aurais été à sa place, j'aurais écopé d'une amende salée.

La ferme, Curtis, ou tu vas déraper ! m'intimé-je, les mains crispées sur le volant.

De toute manière, le cimetière n'est plus très loin. Plus qu'une rue à remonter, et on y est !

— Mais non, voyons ! Suis-je bête ! J'aurais fini en prison, s'esclaffe-t-elle, de plus en plus horripilante. Oui, en prison ! C'est là-bas que tu me conduis, n'est-ce pas ?

Elle cherche la bagarre ? Elle ne l'aura pas. Je ne répondrai pas à la provocation pour la simple et bonne raison que je ne souhaite pas saboter mon plan de réconciliation.

— Nous n'avons pas de prison à Mendake, répliqué-je avec une retenue louable, vu mon état de nervosité. Juste quelques cellules de dégrisement au commissariat.

Continue de m'asticoter, et c'est dans l'une d'elles que tu dormiras ce soir ! bougonné-je intérieurement.

Ah, enfin ! Le parking du cimetière est en vue. Désert ! Je me gare à l'ombre d'un grand arbre et sors récupérer la paire de mocassins dans le coffre. Étant donné qu'Estelle m'a bien échauffé la bile, je serais plutôt enclin à lui envoyer ses chaussures au visage.

Du calme, Curtis ! Pas de réactions primaires, s'il te plaît ! me sermonné-je.

Le calumet de la paix ne s'allume pas avec les braises de la colère ! J'ouvre la portière arrière droite et m'installe à l'intérieur de mon 4 x 4. Aussitôt, Estelle se repousse à l'autre bout de la banquette, et nos regards s'accrochent l'un à l'autre. Ses yeux assombris et ses lèvres pincées affichent clairement son hostilité à mon égard.

— Ne t'approche surtout pas de moi, crache-t-elle, les bras croisés et serrés contre sa poitrine. Les petits coups vite faits à l'arrière d'une voiture ne m'intéressent pas. Quant à ce qui s'est passé ce matin, c'était une erreur. Ça ne se reproduira pas, je t'en fais la prom…

— Chut ! On se tait et on me laisse parler ! la coupé-je, sortant mon bâton de parole d'une poche de mon veston pour le brandir sous son nez.

— Peut-on savoir pourquoi je me plierais à ton jeu idiot ?

— Parce que je tiens à ce que tu écoutes mes explications jusqu'au bout. Nous nous sommes mal compris.

— Rassure-toi, j'ai parfaitement compris ton message, rétorque-t-elle âprement, sa bouche se tordant en une moue méprisante. Tu n'aimes pas les femmes faciles. Tu ne leur accordes aucune considération.

— Tu te trompes, Estelle.

— Ah bon ? Explique-moi alors pourquoi tu as été désagréable après le… la… Enfin, tu vois à quoi je fais allusion !

— Je m'en veux terriblement de ne pas m'être montré à la hauteur ce matin… commencé-je.

Comme elle fait mine de m'interrompre, je brandis de nouveau mon bâton de parole. Cette fois-ci, elle obtempère et garde le silence.

— Je m'en veux d'avoir été trop rapide et de ne pas t'avoir donné du plaisir, continué-je. Accepte mes excuses, Estelle, ainsi que ce témoignage de mon profond respect.

Sur ce, je récupère derrière mon dos les mocassins emballés dans du papier de soie rouge et je les dépose sur la banquette entre nous. Estelle demeure un long moment à les observer fixement, l'air un peu hébété. Puis elle relève les yeux et tend une main vers moi. Je lui remets le bâton de parole.

— Qu'est-ce que c'est ? me demande-t-elle avant de me rendre le bâton.

Sa voix s'est légèrement enrouée.

— Vas-y, ouvre-le, et tu verras ! lui dis-je avec appréhension.

Tout en se mordillant la lèvre inférieure, elle décachette le paquet. Elle passe plusieurs minutes à retourner les mocassins en tous sens. Sont-ils à son goût ? Je les ai choisis beiges. Une broderie de perles rouges et noires orne le dessus et figure un aigle en vol.

— Ils te plaisent ?

Elle hoche la tête et me sourit. Son regard pétille de gratitude. J'en suis tout chamboulé.

19

Run Boy Run : *chanson écrite et interprétée en 2012 par Woodkid (alias Yoann Lemoine, artiste français). La chorégraphie qu'Estelle apprend à ses élèves est librement inspirée de celle créée par Stephen Tannos. (https://www.youtube.com/watch?v=OoYfF1fv27s)*

Estelle

Des mocassins. Curtis m'a offert des mocassins. C'est mignon tout plein ! Ils sont bien plus beaux que ceux qu'on porte au Mandella. Et en plus, ils sont à ma taille. Si mon cours n'était pas sur le point de commencer, je ne me lasserais pas d'admirer ces oiseaux rouge et noir aux ailes déployées et brodées en perles fines.

— Maintenant que tout est clair entre nous, on peut y aller ! conclut Curtis, qui repart s'asseoir derrière son volant.

Je ne sais pas vraiment si notre situation a été clarifiée, mais je peux affirmer que ma colère contre lui s'est apaisée. Il démarre. Durant tout le trajet qui mène à la Maison des jeunes, nous nous taisons. Lui se concentre sur sa route. Je continue d'observer le silence puisque le bâton de parole n'est pas en ma possession. Finalement, je trouve ce petit bout de bois très pratique lorsqu'on n'a rien d'intelligent à raconter.

« Merci, mais il ne fallait pas ! » aurais-je été tentée de dire en guise de remerciements.

Or un tel présent me comble de joie. C'est exactement ce que j'attendais de Curtis sans jamais avoir osé me l'avouer. Une marque de gentillesse qui fasse voler en éclats la mauvaise impression laissée par ses manières déplorables de ce matin !

— Pile à l'heure ! s'exclame mon chauffeur, comme nous nous arrêtons devant la Maison des jeunes.

Son frein à main serré, il vient m'ouvrir la portière et m'aide à descendre de la voiture. Quelle galanterie ! Depuis que nous sommes seuls, il n'a fait aucun geste déplacé.

— Tu peux laisser les mocassins ici. Tu les récupéreras quand je te raccompagnerai chez Nicole, ajoute-t-il, son regard revolver plongeant dans le mien.

Prise de court par tant de sollicitude, je me noie dans le vert de ses yeux. Alors que jusqu'à présent j'avais réussi à maîtriser mes émotions, je pique un fard. Il s'en aperçoit, car il pose une main sur ma joue brûlante et la caresse doucement. Le surplus de sang qui afflue à mon visage déferle dans mon cerveau et soulève un flot d'interrogations.

Sommes-nous amis ? Deviendrons-nous amants ? Je ne veux pas tomber amoureuse. Toute dépendance affective est à exclure. Le Cornichon ayant salement amoché mon cœur, je ne veux plus souffrir. Mais je ne souhaite pas davantage d'une relation éphémère. Les coups d'un soir, ça n'a jamais été mon truc !

— Tu as perdu ta langue, Estelle ?

— C'est à cause du bâton de parole… Je ne l'ai pas… improvisé-je, gênée, tout en agitant les mains au-dessus de ma tête.

— Moi non plus, je ne l'ai pas. Je l'ai rangé dans ma poche. L'exercice est terminé.

— Ah oui ! Bien sûr ! Je ne savais pas. Bon ben, j'y vais !

— Je te suis.

Pressée de me soustraire au feu de son regard, je tourne les talons. Il m'emboîte le pas jusqu'à la salle de danse. Une surprise de taille m'y attend. En plus des jeunes rassemblés au milieu de la pièce, une quinzaine d'adultes occupent les bancs adossés aux murs. Nicole et Henri se tiennent debout à l'écart. Tous cessent de discuter lorsque je me présente sur le pas de la porte.

— Ne sois pas intimidée, me chuchote Curtis à l'oreille, comme j'hésite à avancer plus avant.

— Que viennent-ils faire ici ? répliqué-je à voix basse.

— Assister à ton cours. À gauche du miroir, il y a les Sages de la réserve. Tu connais déjà Alphonse et François.

Je regarde dans la direction qu'il m'indique. Six hommes et deux femmes plutôt âgés me dévisagent d'un air bienveillant. Parmi eux, je reconnais effectivement Alphonse et le petit ami de la grand-mère de Nicole. Ils m'adressent un signe amical de la main.

— En face, il y a mon père et les Chefs familiaux de Mendake, poursuit tout bas Curtis. Vas-y, entre, ils ne te mangeront pas.

Quatre hommes et autant de femmes d'une cinquantaine d'années se tiennent de part et d'autre du Grand Chef. Ils arborent une mine sérieuse, mais ne paraissent pas bien méchants. En revanche, le père de Curtis en impose avec ses yeux sombres, sa large carrure et sa mâchoire volontaire. Il se lève. Debout, il est encore plus impressionnant. Aussitôt, je redresse les épaules et me prépare à l'affronter. Car la dernière fois que nous nous sommes parlé, notre conversation avait des allures de combat de boxe. Il marche à ma rencontre. Je soutiens son regard sévère tout du long. Il ne ressemble pas beaucoup à son fils, mais il est aussi grand que lui. Je suis obligée de relever le menton pour continuer à le fixer dans les yeux.

— Bonjour, mademoiselle Duval ! me dit-il tout en me serrant la main.

Sa poigne est ferme et vigoureuse. Cet homme a un caractère bien trempé. Un caractère de chef !

— Bonjour, monsieur Gervais. Il y a foule aujourd'hui.

— En effet, nous sommes venus en nombre pour juger de votre travail.

— Il sera excellent ! intervient Curtis dans mon dos.

Bien que surprise par sa réflexion, je n'en laisse rien paraître.

— Je ne demande qu'à voir ça, lui répond son père.

Le prenant au mot, je vais allumer la sono, charge une nouvelle playlist, puis rejoins le groupe de jeunes. Aujourd'hui, ils sont plutôt bien disposés à mon égard, vu qu'ils me saluent en chœur. Je leur explique que nous occuperons le cours à former les groupes et à attribuer les rôles dans le ballet. Ils m'écoutent religieusement. Personne – pas même Zoé – ne proteste lorsque je leur annonce qu'ils danseront sur *Run Boy Run* de Woodkid.

Je balaie la salle du regard. De nombreux hochements de tête parmi les Sages accueillent ma proposition. Nicole, qui m'a aidée hier soir à choisir la chanson, lève ses deux pouces en l'air. Henri me décoche l'un de ses sourires plus blancs que blancs. Debout à sa droite, les bras croisés sur sa poitrine, Curtis affiche une expression impassible, mais nullement réprobatrice. Ce doit être mon jour de chance !

Du côté des Chefs familiaux et du Grand Chef, l'adhésion est moins franche. J'irai même jusqu'à dire que l'atmosphère est glaciale. Ça ne me fait ni chaud ni froid ! Les réticences de mes parents quant à ma carrière de chorégraphe n'ont jamais réussi à me déstabiliser. Ce n'est pas la méfiance de purs inconnus qui y parviendra.

Très vite, je reporte mon attention sur mes élèves. Nous commençons par nous échauffer, avant de réviser les figures de Krump apprises la veille. J'en ajoute de nouvelles et introduis le Popping et le Locking. Grâce à des mouvements saccadés – tantôt lents, tantôt rapides –, ces techniques de danse permettent de mimer les gestes d'un robot, d'imiter un pantin désarticulé, de se tortiller comme un ver de terre, de reculer au ralenti tout en donnant l'illusion qu'on avance comme dans le *moon walk* de Michael Jackson. Les jumeaux se révèlent particulièrement doués pour ce genre d'exercices puisqu'ils assortissent leur prestation d'une série de grimaces comiques qui font beaucoup rire les filles.

Une fois cet enseignement délivré, je m'attelle à la constitution des groupes. Celui qui occupera le centre du ballet évoluera dans un registre guerrier. Il symbolisera la bataille menée par les Amérindiens pour conserver leurs terres et leur droit d'y chasser et d'y pêcher. C'est pourquoi je choisis Zoé et Kevin, le grand gaillard de forte stature. En plus de posséder un caractère combatif, ils sont les meilleurs en danse. Les groupes latéraux endosseront le rôle des fléaux qui menacent les peuples autochtones. Chacun d'eux sera composé de deux filles et de l'un des jumeaux.

Les trente dernières minutes du cours sont consacrées à la présentation du ballet. Nicole se campe près de la sono afin d'interrompre la chanson ou de la rejouer, chaque fois que je le lui demanderai. Henri accepte de filmer la scène avec son téléphone portable. La vidéo nous servira d'outil de travail dans les jours prochains.

De mon côté, j'attribue une place dans la salle à mes élèves et je leur explique qu'ils ne pourront pas en bouger tant que je ne leur en aurai pas assigné une autre. Pour que chaque groupe sache quel est son rôle dans le ballet, je danserai certaines parties de la chorégraphie trois fois. Je ne l'interpréterai pas d'une traite, car je devrai repositionner mes élèves dans la salle en fonction de l'évolution du ballet.

— Musique ! lancé-je à Nicole, tout en me plaçant entre Zoé et Kevin.

Un court silence s'ensuit. La tension est à ce point palpable dans la pièce que je peux entendre les craquements de phalanges et les raclements de gorge. Ils ne m'empêcheront pas de me concentrer. Je jette un rapide coup d'œil vers Henri. Il filme : c'est parfait ! J'adopte la posture désarticulée d'un zombie et je me fige. *Run Boy Run* commence, je passe à l'action.

Quatre tintements de cloche résonnent : je mime une marionnette dont on coupe les fils un à un.

— Tous les groupes devront en faire autant, crié-je, comme je m'effondre sur le sol.

Début du premier couplet :

Run boy run! This world is not made for you.

Run boy run! They're trying to catch you.

Immobilité des groupes latéraux et figures rapides de Krump pour le groupe central. Tout en avançant, je tape des pieds, boxe l'air, ondule du buste. Comme le deuxième vers s'achève, j'envoie un projectile imaginaire au groupe de droite.

— C'est vous qui prenez le relais ! commenté-je, tandis que je rejoins ce dernier.

Run boy run! Running is a victory.

J'effectue des figures statiques de Krump et conclus le troisième vers en sautant à la manière d'un joueur de hand-ball qui tire dans la cage de l'équipe adverse. Je lance ainsi le projectile imaginaire au groupe de gauche.

Run boy run! Beauty lays behind the hills.

Je me dépêche de me rapprocher du groupe de gauche pour leur montrer comment ils devront danser, et je recommence à brasser l'air, battre le sol de mes pieds. Juste avant la fin du couplet, je fais arrêter la musique pour expliquer à mes élèves que Zoé viendra bousculer les membres du groupe de gauche pendant que Kevin l'imitera avec ceux du groupe de droite.

Reprise de la musique avec un interlude rythmique. Des roulements de tambour retentissent et se répercutent dans toute la salle. Ils s'agencent selon deux séries identiques constituées de huit battements rapides, une pause, six battements rapides, une pause, un battement. Tous les danseurs devront se contorsionner à l'unisson. Je contracte, décontracte mes muscles, m'affaissant toujours un peu plus à chaque battement de tambour. Mes mouvements sont saccadés, brutaux. Un peu comme si j'étais visée par un tir de mitraillette automatique.

Couplet suivant : les danseurs du groupe du milieu affronteront ceux des groupes latéraux qui s'ajouteront un par un à la séquence à exécuter. Ils agiront en mode question-réponse, un geste en appelant un autre.

Run boy run! The sun will be guiding you.
Run boy run! They're dying to stop you.
Run boy run! This race is a prophecy.
Run boy run! Break out from society.

Je me démène en tous sens pour leur montrer comment procéder. Je joue des poings, des pieds. J'effectue des torsions du torse, des pirouettes, des grands écarts – trois des filles savent en faire.

Deuxième interlude rythmique. Les danseurs sont de nouveau fauchés par les rafales de mitraillette.

— Tout le monde se recroqueville par terre, sauf Zoé qui récupérera un bâton pour la séquence suivante, crié-je, comme le refrain commence.

Tomorrow is another day.
And you won't have to hide away.
You'll be a man, boy!
But for now it's time to run, it's time to run!

À l'aide d'un bâton imaginaire, je me mets à frapper le sol, trépigner, crier et agiter furieusement la tête. J'exécute plusieurs sauts papillon. Lors du ballet, les garçons rejoindront Zoé avec des poubelles en plastique sur lesquelles ils cogneront. Vers la fin du refrain, les quatre autres filles traverseront le cercle ainsi formé en effectuant des sauts de biche et des grands jetés.

L'interlude rythmique qui s'ensuit est plus long, enchaînant quatre séries de huit battements, une pause, six battements, une pause, un battement.

— Zoé et les garçons reposent bâton et poubelles. Les quatre filles dansent sur les deux premières séries.

Ce disant, je saute, tourne sur moi-même, chute, bondis. Un couplet vient. Un interlude lui succède. J'exécute la chorégraphie dans un état proche de la transe. La danse me porte vers des sommets d'émotion inégalée. Je me transcende, j'en oublie jusqu'à mon nom. Je jaillis dans les airs. L'instant d'après, je roule sur le sol. Mes bras font toutes sortes d'arabesques, tandis que mes jambes s'agitent en rythme.

Au cours des deux derniers refrains, je m'envole au son des violons. Les tambours continuent de battre, battre, battre. Je danse, danse, danse.

Ma troisième et dernière interprétation terminée, je m'écroule sur le parquet.

Silence.

Des claquements retentissent. Ils proviennent de Nicole et Henri qui frappent dans leurs mains à coups lents. Je plisse les yeux et sors peu à peu de ma torpeur. Assise par terre en grand écart, j'assiste, éberluée, à une scène improbable. Alphonse et François se lèvent pour m'applaudir. Dans la foulée, les autres Sages et les jeunes en font autant. Les battements de mains s'accélèrent et gonflent mon cœur de joie. Un « bravo » fuse du côté des Chefs familiaux. Deux d'entre eux quittent leur banc et se joignent à la longue et chaleureuse ovation. Leurs collègues ne tardent pas à les imiter. Je ne sais plus où me mettre. Vient le tour du Grand Chef qui, tout en tapant des mains, s'avance vers moi, un large sourire aux lèvres.

Seul Curtis n'a pas réagi. Il garde les bras croisés sur sa poitrine. Son visage revêt toujours un masque rigide et impénétrable. Ses yeux rivés sur moi flamboient. De colère ? D'exaspération ? À moins que ce ne soit de satisfaction ! J'en doute. Mocassins ou pas, je m'en contrefiche royalement. Tout à mon bonheur, je me redresse et serre la main que le Grand Chef me tend.

— Félicitations, mademoiselle Duval ! Vous nous avez convaincus ! me lance-t-il d'un ton jovial.

20

Wampums : *perles tubulaires mauves et blanches faites à partir de coquillages (buccins et palourdes). Depuis toujours, elles ont une valeur considérable chez les peuples autochtones de l'est du Canada. Montées en bracelets, colliers ou écharpes, elles permettent de confirmer des liens, de demander quelqu'un en mariage, d'expier un meurtre ou de verser une rançon pour libérer des prisonniers. Les ceintures servent à valider les traités. Conservées précieusement, elles sont des supports pour la tradition orale.*

Curtis

« Bravo ! », « Magnifique ! », « Fantastique ! »

Mais vont-ils tous se taire ? Pourquoi applaudissent-ils comme des dératés ? Je suis loin de partager leur enthousiasme. Estelle a certes très bien dansé, mais de là à en avoir la larme à l'œil, il ne faut pas pousser mémé dans les orties !

— Félicitations, mademoiselle Duval ! Vous nous avez convaincus ! la congratule mon père.

Qu'il calme sa joie ! Et qu'il lui lâche un peu la main ! Je ne dis pas ça à cause des mocassins. Si je les ai offerts à Estelle, ce n'était certainement pas pour marquer mon territoire. Je souhaitais juste la remercier pour sa branlette de ce matin. Rien de plus !

Menteur ! croasse une voix dans ma tête.

Non, mais de quoi se mêle-t-elle, celle-là ? Je ne mens pas. J'énonce simplement des vérités. Je sais gré à Estelle de m'avoir sorti de mon abstinence prolongée. Plus de huit mois sans petite amie, ça commençait à faire long ! Après une telle traversée du désert, comment ne pas se croire amoureux de ce spécimen exotique venu de France ? Elle est plutôt bien roulée. Et particulièrement entreprenante puisqu'elle s'est jetée dans mes bras dès le premier jour de notre rencontre.

Oui, je dois bien avouer que je me suis laissé berner par ce petit bout de femme très différent de celles que j'ai connues auparavant. À tort, je lui ai prêté des vertus qu'elle n'a probablement pas. Générosité, altruisme, gentillesse ! Pff, n'importe quoi ! Personne n'est à ce point parfait pour cumuler toutes ces qualités. De plus, je trouve assez suspect l'engouement qu'elle suscite. Nicole la traite comme une sœur. Henri exauce ses moindres désirs. Et maintenant, mon père lui mange dans la main.

Jaloux !

Oh, la ferme ! Qui que tu sois – toi, la voix qui me tarabuste –, tu te fourvoies en beauté ! Je ne suis pas jaloux. Je suis juste méfiant. Le doute fait partie intégrante de mon métier. Un bon policier ne doit jamais se fier aux apparences. Il est si facile de se tromper sur le compte d'une demoiselle lorsqu'on ne s'en tient qu'à ses yeux de biche et à ses mains expertes.

Non, décidément, je n'aurais jamais dû me précipiter à la fabrique de mocassins. À trop écouter Henri et ses mièvreries sirupeuses sur ce qu'aiment les femmes, on en devient gaga. D'ailleurs, mon adjoint devrait faire un peu plus attention à ses fréquentations. Son Isabelle et son bichon sont en train de lui détraquer la cervelle.

C'est l'esprit lucide que j'assiste à la plus vaste mascarade de tous les temps. Après seulement trente minutes de pirouettes en tous genres, Estelle a réussi à tous les embobiner. Mon père, qui est réputé pour son grand scepticisme quant à la valeur de ses semblables, la félicite chaleureusement. Du jamais vu !

Les Sages et les Chefs familiaux forment désormais un attroupement compact autour d'eux. Je n'aperçois plus que le crâne à moitié dégarni de mon père, mais je l'entends débiter ses compliments ridicules. Son « Vous dansez divinement bien » me hérisse le poil. Il ne va tout de même pas lui mettre le grappin dessus.

— Cesse de te faire du mouron ! Il ne te la piquera pas, ta Estelle. Elle est bien trop jeune pour lui.

Là, ce n'est pas ma petite voix intérieure qui m'a susurré ces paroles glauques à l'oreille, mais celle d'Henri ! Le coup de coude dans les côtes qui les accompagne vient aussi de lui.

— Mais je ne m'en fais pas du tout, mon vieux ! rétorqué-je du tac au tac.

— À voir la tête que tu tires, on pourrait croire le contraire.

— Ma tête est très bien. Et puis, ce n'est pas *ma Estelle*. Elle est libre de faire ce qu'elle veut.

— Sans téléphone portable ni argent liquide, elle n'ira pas bien loin, me répond mon adjoint d'un ton mielleux.

Je me tourne vivement vers lui pour le foudroyer du regard. Un regard qui a la valeur d'un « Je t'emmerde » tonitruant. Il sourit, cet âne ! Et si je lui rappelais qui est le chef ici !

— Très bon choix ! me lance Marc Gros-René, avant de se diriger en toute hâte vers la sortie.

Comment ça, « Très bon choix ! » ? Je n'ai pas le temps de m'interroger plus avant. Les autres Chefs familiaux qui lui emboîtent le pas hochent tous la tête en signe d'assentiment. Je n'aime pas beaucoup les sourires entendus qu'ils m'adressent.

— Je vous avais bien dit qu'Estelle était très forte. Elle les a tous conquis, claironne Nicole, qui nous a rejoints. Henri, tu as tout filmé, j'espère ?

— Pas de souci, c'est dans la boîte !

Les Sages se dispersent à leur tour. Alphonse s'arrête à ma hauteur pour me tapoter l'épaule.

— Je sens que vous ferez de grandes choses, tous les deux, pour notre réserve, déclame-t-il avec des intonations de prédicateur.

« Tous les deux » ? Eh oh ! Il ne va pas s'y mettre, lui aussi !

— Bon, on rentre ? me demande Henri, tandis qu'il ne reste plus qu'Estelle et mon père, engagés dans un conciliabule secret.

Depuis que les membres des deux cercles ont quitté la salle de danse, je peux clairement les apercevoir, mais je ne les entends pas. Leurs lèvres bougent sans qu'aucun son ne me parvienne aux oreilles.

— Allez m'attendre dans la voiture. Je vous rejoins dans quelques minutes, expliqué-je à Nicole et Henri.

Étrangement, mes compagnons ne se font pas prier pour s'exécuter. Je profite de leur départ pour me rapprocher des deux comploteurs.

— Bien ! Ce n'est pas tout ça, mais je dois ramener mademoiselle Duval chez Nicole, décrété-je, tout en évitant de regarder du côté d'Estelle.

Car je me doute bien qu'elle ne manquera pas de s'interroger sur le pourquoi du « mademoiselle Duval ». Elle doit bien comprendre que, dorénavant, nous devrons garder nos distances. Je souhaiterais voir cesser toutes ces insinuations malicieuses sur mes relations avec elle.

— Ce n'est pas nécessaire. Mademoiselle Duval vient avec moi, réplique mon père.

Il adresse un clin d'œil à Estelle qui me fige sur place. Elle acquiesce. Je demeure sans voix. Que sont-ils en train de manigancer, ces deux-là ?

— Je la raccompagnerai chez Nicole en fin de soirée, ajoute-t-il avec un sourire de connivence pour Estelle qui me fait monter au créneau.

— Elle n'ira nulle part. Elle rentre chez elle, scandé-je.

— Voyons, voyons, Curtis ! Arrête de te faire du souci pour ton amie. Elle nous a prouvé qu'elle avait la tête sur les épaules.

— Et où l'emmènes-tu, comme ça ?

— Je n'ai pas de comptes à te rendre, mon fils. Va te reposer. Tu as mauvaise mine.

Non, mais je rêve ou il m'a rembarré comme un malpropre ! Les poings crispés, je les regarde s'éloigner. Si Nicole et Henri ne m'attendaient pas dans la voiture, je me mettrais déjà en route pour les prendre en filature. Désormais, je suis persuadé que je n'aurais jamais dû aller à la fabrique de mocassins. C'est un collier de Wampums que j'aurais dû offrir à Estelle !

21

Nations autochtones du Québec : *le Québec compte 10 nations amérindiennes et une nation inuite. Elles représentent 1 % de la population du Québec et sont réparties dans 41 communautés amérindiennes et 14 villages inuits. Dans chaque communauté, le pouvoir local est exercé par un conseil de bande. Chez les Hurons-Wendats, ce conseil est constitué de huit Chefs familiaux et du Grand Chef.*

Estelle

Oh là là ! La tête que faisait Curtis ! Ce n'était pas beau à voir. Son père l'a remis à sa place comme il faut, et je n'ai pu m'empêcher de le plaindre. D'un autre côté, c'était mérité. Comment peut-on être aussi goujat ? Certes, il m'a offert une paire de mocassins, mais il a bien été le seul à ne pas m'applaudir. Je ne suis pas narcissique de nature, mais j'aime qu'on reconnaisse mon travail. Tout de même, il aurait pu faire un effort. Se montrer poli, m'adresser un sourire. Je n'en demandais pas plus. À croire qu'il m'en voulait. Mais de quoi ?

De toute façon, je m'en moque. Aujourd'hui, j'ai marqué des points. La confiance des Sages et des Chefs familiaux m'est désormais acquise. Je vais pouvoir m'amuser comme une folle à mettre sur pied ce ballet. Ce qui n'était qu'une corvée est en train de se transformer en une partie de plaisir. La chorégraphie fonctionne, j'ai pu m'en assurer tout à l'heure. Je ne l'avais pas encore testée, puisque cette création ne date que d'hier soir. Comme je l'ai expliqué au père de Curtis, mes élèves seront prêts à temps pour les festivités. En plus d'être adorables, ils sont pleins de bonne volonté. Du coup, le Grand Chef s'est montré enthousiaste au possible.

À ses yeux, les jeunes représentent l'avenir de Mendake. Il a à cœur de les tenir éloignés des menaces et des excès qui les guettent.

Alcool, désœuvrement, suicides, addictions de toutes sortes, agressions sexuelles sont autant de fléaux qui frappent la jeunesse des communautés autochtones trop isolées. De par sa proximité avec la ville de Québec, Mendake est relativement épargnée. De l'avis du père de Curtis, cette idée de faire participer des adolescents au pow-wow, aux côtés de danseurs chevronnés, en choquera plus d'un dans la mesure où elle bouscule les traditions. Mais elle ne peut que valoriser ces jeunes et les aider à entrer dans l'âge adulte.

— Installez-vous confortablement. Et attachez votre ceinture de sécurité, sinon mon fils serait bien capable de nous coffrer, me dit le Grand Chef avec un petit rire, comme nous arrivons devant son véhicule. Je crois que je l'ai mis très en colère.

— Oui, j'ai vu ça.

— Ça lui passera !

Si j'ai accepté de suivre le père de Curtis, il y a une excellente raison à cela. Il m'a fait très bonne impression. Après m'avoir complimentée sur mon travail, il m'a invitée à dîner ce soir. En tout bien tout honneur ! Selon lui, c'est dans ses attributions d'accueillir les hôtes de marque de Mendake. Et puis, il n'a rien d'un psychopathe. C'est un type respecté par ses pairs. Je ne sais pas où il m'emmène, et ce n'est pas dans mes habitudes de me fier à des inconnus, aussi louables soient-ils. Cependant, dans ce cas précis, il y a prescription. Rien de ce que je vis depuis quelques jours ne se conforme à la normalité.

— Maintenant que plus aucune oreille indiscrète ne traîne dans les parages, je peux bien vous révéler notre destination, déclare-t-il, tandis que nous empruntons une route qui monte vers le nord. Je veux vous montrer ce qui fait vibrer mes administrés. Ce pour quoi nous nous battons tous les jours.

Comme je n'ose pas renchérir, il poursuit.

— Le secteur Tourilli est notre petite fierté. Il est situé dans la réserve faunique des Laurentides, à une demi-heure d'ici. Nous en avons récupéré la gestion, il y a environ trente ans. Et c'est tout ce qui nous reste de nos territoires ancestraux de chasse et de pêche.

— Oui, je comprends ! répliqué-je sur-le-champ, heureuse que notre conversation s'oriente vers un sujet qui m'épargne de longs discours.

— Ce que vous devez surtout comprendre, c'est que la reconnaissance de nos droits nous oblige à une lutte permanente, continue-t-il tout en fixant sa route. Rien n'est jamais acquis. Le secteur Tourilli en est la preuve flagrante. Pendant la guerre de Sept Ans qui a opposé les Britanniques aux Français pour la conquête du Québec, mes ancêtres soutenaient vos compatriotes. Après la prise de la ville de Québec, ils ont accompagné l'armée française en déroute dans la région de Montréal. Mais la ville de Montréal était également sur le point de tomber aux mains des Anglais. Aussi, le 5 septembre 1760 – soit trois jours avant la capitulation de Montréal –, mes ancêtres sont allés trouver le général anglais James Murray. Un traité de paix a été conclu. Nous nous sommes placés sous la protection des Britanniques, et un sauf-conduit nous permettant de regagner Mendake sans subir de représailles nous a été accordé. Ainsi, ce traité nous garantissait la liberté de commerce et le libre exercice de nos coutumes sur les territoires que nous fréquentions à l'époque. À savoir, Mendake et le secteur Tourilli. Toutefois, il nous a fallu attendre 1990 pour que la Cour suprême du Canada nous reconnaisse le droit de disposer du secteur Tourilli à notre guise et d'y construire un camp. À ce jour, il existe encore dans ce pays des gens qui contestent notre traité.

— Ah oui, tout de même ! Je l'ignorais. Vous savez, je suis Française. Et je ne vis au Québec que depuis un an. Tout ça, c'est un peu nouveau pour moi ! On n'apprend pas ces choses-là dans nos livres d'histoire.

— Oui, je me doute bien que Louis XIV et la cour de Versailles y tiennent une place de premier choix. C'est pour cette raison que je voulais vous emmener au secteur Tourilli. Pour que vous saisissiez ce qu'appartenir à notre communauté signifie.

Euh ! Dois-je lui préciser que je ne compte pas m'éterniser dans sa réserve ? Définitivement, non ! Je risquerais de ruiner l'ambiance. Mais j'aimerais bien savoir qui a pu lui fourrer une telle idée dans la tête. Espérons que ce n'est pas à cause de ce qui s'est passé ce matin entre Curtis et moi. Selon Nicole, rien ne demeure jamais secret bien longtemps à Mendake. Je croise les doigts pour qu'elle ait tort à 150 %.

Le reste du trajet s'accomplit dans un silence monacal. Trop contente d'échapper à une nouvelle leçon d'histoire, je me tais et regarde le paysage. Le soleil est déjà bas dans le ciel, mais il ne semble pas avoir envie de se coucher. Il parsème de paillettes dorées les dégradés de verts qui jalonnent notre route.

Tandis que nous pénétrons dans une épaisse forêt, je me laisse bercer par le ronflement du moteur. Mon esprit emprunte des chemins de traverse, et je me retrouve projetée deux cent cinquante ans en arrière. À une époque où ces lieux pullulaient de soldats anglais et français, d'Amérindiens à la solde des uns et des autres, d'animaux sauvages, de coureurs des bois prêts à tout pour obtenir leur comptant de fourrures. Il fallait bien du courage pour s'y aventurer.

Je m'extirpe de mes rêveries lorsque nous nous arrêtons au bord d'un grand lac, calme comme un miroir. Tout prêt du ponton d'un chalet en rondins de bois.

— Voilà ! C'est ici qu'on va pique-niquer. Ça vous plaît ? me demande le père de Curtis.

— Oh, oui ! C'est très beau !

Et je le pense vraiment ! La surface de l'eau est si lisse que les arbres environnants se reflètent parfaitement dessus. Je descends de voiture et inspire profondément. Un air pur, chargé des senteurs des résineux, m'arrive aux poumons.

— De nombreuses essences poussent dans cette forêt. Des érables, des pins, des bouleaux jaunes, des tilleuls, des chênes rouges… Il faut les voir se parer de couleurs à la fin de l'été ! En hiver, c'est encore plus magique quand la neige recouvre tout.

— J'imagine ! m'exclamé-je, enchantée.

Tandis que le Grand Chef ouvre le coffre de sa voiture pour y récupérer deux sacs et une glacière, je tends l'oreille. Des claquements répétés et lointains attirent mon attention.

— Ce sont des castors qu'on entend. Ils frappent la surface de l'eau avec leur queue pour avertir leurs congénères d'un danger. Mais ce ne sont pas les seuls à faire du bruit. Si nous avons un peu de chance, nous entendrons des loups hurler.

— Il… il y a des loups ? balbutié-je avec appréhension.

— Oui. Des loups, mais aussi des chevreuils, des ours noirs, des orignaux et du petit gibier. Nous venons souvent ici pour les chasser.

— Mais c'est affreux !

— La chasse et la pêche font partie de notre culture. Nous les pratiquons dans le but de nous nourrir. Nous avons également ouvert le secteur Tourilli au tourisme en construisant des habitations comme celle-ci, me dit-il tout en me désignant le chalet aux volets clos. Les gens viennent ici pour s'adonner à la pêche et à la chasse sportive. Mais ne vous inquiétez pas, ces activités de loisir sont réglementées. Tout chasseur doit posséder un permis. Il ne peut abattre plus d'un ours par an.

Bon, je crois que je vais la fermer ! Tolérance et compréhension, voilà ce dont j'ai besoin ! Car je n'ai jamais supporté qu'on fasse du mal aux animaux. Passe encore qu'on chasse pour manger, mais chasser pour le plaisir de tuer me débecte au plus haut point.

Bannissant de mon esprit ces pensées funestes, j'attrape le sac que le père de Curtis me tend et je le suis sur le ponton qui s'avance sur le lac. Nous nous y asseyons en tailleur. Pendant qu'il allume un tortillon antimoustique, je dispose entre nous une nappe, un réchaud à gaz, de la vaisselle, ainsi que les mets qui composent notre repas. Bière indienne, saucisses de bison, épis de maïs, pain banique non levé et gâteau au sirop d'érable.

Notre pique-nique commence dans le silence. Je n'ose le briser, de peur que la conversation ne s'aiguille de nouveau vers des sujets dérangeants. Peu à peu, l'atmosphère se détend. Le soleil a disparu derrière la cime des grands arbres, et le ciel est devenu laiteux, mais on y voit encore parfaitement.

— J'emmenais souvent mon ex-femme ici, me dit le Grand Chef, comme nous entamons notre dessert. Elle adorait cet endroit.

— La mère de Curtis ?

— Non, mon ex-femme…

Il marque une pause. Je me fige, attendant la suite. Ses yeux se sont accrochés aux miens, mais j'ai l'impression que ce n'est pas moi qu'ils regardent. Gênée, je toussote, ce qui le sort de son mutisme. Il pousse un soupir et se lance.

— Savez-vous garder un secret, mademoiselle Duval ?

Tous les secrets que le Cornichon m'a confiés n'ont jamais franchi mes lèvres. Je n'ai jamais ébruité ses mycoses des pieds et sa trop petite vessie. L'Asperge les découvrira bien assez tôt !

— Oui, je sais garder des secrets, répliqué-je aussi sec.

— Mon ex-femme n'est pas la mère de Curtis.

— Ah ! fais-je, intriguée.

— Curtis est un enfant abandonné à la naissance. Certainement la malheureuse victime d'un drame ! C'est ma mère qui l'a trouvé derrière l'autel de notre église. Il était emmailloté dans un drap avec son prénom brodé dessus. La personne qui l'avait déposé chez nous connaissait probablement notre sens de l'hospitalité. Elle savait que nous le recueillerions et qu'il ne finirait pas à l'orphelinat. Ma mère a tout de suite pensé à me le ramener. Pour tout vous avouer, mon ex-femme et moi ne pouvions pas avoir d'enfants… Je ne pouvais pas avoir d'enfants.

De nouveau, il s'interrompt. Cette fois-ci, c'est lui qui affiche un air embarrassé.

— Je suis sincèrement désolée, débité-je d'une haleine.

C'est bien ce qu'on dit dans ces cas-là, non ? Il ne prête pas attention à ma remarque.

— Ce fils, c'est le Grand Manitou qui me l'a envoyé. Je le désirais de toute mon âme, ajoute-t-il au bout d'un moment. Aussi l'ai-je accueilli dans mon foyer. Mais mon couple était déjà au bord de la rupture. L'arrivée de ce bébé n'a pas arrangé les choses. Mon ex-femme n'en a pas voulu. Elle souhaitait un enfant de sa chair. Alors elle est partie. Elle n'a jamais été la mère de Curtis. Peu de gens le savent. Je me suis débrouillé pour que tous croient le contraire.

— Pourquoi l'avoir caché à votre fils ?

— Quand mon ex-femme et moi nous sommes séparés et qu'elle est retournée vivre à Vancouver, Curtis n'avait que cinq mois et demi. Allez expliquer ça à un bébé ! Les années ont passé, et je n'ai jamais trouvé l'occasion de lui en parler.

— Il n'est jamais trop tard pour bien faire !

Pour toute réponse il hausse les épaules. Et moi, je reste perplexe. Pourquoi m'a-t-il raconté tout ça ?

22

Roue de médecine : *Aussi appelée « cercle de vie », la roue de médecine est, à l'origine, un cercle sacré aménagé au sol à l'aide de pierres. Elle est utilisée par les Amérindiens pour obtenir la guérison ou prendre des décisions importantes. Désormais, elle est symbolisée par un disque divisé en quadrants rouges, blancs, noirs et jaunes. Chacun d'eux est associé à un point cardinal, un élément (vent, feu, eau, terre), une saison, un domaine (spirituel, esprit, émotionnel, corporel), un remède médicinal.*

Curtis

J'y vais… Je n'y vais pas… J'y vais…

Paix ! J'y vais. Ça fait plus de deux heures que je poireaute bêtement. Il est temps de passer à l'action. Ce soir, la petite Française va recevoir de la visite. Et elle devra s'expliquer.

Je ne l'ai pas revue depuis qu'elle a suivi mon père on ne sait où. Immédiatement après son départ, j'ai raccompagné Henri et Nicole chez eux. Je suis ensuite rentré chez moi où j'ai ressassé mes griefs contre tous les raseurs de la terre. Mon père en était le chef de file. Estelle le talonnait de près. Les concernant, je ne pouvais qu'imaginer le pire.

Mon père avait-il décidé de se trouver une nouvelle petite amie ? À ma connaissance, il sort toujours avec la directrice de l'école primaire Yarha. Mais peut-être était-ce tout simplement la petite Française qui l'avait attiré dans ses filets. Si elle avait effectivement l'intention de me jeter au rebut et de se venger de mon manque de ferveur pour ses talents de danseuse, elle était tombée bien bas. Et ça n'allait pas se passer comme ça !

Je me suis dépêché de dîner, puis je me suis rendu à l'église derrière laquelle je me suis embusqué. Mon père devrait obligatoirement la contourner pour ramener Estelle à bon port. Il est arrivé peu après 23 heures. J'ai vu sa voiture s'engager dans l'impasse où habite Nicole. Il en est ressorti quelques minutes plus tard. J'aurais pu m'en satisfaire, mais j'ai voulu m'assurer qu'Estelle était bien rentrée. J'ai donc abandonné mon 4 x 4 derrière l'église et je me suis faufilé dans la ruelle obscure qui mène au parc de la Falaise et au bout de laquelle est hébergée la petite Française. La nuit aidant, personne ne m'a aperçu.

Et ensuite, me direz-vous ? Eh bien ! J'ai attendu comme un con que la maisonnée de Nicole s'endorme. Oui, comme un con ! Parce qu'il n'y a pas d'autre nom pour désigner un type qui se planque sous une fenêtre afin de guetter l'extinction des feux.

À présent que toutes les lumières se sont éteintes, je m'apprête à enfreindre la loi et à m'introduire dans une demeure qui n'est pas la mienne. C'est mal ! La violation de domicile est un délit grave. Si j'étais dans mon état normal, je me flanquerais deux claques et je rentrerais dare-dare chez moi.

Seulement voilà ! Il faut que je sache ce que mon père et Estelle ont bien pu fricoter ensemble. Ils ont voyagé dans la même voiture. Lui a-t-il fait le coup de la panne ? Se sont-ils embrassés ? Pire ! A-t-elle promené ses mains là où elle ne devait pas ? J'enrage rien que d'y penser.

Le meilleur moyen d'en apprendre un peu plus sur leur escapade de ce soir est de le demander à la principale intéressée. Aussi, je me rapproche de la fenêtre de l'atelier de Nicole. Mon amie la laisse toujours entrouverte l'été. À cause des odeurs de peinture ! Je me glisse à l'intérieur avec la conscience aiguë de mériter la prison. Ce n'est pas le moment de s'en préoccuper. Je réglerai mes comptes avec moi-même ultérieurement. En premier lieu, une certaine demoiselle aux yeux de biche me doit des explications.

Une fois dans la placc, j'allume la lampe de poche intégrée à mon portable et je gagne le couloir à pas feutrés. Un silence de bon augure m'indique que la maisonnée dort. Néanmoins, je redouble de vigilance pour ne pas faire de bruit. Et ne surtout pas réveiller l'affreux chat dont Nicole s'est entichée. Je rejoins ainsi la chambre d'Estelle.

Le temps de prendre une grande inspiration, j'éteins ma lampe de poche, pousse la porte qui n'est pas verrouillée, la franchis, la referme et me plaque dos au panneau de bois. Tout ça sans exhaler un souffle ! Le cœur battant à tout rompre, je demeure immobile, attendant que mes yeux s'habituent à la pénombre. Un mince filet de lumière lunaire filtre timidement par la fenêtre, de sorte que je finis par apercevoir un ensemble de silhouettes facilement identifiables. Une commode, un lit et Estelle. Dort-elle ?

Je dresse l'oreille. Le bruit de sa respiration me parvient. Léger, régulier et hypnotique. Comme aimanté par cette pulsation pleine de promesses, je m'avance vers elle. Arrivé en butée contre son lit, je réalise à quel point je suis fêlé. Oui, complètement fêlé. Elle dort, ça me paraît évident. Je serais mal avisé de la réveiller. Le drap remonté jusqu'au cou, elle a l'air si innocente. Son visage baigné par un rayon de lune ressemble à celui d'une sainte. Jamais je n'aurais dû m'introduire dans sa chambre. Mais tandis que cette idée chemine dans ma tête, une vision pernicieuse s'impose à moi.

Elle a défait ses tresses !

Je vois nettement ses cheveux déployés sur son oreiller. Une masse sombre qui rend son teint presque diaphane. Sont-ils aussi doux que dans mes fantasmes ? Impatient de le vérifier, je m'assois sur le bord du matelas et pose une main sur ses cheveux. Ils sont tout à la fois épais et soyeux. Parfait ! Maintenant que j'ai obtenu ma réponse, il ne me reste plus qu'à lever le camp. Sauf que je n'y arrive pas ! Depuis que je les ai touchés, la sève du désir est montée en moi. Et des tas de décharges électriques courent sous ma peau.

Barre-toi, Curtis ! Et vite ! m'intimé-je intérieurement, tout en réprimant un grognement de frustration.

Là encore, c'est l'échec sur toute la ligne ! Au lieu de m'enfuir à toutes jambes, je demeure vissé sur le matelas à me laisser envelopper par le parfum entêtant d'Estelle. Mon imagination s'enflamme. Emporté par l'excitation, j'attrape l'une de ses mèches et je la caresse avidement. Ma queue est en feu. L'envie de la plonger dans le fourreau de son intimité est si forte que je me déchaîne sur ses cheveux. Je les peigne, je les lisse. Mes doigts s'emmêlent dedans. J'ai certainement dû tirer un peu trop vivement dessus, car Estelle pousse un petit gémissement de contrariété. De peur de la réveiller, j'essaie d'ôter ma main mais, telles ces lianes des forêts, ses cheveux me retiennent prisonnier. Un peu comme s'ils étaient vivants. Affamés.

— Qu'est-ce… murmure Estelle, qui se tourne mollement vers moi tout en battant des cils.

Les doigts toujours captifs de ses cheveux, je me fige. Son regard s'est fixé sur moi, mais elle ne me regarde pas vraiment, n'est-ce pas ? Si je me fais discret, elle se rendormira, et je pourrai rentrer chez moi. Ni vu, ni connu !

— Chut, dors ! répliqué-je tout bas, m'imaginant à tort qu'elle m'écoutera.

Elle me saisit alors le poignet et se redresse brusquement. Le drap glisse sur son buste et dévoile deux seins à couper le souffle. Deux gros seins ronds et fermes qui luisent dans le clair de lune et que je rêve de malaxer. Je n'ai plus d'yeux que pour eux. Quant à ses tétons pointus et sombres, ils me font saliver d'envie. J'en ai des picotements jusque dans le bout de la langue.

— Curtis ? C'est toi ?

— Tu es… tu es nue ? bégayé-je, tout en déglutissant avec peine.

— Mais enfin ! me lance-t-elle d'un ton offusqué. Ce ne sont pas des manières d'entrer chez les gens pendant leur sommeil.

— Je sais !

Ce disant, j'effleure l'un de ses mamelons du plat de la paume. Elle serre davantage mon autre poignet, mais ne fait rien pour me repousser. J'appuie alors un peu plus sur son sein et j'y imprime des mouvements circulaires. Je le frotte jusqu'à ressentir la brûlure de cette caresse dans le fond de mes entrailles.

— Oh, Curtis ! Ce n'est pas sérieux ! gémit-elle.

— Je sais ! répété-je. Demande-moi de partir, et je partirai.

— Je ne peux pas… C'est trop bon ce que tu me fais là !

Le soupir d'aise qui s'échappe de sa gorge achève de balayer mes dernières réticences. Je me dégage de sa poigne, l'attrape par les épaules et la force à se recoucher. Elle ne m'oppose aucune résistance. Tant mieux ! Personne ne pourra m'accuser d'avoir abusé d'elle. J'abaisse ma tête vers sa poitrine et pose les lèvres sur l'un de ses tétons. Il est chaud et velouté à souhait.

— Je peux ?

— Oui, me répond-elle d'une voix voilée.

Voilà ! Je me suis montré poli. Je lui ai demandé la permission. Ma conscience peut désormais me foutre la paix. Surexcité, je la tête, la suce. Elle s'est accrochée à mes cheveux et me tient pressé contre elle. Ses gémissements à chacun de mes coups de dent sont le plus puissant aphrodisiaque que je connaisse.

Incapable de me maîtriser, j'ouvre ma braguette, libère ma queue gonflée et commence à la branler doucement. De mon autre main, je titille son second mamelon, je le pince. Mes doigts rivalisent d'adresse avec ma langue. C'est à qui réussira le mieux à aiguillonner Estelle. Et ils y parviennent tous fort bien puisqu'elle se cambre, se tortille, pousse des petits cris.

De mon côté, je suis en surchauffe. Il y aura bientôt un moment où ces jeux de puceau ne suffiront pas à me calmer. Je me métamorphoserai alors en sauvage. Ces attouchements se mueront en une baise féroce. J'empoignerai Estelle par les hanches, la pénétrerai aussi sec et la bourrerai de coups de reins. On l'entendra hurler jusqu'à l'église, croyez-moi !

— Attache-moi !

Sa requête formulée sur le ton de la supplique n'arrive pas immédiatement à mon cerveau. Aussi, je n'y prête guère attention, trop occupé que je suis à m'activer sur ses seins et sur ma bite.

— Je t'en prie, attache-moi, insiste-t-elle.

Cette fois-ci, je comprends parfaitement le sens de ses propos, ce qui ne m'empêche pas de bafouiller.

— Pa… pardon ?

— Attache-moi avec tes menottes. Et prends-moi comme une bête. Je n'en peux plus.

En réaction à sa proposition, un flot de lave déferle dans mes veines. Eh merde ! C'est vraiment tentant. J'en rêve depuis le début. Malheureusement pour moi, mes menottes sont restées dans mon 4 x 4. Je vais devoir improviser. La main toujours serrée sur ma queue pour éviter qu'elle n'explose, je me redresse. Estelle est contrainte de lâcher mes cheveux.

— Non, ne pars pas ! gémit-elle, tout en se soulevant sur ses coudes.

— Je reviens tout de suite.

La fenêtre et son fin voilage focalisent toute mon attention. Je m'en approche et tire sur la cordelette du rideau. Elle résiste et ne cède pas. Je fais une deuxième tentative, mais je ne réussis qu'à déchirer le voilage.

— Tu veux que je t'aide ?

— Non, grogné-je, contrarié.

Mes vêtements me gênant dans mes mouvements, je décide de m'en débarrasser. Ce sera toujours ça de fait ! En un tournemain, je quitte mes chaussures, retire ma veste, puis envoie valser pantalon et caleçon à l'autre bout de la chambre. Tandis que j'ôte ma chemise, un nouveau gémissement retentit.

— Je t'en prie, Curtis, dépêche-toi.

— J'arrive.

Je tire de nouveau sur la cordelette du rideau. Cette fois-ci, elle reste dans ma main. Victorieux, je me tourne vers Estelle. Elle est superbe. Toujours appuyée sur ses avant-bras, le drap remonté jusqu'au nombril, elle me regarde avec une admiration qui confine à l'adoration. De quoi se sentir coupable ! Et dire que je m'apprêtais à jouir d'elle sans la payer en retour ! Ça ne se passera pas comme ce matin. Ça ne doit pas se passer comme ce matin. Je m'en fais la promesse. Et pas besoin des conseils d'une roue de médecine pour savoir comment procéder.

23

***Mariage chez les Hurons-Wendats :** traditionnellement, c'était la jeune fille qui choisissait son futur mari dans un autre clan que le sien. Elle le ramenait dans la maison longue de son clan où il restait pour une période d'essai. L'union était scellée à la naissance d'un enfant, mais les deux conjoints avaient toujours la possibilité de se séparer. Si l'essai n'était pas concluant, le jeune homme repartait chez lui, et la jeune fille gardait les cadeaux.*

Estelle

Je dois être en train de rêver. Il n'y a pas d'autres explications à la présence de Curtis dans ma chambre. Lorsque nous nous sommes quittés tout à l'heure, nous n'étions pas dans les meilleurs termes. Je crois même qu'il aurait aimé m'étrangler si l'occasion s'en était présentée. Et maintenant, il est ici, debout devant moi et entièrement nu. Je lui ai demandé de m'attacher. Quelle idée saugrenue ! Jamais je n'en ai autant eu envie qu'aujourd'hui. Ses caresses en sont probablement la cause.

Il a arraché la cordelette du rideau, déchirant au passage le voile fin. Ça aussi, c'est terriblement excitant ! Le souffle court, il me scrute avec intensité. Ses yeux d'un vert phosphorescent sont rivés aux miens et m'obligent à baisser le regard. Sur ses lèvres rouges à force de m'avoir sucée. Sur cette veine saillante, presque bleutée, à la base de son cou. Sur ses pectoraux bandés. Sur les muscles ciselés de son ventre qu'éclaire un pâle rayon de lune. Et sur cette main qu'il crispe sur son sexe. Un sexe au garde-à-vous dont la vue me donne des bouffées de chaleur.

— Allonge-toi, m'ordonne-t-il d'une voix enrouée, tandis qu'il vient s'asseoir près de moi.

Au comble du désir, je m'exécute. D'une main, il attrape les poignets que je lui tends. De l'autre, il les lie, les fait remonter au-dessus de ma tête, puis les attache aux montants du lit. En deux temps, trois mouvements, je me retrouve à sa merci.

— Tu fais ça souvent ? lui demandé-je, pantelante.

— Non.

— Pourtant, tu as l'air d'un expert.

— C'est ta faute, réplique-t-il, tout aussi hors d'haleine que moi. Tu fais ressortir mes pires penchants.

Sans me quitter des yeux, il m'écarte les jambes et s'agenouille entre. Je frémis à l'idée de ce qui suivra. Je sens que ça sera sauvage, je le vois dans son regard. Mon corps à vif palpite d'impatience. J'ai tellement envie qu'il me pénètre. Avec un physique d'Apollon comme le sien, ça ne peut être que divin. Mais au lieu de s'allonger sur moi, il se penche en avant et, tout en prenant appui sur mes cuisses, il souffle sur mon sexe. Je ne peux m'empêcher de gémir.

— Curtis ? Qu'est-ce que tu fais ? couiné-je, relevant la tête pour capter son regard.

— Je veux tout savoir sur toi, me répond-il avec un air de défi. T'explorer en profondeur. Percer tes mystères. Te goûter, ma diablesse.

— Je ne suis pas une diablesse.

— Oh que si ! Tu m'as ensorcelé, ma diablesse.

Il s'incline un peu plus et donne plusieurs coups de langue sur mon sexe. Aussitôt, je reçois une décharge électrique qui me coupe la respiration. Il me lèche de long en large, entre et sort de mon vagin à un rythme effréné, aspire mon clitoris. Des vagues de plaisir n'en finissent pas de déferler dans mon corps.

Instinctivement, je décolle mon dos du matelas avec l'envie de jouir. Mes yeux se ferment. Les muscles tendus, je repose la tête sur l'oreiller et me concentre sur cet orgasme qui menace d'exploser.

Tout mon être attend l'issue du combat que mène cette langue aux mouvements frénétiques. Cette langue qui me torture délicieusement.

Mais alors que je pensais avoir atteint le paroxysme du plaisir, un doigt, puis deux se joignent au ballet. Sans cesser de me lécher, Curtis les a introduits en moi et me fouille sans ménagement. Je crois devenir folle et plonge dans l'extase. Toutes les couleurs de l'arc-en-ciel défilent devant mes yeux tandis qu'un orgasme d'une rare violence s'abat sur moi.

— Chut ! me commande Curtis, qui a pressé une main sur ma bouche pour étouffer mes râles.

Sans me laisser le temps de recouvrer mes esprits, il plie mes genoux, s'allonge sur moi et me pénètre. Encore sous le coup de cet orgasme dévastateur, je lui mords la main.

— Diablesse ! me lance-t-il de sa voix veloutée, avant d'émettre un petit rire.

Comme pour abonder dans son sens, j'ondule des hanches. Il se met à aller et venir en moi. Vite, très vite, jusqu'à ce que le plaisir me submerge de nouveau. Mais l'étincelle de sagesse qui s'allume sans prévenir dans mon cerveau me ramène immédiatement à la raison.

— Et les préservatifs ? m'écrié-je, soudain inquiète.

— Eh merde ! grogne-t-il.

D'un mouvement souple du bassin, il se retire. À regret, je le regarde sauter hors du lit. Il s'accroupit près de son pantalon et revient avec une pochette en main. Pendant qu'il enfile son préservatif, je l'observe. Il est fascinant. Luisant de sueur, farouche et terriblement sexy. Je suis plus que prête à l'accueillir lorsqu'il s'étend sur moi, en appui sur ses avant-bras.

Il a pressé son membre dur contre ma chair intime, mais ne bouge toujours pas. Les jambes tremblantes, j'emplis mes poumons de son odeur virile et j'attends avec impatience qu'il charge. Je ne comprends pas pourquoi il se retient. L'expression de souffrance qui contracte son visage me déplaît souverainement.

— Curtis ?

— Chut ! Laisse-moi t'admirer. Tu es si belle.

Je n'ai pas vraiment l'impression d'offrir un spectacle ragoûtant. Mes cheveux sont en désordre. Mes bras relevés au-dessus de ma tête ne me montrent pas à mon avantage. Pourtant, l'accent de sincérité que je découvre dans son regard me frappe si vivement le cœur que j'aurais presque envie de pleurer.

— Tu es mienne, murmure-t-il sourdement. Tu entends ? Tu es à moi, et à personne d'autre.

Oui… Oui, oui, oui, m'écrié-je intérieurement.

Et tout en me pénétrant lentement, il m'embrasse. Tendrement. Avec douceur. Sa bouche conserve la saveur de mon excitation. Tandis que nos langues s'unissent dans un ballet langoureux, il va et vient en moi. Paresseusement. Sans se presser. À chacune de ses poussées, j'entre un peu plus dans la quatrième dimension. Mon esprit se délite. Mon corps, tendu comme un arc, vibre au diapason des coups de reins de mon amant.

Je suis incapable de dire combien de temps aura duré cette longue chevauchée. Mais lorsqu'elle s'accélère, je comprends, dans un éclair de lucidité, qu'elle nous a emmenés très loin. Nous haletons comme des bêtes. Curtis est devenu tout rouge sous l'effort. Les veines de son cou semblent sur le point d'éclater. En ce qui me concerne, je n'ai pas de mots pour décrire la brûlure qui me dévore les entrailles. La cordelette du rideau me cisaille les poignets tant je tire sur mes liens, mais je ne ressens pas la douleur. Je plane haut, très haut dans un ciel radieux.

Je ne sais plus vraiment qui de nous deux explose en premier. Peut-être moi. Toujours est-il que son râle de jouissance prolonge mon extase. Son orgasme me procure la félicité de l'âme. Ainsi, lorsqu'il s'effondre sur moi, repu et secoué de spasmes, je me sens heureuse. Incroyablement heureuse. Je flotte encore sur un petit nuage quand il roule sur le côté et m'enlace.

— Libère-moi, s'il te plaît, lui demandé-je au bout d'un moment passé à comater.

— Je n'en ai pas très envie, me répond-il tout en resserrant son étreinte.

— J'ai mal aux bras.

— Si je te libère, tu t'enfuiras… comme les autres.

Apparemment, nous ne sommes plus en train de parler de la cordelette qui lie mes poignets.

— Je t'assure que non, répliqué-je gentiment, après avoir déposé un baiser sur son nez. Tu es le pire des emmerdeurs, mais je t'aime bien.

— Tu ne vas pas me faire croire que tu souhaites continuer à travailler comme serveuse !

— Ça ne me déplaît pas. Les gens sont adorables avec moi. Je considère Martha et Nicole comme des amies. Elles ont besoin de moi au bar. Je ne peux pas les laisser tomber. Je ne peux pas davantage abandonner mes jeunes élèves. J'ai promis à ton père qu'ils seraient prêts pour le pow-wow.

Comme si une mouche l'avait piqué, il se redresse brusquement sur un coude et plonge son regard dans le mien. Ses yeux lancent des éclairs. Aïe ! Sujet hautement sensible ! J'aurais dû m'abstenir de parler de son père. Au vu de ce que je sais sur sa naissance, je comprends mieux les raisons de son malaise. Tous ces non-dits sur sa filiation ont instauré un climat de mauvaise entente entre son père et lui.

— C'est donc de ça que vous avez discuté tout à l'heure ? gronde-t-il entre ses dents.

— De ça et d'autres choses !

— Et peut-on également savoir ce que vous avez fabriqué ensemble ?

— Si tu me détaches, je t'en parlerai, lui expliqué-je avec un sourire destiné à le rassurer.

— Y a intérêt !

Tout en maugréant, il me libère. Le sang afflue dans mes bras engourdis, me créant des picotements. Je n'attends pas qu'ils cessent pour poser une main sur le torse de Curtis. Je n'ai pas commencé à le caresser qu'il attrape mon poignet et le masse. Fascinée par la douceur de son geste, je le regarde faire.

— Alors, tu me racontes ? me demande-t-il d'un ton beaucoup plus aimable.

— Ton père m'a emmenée dans votre réserve de chasse…

— Le secteur Tourilli ?

— Tout à fait ! Nous avons dîné au bord du lac…

— Il ne t'a pas fait de propositions malhonnêtes, j'espère ? m'interrompt-il encore.

— Bien sûr que non ! Où vas-tu chercher des idées pareilles ? Il m'a simplement raconté l'histoire des tiens.

— Rien de plus ? insiste-t-il d'un air suspicieux.

— Rien de plus !

Je ne lui dévoilerai pas ce que j'ai appris sur ses origines. Même si j'ai conscience que ces révélations pourraient l'aider à mieux comprendre son père, je suis obligée de me taire. J'ai promis de garder le secret.

— Me voilà rassuré ! dit-il en frottant un pouce calleux sur l'intérieur de mon poignet. Parlons maintenant de l'avenir. Si j'ai bien compris, tu acceptes de rester à Mendake le temps de payer tes réparations.

— Non, Curtis, tu ne m'as pas bien comprise. J'accepte de rester à Mendake le temps de monter le ballet des jeunes. J'en profiterai également pour continuer d'aider Martha au bar. Son aide-cuisinière est toujours souffrante. Au passage, j'aimerais beaucoup que tu me rendes mon portable et ma carte bancaire.

— Pour quoi faire ? Tu n'en as pas besoin !

Tout en m'enveloppant d'un regard empreint de tendresse, il lâche mon poignet pour masser le second. Je me sens frémir de tous mes membres.

— De nos jours, plus personne ne peut se passer d'un portable ni d'une carte bancaire. Et puisque nous sommes devenus intimes, ça ne devrait pas te poser un problème de me les rendre. Je ne comprends pas pourquoi tu t'entêtes à les garder.

— Parce que je ne veux pas que tu partes, réplique-t-il tout en m'attirant contre lui.

Sa bouche n'est plus qu'à quelques centimètres de la mienne, de sorte que son souffle chaud me caresse agréablement.

— Dans dix jours aura lieu le pow-wow. Ce sera le moment de faire le point. En attendant, nous pourrions tenter de mieux nous connaître, lui suggéré-je.

— Tu me proposes une liaison temporaire ?

— Oui, une sorte de période d'essai. Comme celles auxquelles les jeunes filles de Mendake soumettaient autrefois leur promis. Qu'en penses-tu ?

Il dépose un baiser sur mes lèvres en guise de réponse et s'agrippe fermement à mes fesses.

— Tu n'aurais pas des préservatifs, par hasard ? me demande-t-il à brûle-pourpoint.

— Mais qu'est-ce qui te prend ? Tu n'as pas répondu à ma question.

— S'il ne me reste plus que dix jours pour te prouver que je suis l'homme qu'il te faut, autant commencer tout de suite ! grogne-t-il, avant de plaquer sa bouche sur la mienne et de coller son sexe ragaillardi contre mon ventre.

Partie 4

Que les étoiles chassent votre tristesse,
Que les fleurs remplissent votre cœur de beauté,
Que l'espoir essuie définitivement vos larmes,
Et que par-dessus tout, le silence vous rende fort.

Dan George, acteur hollywoodien et Chef des Capilanos (1899-1981)

24

Mandella ou bouclier de la paix : *peau d'animal tendue sur un cercle de bois. Des plumes, des perles et d'autres décorations y sont accrochées. Originellement, le mandella constituait une protection en période de guerre. En temps de paix, il assurait santé, bonheur et prospérité à son propriétaire.*

Curtis

Vendredi 3 août 2018

Vivons heureux, vivons cachés ! Telle est la maxime de la réserve ! Elle n'a jamais été aussi vraie qu'en ce moment. Entretenir une liaison avec Estelle sans que personne ne s'en aperçoive me demande des trésors d'ingéniosité.

La nuit, rien n'est plus facile que de la rejoindre dans sa chambre. J'y reste jusqu'au petit matin avant de retourner chez moi, prendre une douche et commencer mon service. Nous dormons peu et nous nous agitons beaucoup. J'expérimente toutes sortes de positions. La plus grosse difficulté réside finalement dans la gestion des bruits. Estelle est de nature expansive. Si je ne la bridais pas, on l'entendrait dans toute la maison.

En revanche, j'ai toutes les peines du monde à ne pas me trahir durant la journée. Je pense à elle sans arrêt. Elle m'obnubile. C'est à tel point que je trouve toujours une excuse pour débarquer au bar à l'improviste. Histoire de vérifier si elle ne s'est pas volatilisée. Et lorsque j'assiste à ses leçons de danse – je n'en ai manqué aucune –, je dois demeurer sur mes gardes pour ne pas la regarder avec des yeux de merlan frit. Elle est si belle, si talentueuse que je me demande quel homme peut lui résister.

« *Estelle for ever !* » sont des mots que je me ferais volontiers tatouer si je n'en étais pas réduit à subir cette période d'essai. Dix jours, c'est à la fois trop long et trop court ! Dans un délai aussi bref, il n'est pas exclu que j'échoue à lui prouver ma valeur. Or, plus les jours passent, plus ses atermoiements me portent sur les nerfs. Pour lui paraître agréable, je suis obligé de déployer des efforts constants.

Pourquoi a-t-elle besoin d'autant de temps pour accepter l'évidence ? Nous sommes faits l'un pour l'autre. Je ne conçois plus aucun doute sur cette vérité. Je souhaite faire ma vie avec elle. C'est cette femme qu'il me faut. Mais chaque fois que je lui demande d'emménager avec moi, elle ramène la conversation à son téléphone et à sa carte bancaire. Je ne veux pas les lui rendre. Je ne peux pas. C'est trop risqué. Le distributeur de billets de la réserve vient juste d'être réparé. Elle n'aurait aucun mal à obtenir les 600 dollars nécessaires à la remise en état de sa voiture.

— Et voilà ! Avec ces nouvelles caméras, on est tranquilles, lance Henri, tandis que nous prenons congé des deux techniciens en charge de la maintenance de notre réseau de télésurveillance.

Au son de sa voix enjouée, je me raccorde à la réalité. Qu'il pleuve ou qu'il vente, mon adjoint et ami conserve toujours sa bonne humeur. Hier, son Isabelle a décommandé leur rendez-vous au dernier moment, ce qui ne semble pas l'avoir affecté. Si Estelle en avait fait autant, je serais encore en train de ratisser la ville à la recherche d'un bouc émissaire.

— Il leur aura tout de même fallu une semaine pour les changer, répliqué-je avec agacement. Onze malheureuses caméras !

Six sur la place du Totem et cinq autour du terrain vague derrière l'église. Ce même terrain vague qui accueillera l'aréna de danse du pow-wow et sur lequel nous nous trouvons. Pour l'heure, seules quelques tentes ont été dressées. Les gradins de l'aréna sont en cours de montage. Maintenant que les techniciens ont terminé leur travail et que de nouvelles caméras sont en fonction, il n'y a plus qu'à espérer que nous saurons protéger les lieux efficacement.

— C'est tout toi de te plaindre à tout bout de champ ! se gausse Henri, qui me donne une tape sur l'épaule. Vois plutôt le bon côté des choses. On ne sera plus obligés de patrouiller jour et nuit. On aura ainsi plus de temps pour élaborer le dispositif de sécurité du pow-wow.

— Et toi, tu es trop optimiste. Comme toujours ! Qui te dit que ceux qui ont détérioré les caméras ne recommenceront pas ?

— C'est dans ma nature de toujours voir le verre à moitié plein, me répond-il de ce ton léger qui m'exaspère tant. Si j'étais toi, je ne me ferais pas trop de souci. Ceux qui ont fait le coup ne remettront pas les pieds dans notre réserve. Ils savent qu'ils risquent gros à venir nous provoquer.

Je pense au contraire que ceux qui ont barbouillé notre totem rituel souhaitaient nous délivrer un message. Quel qu'il soit, il n'a rien d'amical. Je suis persuadé que ces malfrats réitéreront leur méfait dès que l'occasion se présentera. Mais mieux vaut ne pas polémiquer avec mon imbécile heureux d'adjoint. Je m'en voudrais de le traumatiser ! Sans plus prononcer un mot, nous rejoignons mon 4 x 4 sous le soleil radieux de l'après-midi. Je laisse Henri prendre le volant.

— Il n'est pas encore 17 heures. On rentre au commissariat ou on va directement au bar ? me demande-t-il, comme il tourne la clé de contact sans pour autant démarrer.

Ses prunelles sombres pétillent d'une malice diabolique. Et sa question sent le traquenard à plein nez. En effet, il n'est que 16 h 10, ce qui est bien trop tôt pour aller boire une bière au Mandella. Henri le sait pertinemment. Mais je suppose qu'il souhaite me voir ramper comme un gentil toutou jusqu'aux pieds d'Estelle. Je ne lui donnerai pas ce plaisir.

— Au commissariat ! scandé-je d'un ton décidé.

— En es-tu bien sûr ? Parce que ça fait plus de trois heures que nous ne sommes pas passés au bar. Et ça commence à influer négativement sur ton humeur.

— Je ne saisis pas de quoi tu parles, le rabroué-je sèchement.

— Tu es grognon.

— Je suis toujours grognon quand tu t'immisces dans ma vie privée. Occupe-toi un peu de tes affaires. D'ailleurs, pourquoi ne rend-on pas plutôt visite à ta petite amie ? Tu pourrais ainsi lui demander pourquoi son bichon et elle t'ont posé un lapin hier soir !

Avec des gestes calmes, Henri arrête le moteur et se tourne vers moi. Un sourire erre toujours sur ses lèvres, mais je sens bien qu'il n'a plus très envie de plaisanter.

— Isabelle ! lâche-t-il, après avoir soutenu mon regard sans ciller durant plusieurs secondes.

— Pardon ?

— Ma petite amie… Elle s'appelle Isabelle. Et son bichon, Lucky !

— Merci, mais j'étais au courant, rétorqué-je, revêche. Alors, qu'en penses-tu si on allait voir Isabelle et qu'on l'interrogeait ?

— Elle ne m'a pas posé un lapin. Elle avait juste oublié son rendez-vous en ville avec ses copines de la gym.

— Ben voyons ! À d'autres ! ricané-je.

— Parce que toi, tu t'y connais assez en matière de femmes pour me dispenser des conseils ? Commence par rendre à Estelle ses affaires avant de faire le fier-à-bras.

Je ne suis pas le genre de type à confier mes doutes et mes inquiétudes à mes proches. L'intransigeance de mon père m'aura au moins appris une chose : pour inspirer le respect, il ne faut jamais dévoiler ses états d'âme. Les pleurnicheurs n'attirent que le mépris. Pourtant – allez savoir pourquoi ! –, j'éprouve soudain le besoin de m'épancher. Ma relation amoureuse avec Estelle est si différente de celles que j'ai connues par le passé. J'ai honte de l'avouer, mais je me sens un peu perdu.

— Je ne peux pas. Si je les lui rends, plus rien ne la retiendra à Mendake, déploré-je amèrement.

— Il n'y a que toi pour avoir des idées pareilles. Avec ou sans ses affaires, elle restera ici. Pour toi !

— Tu te trompes complètement. Si elle reste ici, c'est uniquement pour monter le ballet des jeunes et aider au bar. Après le pow-wow, elle partira.

Je n'ai pas achevé ma phrase qu'Henri lève les yeux au ciel et souffle bruyamment.

— Il n'y a pas de meilleur policier que toi dans tout le Québec. Tu es intelligent, intègre, efficace. Mais en ce qui concerne les femmes, tu es nul de chez nul ! Ouvre un peu les yeux, Curtis. Estelle est raide dingue de toi.

— Elle a instauré une période d'essai entre nous. Si je ne lui donne pas satisfaction dans les sept jours à venir, elle mettra fin à notre liaison. C'est ça que tu appelles « être raide dingue » ? objecté-je, plus que dubitatif.

— Mets-toi à sa place. Tu l'as pratiquement séquestrée, et tu voudrais qu'elle te vénère comme un dieu ? N'y compte surtout pas ! Tu vas devoir ramer pour te racheter. Je te préviens : ça sera douloureux, mais il faudra en passer par là !

— C'est bien ce que je pensais ! Il s'agit là d'un jeu de pouvoir et non d'une histoire d'amour.

— Ce que tu peux être buté dans ton genre ! riposte Henri tout en soupirant. Je t'assure qu'elle est amoureuse de toi. Nous sommes plusieurs à le penser.

— « Plusieurs » ? Et ça fait combien de personnes, « plusieurs » ? grimacé-je, avec la désagréable impression d'être devenu le point de mire de la réserve.

— Isabelle, Nicole, sa mère, sa grand-mère, Alphonse, François, Martha….

— OK, OK ! le coupé-je vivement. Tu peux arrêter l'énumération.

C'est officiel ! Tout Mendake est au courant pour Estelle et moi.

— Alors, commissariat ou bar ? me demande Henri d'un ton grave, la main sur la clé de contact.

— Ni l'un ni l'autre ! Conduis-moi plutôt chez moi.

— Tu vas enfin lui redonner ses affaires ?

— Oui, grogné-je, à demi convaincu d'avoir pris la bonne décision. Allez, dépêche-toi, démarre !

— À vos ordres, chef !

Sur ce, il se met en route. Une fois chez moi, je récupère la carte bancaire et le téléphone portable d'Estelle. Je vais les lui rendre. J'espère juste que mon acte héroïque ne signera pas la fin de notre histoire. D'un commun accord, Henri et moi gagnons le Mandella. Nous y entrons avec un peu d'avance sur notre horaire. Le bar est pratiquement vide.

Norbert et Georges boivent une bière à leur table près des fenêtres. Deux de leurs collègues du service de ramassage des ordures ménagères leur tiennent compagnie. Ils interrompent leur conversation pour nous saluer. Derrière le comptoir, Nicole nous adresse un petit signe de tête amical avant de replonger le nez dans ses comptes. Dans le fond de la salle, j'aperçois Vacheron et ses deux acolytes en grande discussion. Même à cette distance, ils me sont toujours aussi antipathiques. Je parcours le bar du regard. Nulle trace d'Estelle ! Elle doit certainement être en train d'aider Martha.

Feignant l'insouciance, je prends place à ma table habituelle. Henri s'y trouve déjà. Cependant, je ne quitte pas des yeux la porte de communication avec la cuisine. Laquelle porte ne tarde pas à s'ouvrir sur Julie. D'un pas nonchalant, elle se dirige droit vers nous avec un plateau garni de chopes de bière.

— Tu as été fichtrement rapide aujourd'hui, la félicite Henri, qui l'accueille avec un large sourire.

— Je suis toujours rapide, cingle-t-elle, les lèvres pincées.

Elle dépose devant lui une chope, ainsi qu'un bol de cacahouètes, puis elle pivote sur elle-même, faisant mine de partir.

— Il en manque une ! proteste Henri, alors même que je m'apprêtais à réclamer mon dû.

Pour toute réponse, elle choque une chope sur la table, arrosant au passage mon pantalon. Mais qu'est-ce qui lui prend, à cette folle ? Elle vient de ruiner mon uniforme de police. Je ne peux pas rester comme ça. Furax, je me lève. Elle va m'entendre ! Trop tard ! Son plateau et elle se sont enfuis vers les profondeurs de la salle.

— En voilà une que tu as vivement déçue ! s'esclaffe mon adjoint.

— Oui, eh bien, il faudra lui apprendre le respect ! Si tu vois Estelle, dis-lui que je reviens tout de suite.

Je repousse ma chaise et commence à contourner la table, mais Henri me retient par le bras.

— Où pars-tu comme ça ? Tu ne vas tout de même pas lui dresser une contravention ?

— Ce n'est pas l'envie qui m'en manque ! maugréé-je. Non, je vais laver mon pantalon.

— Tu te donnes beaucoup de mal pour rien. Avec cette chaleur, il séchera très vite.

— Dans notre métier, l'uniforme est un outil de travail. Au même titre qu'une paire de menottes ou qu'un Glock 19, martelé-je, heureux de pouvoir me défouler sur quelqu'un. C'est grâce à lui que nous sommes en mesure d'incarner l'autorité et d'imposer la loi. Il doit toujours rester propre. Tu devrais le savoir !

— Ouh là ! Pas la peine de t'énerver ! Pars tranquille. Je ne toucherai pas à ta bière, et je ne parlerai pas à Estelle de ta petite scène de ménage avec l'une de tes fans.

— Va au diable !

Pressé d'enlever la tache qui souille mon entrejambe, je fonce dans les toilettes, me bouchant mentalement les oreilles pour ne pas écouter les ricanements d'Henri. À peine ai-je imbibé le tissu d'eau qu'Estelle surgit.

— Mais que t'arrive-t-il ? me demande-t-elle, tout en désignant du menton le haut de mon pantalon.

Eh merde ! Il ne manquait plus qu'elle pour parfaire le tableau ! Je déteste me retrouver en position de faiblesse. Et le spectacle que je lui offre ne plaide pas en ma faveur.

25

Régalia : *habit d'apparat des danseurs de pow-wow. Il revêt un caractère sacré. Souvent très coloré, brodé, assorti de perles, de plumes, de colliers ou de bracelets en os, il reflète l'appartenance à un clan ou un lien avec un animal-guide.*

Estelle

Je ne suis pas une dévergondée. Mon appétit en matière de sexe a toujours été modéré. Même lorsque je me croyais éperdument amoureuse du Cornichon, je ne raffolais pas des parties de jambes en l'air. N'étant pas douée d'un physique facile, j'ai toujours privilégié l'amitié à la passion. Tout ça me paraît si lointain maintenant.

Depuis que Curtis est entré dans ma vie, je ne pense plus qu'à me retrouver dans ses bras. Je m'abandonne sans état d'âme à ses mains expertes. C'est simple, je ne me reconnais plus. L'image que me renvoient les miroirs n'est plus celle d'une jeune femme terne et insignifiante. Je me sens belle. Désirable et désirée. Curtis me le prouve à chaque instant.

Je ne sais pas vraiment si l'amour régit notre relation. Tout est allé si vite entre nous que je suis incapable de démêler l'écheveau de nos sentiments. Le désir et l'attirance sont très présents. Ce besoin irrépressible de nous retrouver ensemble s'apparente beaucoup à de l'attachement. Néanmoins, il est trop tôt pour tirer des conclusions.

Par-dessus tout, il me faut penser à protéger mon petit cœur. C'est pour cette raison que j'ai imposé à Curtis une sorte de période d'essai. Bien que sa possessivité à mon égard ait quelque chose de flatteur, je dois veiller à ne pas m'engager dans une liaison toxique. Qui me dit que Curtis ne me jettera pas comme une vieille chaussette lorsqu'il se sera lassé de moi ? N'est-ce pas ainsi que les hommes ont tendance à me traiter ?

Malheureusement, j'ai l'impression qu'il est déjà trop tard. Je chéris chaque moment passé près de lui, ce qui n'augure rien de bon pour la suite des événements. Bientôt, je serai contrainte de partir. Qu'adviendra-t-il de nous ? Nos univers sont si différents. Il est policier, je suis chorégraphe. Il vit à Mendake, je rentrerai en France dès que mon contrat avec ma compagnie de danse s'achèvera. Car je n'ai pas l'intention de rester à Québec, à regarder le Cornichon et l'Asperge roucouler.

— Ça va être l'heure d'y aller, nous dit Gregory, l'un des jumeaux, qui range son portable dans sa poche.

— Coup dur ! Je n'ai pas terminé ma partie, se plaint Anthony.

— La danse passe avant tout, frérot !

Gregory et Anthony ! J'ai mis du temps avant de savoir qui était qui, mais désormais, je suis en mesure de les différencier. Je jette un coup d'œil sur l'horloge murale. Curtis n'arrivera pas au bar avant un bon quart d'heure. Le temps qu'il prenne une bière, je disposerai en tout d'une trentaine de minutes pour finir d'aider Martha à laver la cuisine. En l'absence de Sophie, son aide-cuisinière, elle ne peut compter que sur moi.

— Vous êtes bien pressés aujourd'hui, répliqué-je avec un sourire entendu.

Alphonse doit nous apporter des costumes que deux de ses amies ont cousus. Ils ressembleront beaucoup aux régalias des danseurs de pow-wow, sans pour autant en être. En effet, aucune plume d'aigle ne les ornera puisqu'elles sont réservées aux vétérans. Je devine que Gregory a hâte d'essayer le sien.

— Vous avez encore le temps, les rassure Martha, avant de se tourner vers moi. Estelle, tu peux aller te changer si tu veux. Je terminerai seule.

— Je ne peux pas te laisser avec tout ce travail, protesté-je, tout en désignant la pile de verres et d'assiettes sales dans les éviers.

— Vas-y, te dis-je ! Gregory et Anthony m'aideront. Pas vrai, les garçons ?

— Pas de problème ! On est des as du ménage, se vante Gregory.

Encouragée par les hochements de tête des jumeaux et l'air serein de leur mère, je quitte la cuisine. Une fois dans la salle, je suis accueillie par le sourire bienveillant de Nicole. Depuis quelques jours, nous n'avons plus besoin de nous parler pour nous comprendre. Nous sommes devenues de véritables amies. Elle coule un regard vers la table attitrée de Curtis. Je l'imite. Henri y est déjà installé et me salue d'un signe de tête. Deux chopes de bière sont disposées devant lui, mais Curtis n'est pas à ses côtés.

— Il est parti aux toilettes, me dit Nicole, qui a suivi mon cheminement de pensée. Tu devrais le rejoindre. Je crois qu'il a un souci avec son uniforme.

Sans plus me poser de questions, je me précipite aux toilettes pour hommes. J'y trouve effectivement Curtis en train d'arroser le haut de son pantalon.

— Mais que t'arrive-t-il ? m'empressé-je de lui demander.

— De la bière… sur mon pantalon !

Il a l'air de méchante humeur.

— Je peux t'aider à le nettoyer si tu veux !

— Non, ça ira, grogne-t-il, sans cesser de s'asperger.

Si j'avais un tant soit peu de jugeote, je sortirais d'ici séance tenante et filerais aux vestiaires pour me changer. Car je n'ai aucune envie qu'on nous surprenne ensemble. Ni Curtis ni moi ne souhaitons voir notre liaison s'ébruiter. Mais son manque de dextérité avive en moi des instincts maternels insoupçonnés.

— Laisse-moi faire ! décrété-je d'un ton autoritaire. Je vais arranger ça !

Aussitôt, je ferme le robinet, prends un peu de savon au distributeur mural et en enduis le tissu mouillé.

— Estelle, arrête ça tout de suite.

Sur ces paroles prononcées avec fermeté, il m'attrape les poignets et tente de me repousser. Je lui résiste, ce qui me permet de me libérer.

— Ne t'inquiète surtout pas, j'ai l'habitude. Je vais me dépêcher, et tu verras : ton uniforme sera comme neuf.

Tout en m'agenouillant devant lui, je me mets à frotter énergiquement le tissu. Avec mes paumes, je le presse, l'aplatis afin de faire pénétrer le savon. Cette scène, je l'ai déjà vécue plus d'une centaine de fois. Il n'est pas rare que je renverse des aliments sur mes vêtements. Je suis alors obligée de courir vers l'évier le plus proche pour ôter la tache. Heureusement, celle qui souille le pantalon de Curtis n'est pas très tenace. Je devrais n'avoir aucun mal à l'enlever.

J'ai bien conscience de l'incongruité de la situation. Frotter l'entrejambe d'un homme dans les toilettes n'est pas la meilleure façon de nettoyer un pantalon. L'idéal aurait été qu'il le retire. Je pourrais le lui demander. Mais à coup sûr, j'essuierais un refus. Il semble sacrément énervé. Sa respiration saccadée et ses poings crispés le prouvent. En outre, il ne cesse de trembler.

— Voilà ! C'est presque terminé. Il n'y a plus qu'à rincer. Et ensuite, on séchera tout ça au sèche-mains électrique, lui expliqué-je, tandis que je me redresse.

Je ne suis pas arrivée en position debout que Curtis m'empoigne par les épaules et me fait pivoter sur mes talons pour me plaquer contre un mur.

— Mais…

Je n'ai pas fini ! ajouté-je intérieurement, alors qu'il m'embrasse fougueusement tout en se pressant contre moi.

Je comprends son problème sur-le-champ. Il bande. Mes frictions lui ont occasionné une érection. Je m'en veux de ne pas avoir réfléchi aux conséquences de mes actes. J'aurais dû me douter qu'une certaine partie de son anatomie réagirait. Et puis, il n'y a pas plus glauque que d'échanger un baiser dans des toilettes pour hommes. À deux pas des urinoirs. Ça aussi, j'aurais dû y penser !

Mais à quoi bon s'en faire ? L'odeur mise à part, c'est si bon ! Curtis sait embrasser. Il y met tant de ferveur. Ses mains se sont agrippées à mes bras et m'interdisent tout mouvement. Ça tombe bien : je n'ai pas envie de bouger. Les yeux fermés, je savoure l'instant. Au passage, j'éteins mon cerveau. Hors de question de le stimuler inutilement avec des remords ! Un grincement de porte me force à le rallumer.

En même temps que Curtis me relâche, je soulève les paupières. Denis Vacheron se tient sur le seuil des toilettes et nous regarde avec une lueur moqueuse au fond des yeux. Je n'aime pas beaucoup cet homme. Doté d'une belle prestance, il en joue beaucoup et se donne des airs supérieurs. Il vient souvent manger ou prendre une bière au bar en compagnie de ses deux acolytes. Chaque fois que c'est mon tour de les servir, je serre les dents pour ne pas réagir à leurs blagues oiseuses.

— Je dérange ? demande-t-il, le sourcil levé.

— Le commissaire Gervais avait une tache de bière sur son pantalon. Je ne faisais que l'aider à… débité-je d'une traite, rouge de honte, avant d'être interrompue par un Curtis blême de colère.

— Mademoiselle Duval m'assistait dans l'exercice de mes fonctions. Un point, c'est tout !

— Je vois ça ! réplique Denis Vacheron d'une voix traînante, tout en glissant un regard caustique vers l'entrejambe de Curtis.

— Il n'y a rien d'autre à ajouter.

Comprenant que cette réflexion s'adresse également à moi, je me tais. Un silence pesant s'ensuit. Dans une ambiance électrique, les deux hommes se toisent. Je garde les yeux baissés. Qu'est-ce que je me sens mal !

— Pas de soucis ! finit par dire Denis Vacheron. Je vais vous laisser terminer vos petites affaires. Je reviendrai plus tard.

— Nous n'avons pas de petites affaires, rugit Curtis, fou de rage.

Mais son interlocuteur est déjà loin.

— Bon, je crois que je vais moi aussi y aller, commencé-je, effectuant quelques pas en direction de la porte.

— Attends ! me lance Curtis, qui m'empoigne par le bras pour me retenir.

— Je ne peux pas rester. C'est trop risqué. On pourrait jaser de nous deux si d'autres personnes nous découvraient seuls ici.

— Parce que tu t'imagines que ce con va se gêner pour aller raconter ce qu'il a vu ?

— Nous ne faisions rien de mal, m'indigné-je, vexée par sa mine dégoûtée.

— Nous nous embrassions, Estelle. Et avant ça, tu me branl… tu avais les mains sur mon entrejambe.

— Pourquoi l'opinion des autres t'importe-t-elle tant ? Après tout, si tu étais aussi heureux d'être avec moi que tu le prétends, tu ne rougirais pas de notre relation.

Ce disant, je recule et essaie de me dégager de son étreinte. Car je ne trouve rien de plus humiliant que ses réticences à mon égard.

— Ça n'a rien à voir avec toi, Estelle, rétorque-t-il aussi sec, tout en resserrant sa poigne sur mon bras. Tu ne peux pas comprendre, tu n'es pas d'ici.

— Alors, explique-moi !

Il pousse un soupir déchirant. Le vert de ses yeux n'en paraît que plus éclatant.

— Les gens d'ici me prennent pour un raté en matière de femmes. Dès que la nouvelle selon laquelle nous sommes ensemble se répandra, des paris s'engageront pour déterminer quand tu me quitteras. Parce que c'est toujours ainsi que mes aventures sentimentales prennent fin. Je ne veux pas qu'ils aient encore raison. Je ne veux pas que tu partes. Tu comprends ?

Je hoche la tête, ne sachant que répondre.

— Car tu partiras, n'est-ce pas ? ajoute-t-il.

J'acquiesce encore sans rien dire. À quoi bon nier ? Je ne lui ai jamais caché que je comptais reprendre ma route une fois le pow-wow achevé.

— C'est bien ce que je pensais !

En l'entendant soupirer de nouveau, je sens une boule se former au fond de ma gorge. Détournant le regard, il sort de la poche de son veston un téléphone portable et une carte bancaire. Je les reconnais immédiatement. Ils m'appartiennent.

— Tiens ! Prends-les, me dit-il tout en me les tendant.

Comme je demeure immobile, écrasée par le poids de sa souffrance, il m'attrape une main, déplie mes doigts que j'avais maintenus crispés et dépose mes biens dans ma paume.

— Je ne veux pas que tu partes, mais je te rends tout de même ta liberté, me murmure-t-il d'une voix sourde, tout en refermant un à un mes doigts.

Je ne suis pas une pleurnicharde, pourtant je ne peux m'empêcher de renifler. Sentant mes larmes monter, je lâche un merci humide et me sauve.

26

L'oiseau tonnerre : *l'oiseau tonnerre est une créature surnaturelle importante dans la mythologie des Amérindiens du nord-ouest. Il représente à la fois le danger et la beauté de la nature. Il apporte la foudre et la grêle, et ne laisse derrière lui que mort et désolation. Cependant, il amène aussi la pluie indispensable aux cultures et aux hommes. Le battement de ses ailes démesurées est responsable du grondement du tonnerre, tandis que ses yeux perçants crachent des éclairs.*

Curtis

Je ne passerai pas voir Estelle ce soir. Son refus de rester à Mendake n'y est bien évidemment pour rien. Je ne suis pas idiot, je sais qu'elle me quittera très bientôt. Cette période d'essai qu'elle m'a imposée, c'est de la poudre aux yeux ! Un tour de passe-passe qui lui permet de prendre du bon temps dans mes bras sans avoir à s'engager. Non, je n'ai pas cherché à me venger de quoi que ce soit. De toute manière, les femmes qui croisent ma route finissent toutes par partir ! Que voulez-vous que j'y fasse ?

Au sortir du bar, j'ai accompagné Estelle à la Maison des jeunes. J'ai pu ainsi mesurer les progrès accomplis par ses élèves. Son ballet prend peu à peu forme, ce qui me donne toutes les raisons d'être fier d'elle. Après sa leçon de danse, je n'avais qu'une idée en tête : la rejoindre dans sa chambre en fin de soirée et tout entreprendre pour la convaincre de rester à Mendake. Le coup de fil que je viens de recevoir m'oblige à changer mes plans. Il provient de Charles, l'un de mes opérateurs en télésurveillance. Il m'annonce qu'un saccage a été perpétré sur le terrain vague où se tiendra le pow-wow. Je serais bien tenté de me rendre dare-dare sur les lieux. Mais deux de mes agents sont déjà sur place. Ils n'ont pas réussi à coincer le salaud qui a répandu une bombe de peinture rouge sur les tentes. Peut-être se montreront-ils plus habiles à recueillir des indices !

Selon l'opérateur, les nouvelles caméras ont filmé la scène. Curieux de voir à quoi ressemble notre malfrat, je me précipite au commissariat. Je le trouve désert. Pas l'ombre d'un policier dans les parages ! Surpris autant qu'énervé par ces abandons de postes, je fais le tour des bureaux – tous aussi vides les uns que les autres –, avant de déboucher dans la petite salle de télésurveillance. Je comprends alors le pourquoi du comment. Agglutinés autour d'un pupitre, le visage baigné de lueurs bleutées, les trois agents en faction ce soir semblent hypnotisés par les écrans de contrôle. Henri est également présent et ne paraît pas en meilleur état qu'eux.

— Viens tout de suite voir ça ! me dit-il, comme il m'aperçoit.

Aussitôt, les deux sergents préposés à l'accueil s'éclipsent, tout penauds. Une fois devant le pupitre, je peux voir, de mes yeux vu, le coupable en pleine action. La tête enfouie sous une capuche rabattue, il apparaît sur deux écrans. Une première caméra le montre de dos. Dans l'obscurité de la nuit, on entrevoit sa silhouette fugace, presque fantomatique, occupée à barbouiller une tente à la bombe de peinture. La seconde caméra le présente de profil et d'un peu plus près. Comme ses vêtements le cachent entièrement, aucun signe distinctif ne nous permet de l'identifier.

À l'instar de mes hommes, je me laisse hypnotiser par ce spectacle malsain de dégradation. La scène tourne en boucle sur les deux écrans. On commence par voir le contrevenant détériorer plusieurs tentes. Il ne semble pas remarquer qu'il est filmé, car il prend tout son temps. Je ne peux m'empêcher de serrer les poings et de grincer des dents en le regardant s'acharner sur l'Arbour, cette tente destinée aux tambours du pow-wow. Ce salaud ne perd rien pour attendre ! L'arrivée des deux policiers dépêchés sur place le fait fuir, ce qui met fin à la séquence.

J'observe la scène un nombre incalculable de fois. Encore et encore jusqu'à ce qu'un détail – un tout petit détail – me frappe comme une gifle.

— Stop ! Arrête immédiatement le film, Charles ! commandé-je à l'opérateur.

— Hé ! Qu'est-ce qui te prend ? me demande Henri que mon intervention a arraché à sa torpeur.

Pressé de vérifier si je n'ai pas rêvé, j'ignore sa question et continue de guider Charles, un gringalet d'une vingtaine d'années fraîchement sorti de l'école.

— Recule un peu... Encore... Encore... Non, tu es allé trop loin... Avance au ralenti maintenant... Plus lentement, s'il te plaît... Oui, c'est ça ! Tu y es presque... Stooop !

Les doigts crispés sur la chaise de Charles, je hurle si fort qu'Henri sursaute.

— Non, mais tu es devenu complètement cinglé ou quoi ? me lance ce dernier d'un ton courroucé. J'ai failli faire une crise cardiaque !

Manifestement, je suis le seul à apercevoir cet éclat de lumière sur l'écran où on voit le contrevenant de profil. Car même Charles s'est retourné pour me jeter un regard étonné à travers ses lunettes épaisses. Pourtant, je n'ai aucun mal à le voir. Il crève littéralement l'écran. C'est là, bien au milieu ! Juste au niveau de cette main qui brandit la bombe de peinture.

— Tais-toi un peu, et ouvre les yeux, rabroué-je Henri, avant de m'adresser à Charles. Zoome sur la main, s'il te plaît.

L'opérateur s'exécute sans discuter. Tandis que l'image s'agrandit, Henri s'en rapproche.

— C'est quoi, ça ? s'exclame-t-il soudain, pointant l'écran du doigt.

— Une bague, lui répond laconiquement Charles.

— Oui, ça m'a tout l'air d'être une bague, fais-je, songeur. Ou plus exactement un anneau d'or !

— Nous voilà en possession d'un indice précieux ! se réjouit Henri.

— Tu parles ! Plutôt mince, ton indice ! grogné-je entre mes dents.

— Peut-être, mais il nous apprend beaucoup de choses, continue Henri, tout content de lui. Tout d'abord, notre coupable est gaucher, puisqu'il se sert de sa main gauche. L'anneau orne son annulaire, ce qui signifie qu'il est marié. Et vu sa carrure, je suis prêt à parier que c'est un homme.

— Bien raisonné ! le complimenté-je.

Je n'ai pas l'habitude d'applaudir les performances de mon adjoint, mais là, franchement, il m'épate. Malgré l'heure tardive, il fait preuve d'un esprit de déduction à faire pâlir d'envie le meilleur détective du Québec. Dorénavant, j'y réfléchirai à deux fois avant de le traiter d'âne.

— On pourrait essayer de visionner ce qui a été filmé par les autres caméras de la réserve, renchérit Charles, aussi alerte qu'Henri. Ça nous permettrait de remonter la piste de notre homme.

— Très bonne idée ! le félicité-je. Vas-y ! Montre-nous ce que les autres caméras ont enregistré avant et après l'heure du délit.

— Je vais commencer par celles qui sont proches du terrain vague.

L'opérateur s'apprête à tourner une molette sur son pupitre lorsque Henri retient son bras et l'arrête dans son élan.

— Attends un peu, Charles ! lui demande-t-il avec sérieux, tout en appuyant son index sur l'écran. Il y a un truc bizarre, là ! Il faudrait vérifier ce que c'est.

— Je ne vois rien, protesté-je, les yeux écarquillés à force de scruter l'image.

— Moi non plus ! déplore Charles.

— Je vous parle de cette tache sombre sur le poignet de notre homme, insiste mon adjoint. Augmente le contraste, et baisse la luminosité, Charles.

L'opérateur obéit. Peu à peu, la tache m'apparaît. À mesure que les réglages s'affinent, elle devient de moins en moins floue. Des lignes se matérialisent, se croisent, se coupent à angles plus ou moins aigus et finissent par former une figure géométrique qui ressemble à un aigle aux ailes déployées.

— Le tatouage de Standing Rock ! s'écrient de conserve Charles et Henri.

— L'oiseau tonnerre de Standing Rock, ajoute ce dernier, surexcité. Ça, c'est un indice de taille ou je ne m'y connais pas !

Je hoche la tête, tout aussi fiévreux que lui. Car le tatouage qui s'étale sur le poignet de notre contrevenant n'est pas une représentation stylisée parmi tant d'autres de l'oiseau tonnerre, ce rapace mythique géant qui lance la foudre. Non, ce motif est unique en son genre puisqu'il a été créé par une artiste d'origine sioux qui souhaitait soutenir le combat de sa tribu.

En effet, en 2016, le gouvernement américain voulait faire passer un pipeline géant sur les terres ancestrales des Sioux Lakotas dans le Dakota du Nord, ce qui menaçait leur approvisionnement en eau. Pendant près d'un an, les Sioux Lakotas de la réserve de Standing Rock ont manifesté pacifiquement contre ce projet, tout en subissant de violentes répressions policières. Bien qu'épaulés par de nombreuses stars hollywoodiennes et des mouvements écologistes, ils n'ont pas obtenu gain de cause. Enterré par Barack Obama à la fin de son mandat, le projet *Dakota Access* a été relancé par Donald Trump juste après son élection. L'oléoduc est désormais en fonction. Et même si ses exploitants affirment qu'il est étanche, les risques de fuites font peser une menace sur les eaux de la rivière Missouri.

— Ce tatouage prouve que notre contrevenant est l'un des nôtres, poursuit Henri avec enthousiasme. Nous n'aurons aucun mal à le coincer.

— À moins que ce ne soit tout simplement un opposant au pipeline *Dakota Access*, rétorqué-je, moins optimiste que lui. Ce qui élargit considérablement notre champ de recherche.

— Et que viendrait faire ici un écologiste américain ? Ça n'a pas de sens, Curtis. Je suis persuadé que notre homme est indien. Peut-être même habite-t-il notre réserve !

— Alors pourquoi s'attaque-t-il à nous ? s'interroge Charles.

— Bonne question… à laquelle je n'ai pas de réponse ! lui dis-je, avant de baisser le regard sur ses mains. Que tout le monde me montre ses poignets !

Charles remonte instantanément ses manches. Aucun tatouage en vue ! Logique, non ? Ce n'est pas lui, le coupable ! Il ne pouvait pas se trouver derrière son pupitre et près de l'église au même moment.

— N'y compte pas ! s'offusque Henri, les bras croisés sur sa poitrine. Tu me fais confiance, ou je ne suis plus ton ami.

En voyant sa mine renfrognée, je comprends qu'il ne plaisante pas. Aussi, je retrousse mes manches et exhibe mes bras.

— On est tous logés à la même enseigne, Henri. Tes poignets, s'il te plaît !

Les sourcils froncés, il me dévisage longuement avant de souffler bruyamment.

— Toi et tes grands principes de moralité… lâche-t-il tout en m'imitant.

Il me dévoile ainsi ses nombreux tatouages. Toutes sortes de motifs géométriques, mais pas d'oiseau tonnerre de Standing Rock ! Je n'ai pas douté de lui une seule seconde. Mais il fallait que nous donnions l'exemple. Afin de mériter le respect de nos hommes.

— Bien ! Maintenant que nous sommes entre gens de confiance, nous allons pouvoir travailler, décrété-je.

Je récupère une chaise et m'assois près de Charles. Henri en fait autant. Puis nous nous attelons à visionner les enregistrements des caméras proches du terrain vague. La sonnerie stridente de mon portable m'interrompt. Tandis que mes deux collègues continuent les recherches, je m'isole dans un coin de la pièce et décroche mon téléphone. La voix furibonde de mon père tonne et m'oblige à éloigner le haut-parleur de mon oreille. Je sens que je vais passer un mauvais quart d'heure.

— Qu'est-ce que j'apprends ? Il y a encore eu des actes de vandalisme dans ma réserve ? Mais qu'est-ce que tu attends pour arrêter les coupables ?

— J'y travaille ! répliqué-je sèchement.

— En attendant, tu mets en péril le devenir de Mendake. Je reçois demain après-midi les représentants de Loto-à-Québec. S'ils s'aperçoivent que notre réserve a été saccagée, ils en déduiront que ce n'est pas un lieu sûr. Et jamais ils n'accepteront d'y implanter un casino. Ça fera des emplois en moins. Les retombées seront…

Bla-bla-bla !

Chacun ses problèmes, mon vieux ! Le mien est de retrouver le coupable. Débrouille-toi avec tes manigances de politicards ! ai-je envie de lui envoyer à la face.

27

***Drapeau de la nation huronne-wendate :** il représente un cercle sur fond blanc. Au-dessous et au-dessus, on trouve respectivement un canot et une paire de raquettes, qui sont les moyens de transport utilisés sur le territoire. À l'intérieur du cercle est dessiné un castor, symbole d'endurance et d'intelligence. Il voyage à dos de tortue sur une grande étendue d'eau.*

Estelle

Samedi 4 août 2018

Curtis n'est pas venu me voir cette nuit. J'ai récupéré mon téléphone portable et ma carte bancaire. Autant dire que je suis libre. Libre d'appeler une dépanneuse. Libre de rentrer chez moi ou de partir en vacances à Saguenay. Ce que je ne ferai pas puisque je me suis promis de rester à Mendake jusqu'à la fin du pow-wow.

Ainsi, j'ai gagné ma liberté. Mais il semblerait que j'aie également perdu Curtis. M'en veut-il d'avoir ruiné sa réputation ? Tout est ma faute. Je n'aurais jamais dû le suivre dans les toilettes pour hommes. Je suis sûre que ce Denis Vacheron ne s'est pas gêné pour colporter des insanités sur notre compte. À l'heure qu'il est, tout Mendake s'imagine que nous forniquons à longueur de temps.

J'aimerais bien appeler Curtis pour lui parler. M'excuser ? Certainement pas ! Mais au moins essayer de le calmer. De lui expliquer qu'il y a des problèmes bien plus graves dans la vie. Comme celui de tomber amoureuse d'un policier grincheux et de ne plus savoir où on en est ! Depuis mon réveil, je ne cesse de m'interroger. Comment le joindre ? Je n'ai pas son numéro de téléphone. J'ignore où il habite. Et comme c'est aujourd'hui mon jour de relâche et que je n'irai pas travailler, je ne le croiserai pas. Qu'à cela ne tienne ! Je n'ai qu'à demander de l'aide à Nicole. Pas maintenant, bien sûr ! Il est trop tôt pour la déranger. À cette heure-ci, elle dort encore.

Pour l'instant, tout ce qu'il me reste à faire est de demeurer bien sagement dans mon lit à broyer du noir. Machinalement, j'allume mon portable. Je ne l'avais pas fait hier soir, car la batterie était déchargée. Mes vieux réflexes me poussent à parcourir mon fil d'actualité Facebook. Cela faisait bien longtemps que je ne m'étais pas raccordée au monde extérieur. Sept jours, pour être exacte ! Et ça ne m'a pas manqué. Voir défiler les photos de vacances de mes amies aurait plutôt tendance à plomber mon moral. D'ailleurs, je me félicite d'avoir bloqué le Cornichon et l'Asperge. Rien ne pourrait me faire plus de mal que de les regarder se pavaner en couple.

Je m'empresse de fermer Facebook et j'ouvre ma messagerie électronique. J'y trouve beaucoup de publicités, ainsi qu'un message qui me scie les pattes. Mince ! C'est le Cornichon qui m'écrit.

[Bonsoir, ma boulette adorée.

Où es-tu donc passée ? Pourquoi ne me réponds-tu pas ?

J'espère que ce n'est pas à cause de ma petite lettre.

Il ne fallait pas la prendre au sérieux.

Allez, arrête de bouder ! Je dois absolument te parler.

Rappelle-moi vite.

Tu me manques.

Ton Steve qui t'aime.]

— Quoi ? Non, mais il plaisante ! m'écrié-je, outrée, tout en me redressant.

Après le tour pendable qu'il m'a joué, comment ose-t-il venir gratter à ma porte ? Alors, comme ça, sa « petite lettre » de rupture, c'était juste pour rire ! Il a vidé l'appartement de ses affaires, histoire de rigoler ! Ah, ah ! Qu'est-ce que je me marre ! J'en ai mal aux côtes. Il me prend vraiment pour une cruche, ce sale type ! Et qu'attend-il de moi ? Que je le rappelle pour le supplier de revenir ? Que je lui pardonne sa petite escapade avec l'Asperge ? Furieuse, je rédige une réponse cinglante.

> [Désolée, mon pauvre gars, mais je ne veux plus te voir.
>
> J'ai rencontré le grand Amour et je ne veux plus avoir affaire à toi.
>
> Je te prierai de me lâcher les baskets.
>
> Adieu.
>
> Estelle]

Très fière du résultat, je le contemple longuement. Mais des doutes s'insinuent peu à peu dans mon esprit et gâchent mon plaisir. Ce « grand Amour » que j'évoque m'évite. Il finira lui aussi par me larguer. Qu'importe ! Le but de cette missive n'est pas de dire la vérité. Après avoir remplacé « mon pauvre gars » par « Steve » et « lâcher les baskets » par « laisser tranquille », j'appuie sur la touche « envoyer ». Ouah ! Ça fait du bien ! Prends-toi ça dans les dents, le Cornichon ! De bien meilleure humeur, je m'habille et sors de ma chambre. Je n'ai pas posé un pied dans le couloir que le chat de Nicole vient se frotter à mes jambes en ronronnant.

— Salut, Tigrou. Déjà debout ?

Un miaulement indigné me répond. À l'ordinaire, il dort avec sa maîtresse jusqu'à ce qu'elle se réveille et le mette dehors. Ce n'est jamais avant 8 heures du matin. Je regarde ma montre : il n'est que 6 h 25. Étrange !

Le chat sur mes talons, je me rends à la cuisine. Une autre surprise m'y attend. Il y règne une agitation inhabituelle. Tandis qu'Annie, la grand-mère de Nicole, s'affaire derrière les fourneaux, sa fille Hélène, sa petite-fille, ainsi que Raymond et François, les petits amis des deux aînées, sont attablés derrière une tasse de café et une assiette de pancakes. Même Daniel, le frère de Nicole, participe au repas. C'est bien la première fois que tout ce petit monde déjeune aussi tôt. Plus étonnant encore : Henri leur tient compagnie. Comme il est vêtu de son uniforme de police, j'en déduis qu'il est en service.

À mon arrivée dans la pièce, toutes les têtes se tournent vers moi, et les discussions s'arrêtent.

— Bonjour, Estelle. On n'attendait plus que toi, me lance Nicole, qui se pousse contre sa mère pour me laisser une place.

D'autres bonjours lui font écho. Tout en saluant la salle à la cantonade, je rejoins mon amie sur le banc. Aussitôt, Annie dépose une assiette garnie et une tasse devant moi. Tigrou tente de s'installer sur mes genoux, mais Nicole le chasse en lui faisant les gros yeux.

— Allez, oust ! Laisse Estelle tranquille ! le gronde-t-elle.

— Vous êtes bien matinaux aujourd'hui, m'exclamé-je, tout en balayant la tablée du regard.

— Il le fallait bien ! réplique Hélène. Nous avons une urgence à traiter.

— Oui, la situation est grave, renchérit Annie. Et nous n'aurons pas assez de mains pour la redresser.

— Moi, je vous préviens : apocalypse ou pas, je retourne me coucher, grogne Daniel.

— Certainement pas ! le rabroue sa mère, qui lui tire l'oreille.

— Aïe !

— Allez, Daniel, du nerf ! l'encourage Raymond, tout en lui donnant une tape amicale dans le dos. On a besoin de toi ce matin. Tu pourras dormir tout ton saoul dès qu'on aura terminé.

Leurs airs de mystère et leurs propos sibyllins m'intriguent singulièrement. Je suis sur le point de leur demander quel est ce problème qui les préoccupe tant, lorsque Nicole me tend le sucrier.

— Non, merci. Que se… commencé-je, avant d'être interrompue par François.

— Je ne voudrais pas vous mettre la pression, mais il faudrait tout de même vous dépêcher.

Un silence de connivence s'ensuit. Je n'ose pas le troubler. On n'entend plus que les aspirations du café et les tintements des couverts. Hormis Henri qui me dévisage d'une drôle de façon, tous gardent le nez baissé sur leur assiette. Lorsque François et Raymond se lèvent, je n'ai pas encore entamé mon repas. Toujours sans mot dire, ils sortent de la cuisine. Hélène leur emboîte le pas, entraînant son fils avec elle.

— Je dois filer, me dit Nicole, qui s'essuie la bouche et quitte le banc. Pas le temps de t'expliquer !

— Ne t'inquiète pas, je vais m'en charger, intervient Henri.

Tandis qu'Annie débarrasse la table, il vient s'asseoir en face de moi avec sa tasse de café. Je l'écoute m'expliquer ce qui a provoqué cette effervescence.

— Cette nuit, un malfrat a barbouillé de peinture rouge les tentes du pow-wow. Le résultat n'est pas beau à voir. C'est d'autant plus ennuyeux que la fête approche et que le Grand Chef reçoit une visite importante cet après-midi. Comme nous aurons bien du mal à effacer les graffitis, nous pensons qu'il vaut mieux les cacher sous des fresques décoratives et des représentations de notre drapeau. Nicole et Alphonse se chargeront de les ébaucher. De nombreux bénévoles les aideront à les réaliser. Ils devraient avoir fini avant midi. Du moins, je l'espère !

— Ne te tracasse pas pour ça, le rassure Annie. Je suis persuadée qu'ils feront du bon travail.

— Je peux me joindre à eux, si vous le souhaitez, leur proposé-je. C'est mon jour de relâche aujourd'hui, donc…

— En fait, ce serait mieux si tu allais travailler au bar… me coupe Henri, avant d'être lui-même interrompu par la grand-mère de Nicole.

— Nous en avons déjà discuté, s'insurge cette dernière, qui lâche son éponge pour se tourner vers nous. Tu ne peux pas lui demander ça !

— Me demander quoi ?

— De nous aider à trouver le coupable ! articule Henri.

Tout en ignorant la moue réprobatrice d'Annie, l'adjoint de Curtis me parle de ce que les caméras de surveillance leur ont révélé. Il m'explique également ce qu'il attend de moi.

— Aujourd'hui, c'est jour de marché. Presque tout Mendake ira manger ou prendre un verre au Mandella. Tu es la seule qui puisse inspecter les poignets de tes clients sans éveiller leur méfiance. Martha n'est pas en état de nous aider. Quant à Julie, elle est trop braquée contre Curtis pour coopérer.

— Mais si Curtis apprend que nous faisons courir un danger à Estelle, c'est lui qui se fâchera, s'énerve Annie.

— Estelle ne risque rien. Notre coupable ignore qu'il a été filmé, puisque personne n'était au courant que les caméras avaient été remplacées hier. Il est donc à mille lieues de se douter que la police recherche un homme avec le tatouage de Standing Rock sur le bras.

— Cesse de l'importuner avec nos histoires, Henri. Je te signale que…

Je ne prête guère attention à leur dispute. L'évocation de Curtis a ravivé ma contrariété. Ainsi, il est de notoriété publique que je suis sa protégée. Alors pourquoi m'évite-t-il ? J'aimerais bien savoir ce qui l'empêche de venir me voir.

— Que décides-tu, Estelle ? me demande soudain Henri, me tirant de mes réflexions.

— J'accepte ! lâché-je tout à trac. À quoi ressemble le tatouage que je suis censée chercher ?

— Je vais te le montrer, me répond Henri, radieux, tout en sortant son portable de sa poche.

Oui, j'irai travailler au Mandella aujourd'hui. Je m'efforcerai de trouver le coupable. Et si je croise cet âne bâté de Curtis, je lui dirai ce que je pense de ses manières de butor. Cette fois-ci, je n'ai pas l'intention de me faire larguer sans lui avoir envoyé mon poing dans la figure.

28

***Danse du soleil :** rituel religieux pratiqué par plusieurs tribus amérindiennes des plaines du nord. Au solstice d'été et pendant près d'une semaine, les participants démontrent leur bravoure en surmontant la douleur. Longtemps interdite par les autorités américaines et canadiennes qui qualifiaient de barbares les pratiques associées d'automutilation, cette cérémonie est désormais légale.*

Curtis

Lundi 6 août 2018

Cette enquête va finir par avoir ma peau ! Elle me met au supplice. C'est un peu comme si je participais à la danse du soleil. Après trois nuits blanches, je ne sais plus comment je m'appelle. Je me fais violence pour garder les yeux ouverts.

J'ai interrogé une bonne vingtaine de tatoueurs dans Québec et ses environs sans parvenir à glaner d'informations sur l'identité de notre coupable. Tous se sont souvenus d'avoir commencé à tatouer l'oiseau tonnerre de Standing Rock en novembre 2016. Ils ont été capables de dénombrer les clients qui arborent désormais ce motif sur leur poignet gauche. Mais dès qu'il a été question de me révéler leurs noms, ils sont brusquement devenus amnésiques. Et comme j'intervenais en dehors de la réserve – ce qui m'ôtait tout pouvoir –, il m'a été impossible de consulter leurs registres.

Henri avait prédit que je perdrais mon temps. Ça me fait mal de l'avouer, mais il a raison. De son côté, il a joué la carte de la solidarité, s'appuyant sur des citoyens de confiance pour chercher l'homme tatoué. Pour l'instant, il a lui aussi fait chou blanc.

À cinq jours du pow-wow, nous nous retrouvons avec un site vulnérable, un malfrat en liberté et mon père sur le dos à longueur de journée. Henri avait momentanément réussi à le calmer en faisant repeindre les tentes. Nicole et Alphonse ont fait un travail d'orfèvre en masquant les graffitis avec de très belles fresques. Mon père a ainsi pu recevoir sa délégation d'investisseurs. Il continue néanmoins de me tanner les oreilles avec cette histoire.

De peur que notre homme ne frappe de nouveau, je passe mes nuits dans mon 4 x 4 à surveiller le terrain vague derrière l'église. Ma thermos de café est ma seule compagne. Lorsqu'il m'arrive de m'assoupir, je rêve d'Estelle. Ma douce Estelle que je n'ai pas revue depuis vendredi dernier. Que finira-t-elle par s'imaginer ? Que je la fuis ?

Henri ne cesse de me houspiller pour que j'arrête mes enfantillages. Selon lui, je devrais la rejoindre et laisser à nos opérateurs le soin de protéger le site du pow-wow. Il en a de bonnes ! Ce n'est pas lui qui devra rendre des comptes à mon père et au Conseil de la Nation si les dégradations se répètent. En outre, je commence à douter sérieusement de l'efficacité de notre dispositif de vidéosurveillance.

— Rentre chez toi et va te coucher ! me lance Henri, qui pénètre comme une tornade dans mon bureau.

Aussitôt, je me redresse sur ma chaise et bats des paupières pour les tenir ouvertes.

— Je n'en ai pas besoin.

— Bien sûr que si, tu en as besoin ! insiste-t-il avec un sourire exaspérant au coin des lèvres. Regarde-toi, tu dors debout.

— Je ne dors pas, je réfléchis.

— Tu as une sale mine.

— Je ne suis pas payé pour participer à des concours de beauté, le rembarré-je. Où en es-tu dans tes recherches ?

— Toujours rien ! Tu viens prendre une bière ? C'est l'heure de la pause.

— Non !

Hors de question qu'Estelle me voie dans ce piteux état ! Et puis, je suis tellement en rogne que je serais bien capable de lui adresser des paroles vexantes.

— Il ne faudra pas t'étonner si Estelle te quitte ! me cingle alors Henri.

Sonné par tout ce que ses propos impliquent, je plonge la tête dans mes mains. Mon esprit est certes embrumé par la fatigue, mais il n'a aucun mal à appréhender l'avenir. Non seulement je finirai seul comme un con – ce à quoi je me suis préparé. Mais plus grave, je perdrai la femme dont j'ai besoin. Oui, j'ai besoin de cette grande gueule au cœur d'or !

— Qu'est-ce que je suis censé faire ? me lamenté-je à voix basse. Aller lui parler ? Pour lui dire quoi ? Que je ne suis qu'un raté ?

— C'est bien ce que je pensais : tu manques de sommeil. Tu ne racontes que des conneries. Va la voir, embrasse-la et arrête de chialer.

— Je ne chiale pas ! me récrié-je, bondissant comme un ressort de mon siège. Jamais !

Épuisé par ce coup d'éclat, je retombe sur mon fauteuil et replonge la tête dans mes mains.

— Je vais la perdre… répété-je, dévasté. Je vais la perdre…

— Aux grands maux, les grands remèdes !

Henri n'a pas achevé cette maxime que je reçois le contenu d'un verre d'eau sur le crâne. Ouah ! Ça remet les idées en place !

Quelques minutes plus tard, je m'installe sur le siège passager de mon 4 x 4, tandis que mon adjoint m'annonce qu'il nous conduit au Mandella. Je n'ai pas meilleure mine – le rétroviseur l'atteste –, mais je me sens le courage d'affronter la colère d'Estelle. Car pour sûr, elle ne me loupera pas ! Je vais devoir user d'adresse pour la calmer.

— Où vas-tu comme ça ? demandé-je à Henri, lorsque je m'aperçois qu'il n'emprunte pas la route menant au bar.

— Tu crois que je vais te laisser te présenter les mains vides devant ta dulcinée ? Tu rêves, mon pauvre ! Il va te falloir du lourd pour l'amadouer.

C'est ainsi que j'atterris dans une boutique de bijoux fantaisie où j'achète un collier de wampums pour Estelle. Je dois être sacrément à l'ouest, car sans comprendre comment ni pourquoi, je me retrouve quelques instants plus tard au Mandella, assis à ma table attitrée, une bière devant moi. À travers le brouillard qui enveloppe ma conscience, je vois passer des ombres. Elles me saluent. J'essaie d'en faire autant. Henri n'est pas à mes côtés. Peut-être s'est-il rendu aux toilettes !

Me forçant à écarquiller les yeux que les brumes du sommeil voilent, je cherche Estelle du regard. Ce faisant, je serre très fort le petit paquet que je compte lui offrir. Peu à peu, ma vue s'améliore. Et je l'aperçois au fond du bar. Elle n'est pas seule. Henri discute avec elle. Il y a un autre homme avec eux. Vacheron !

Furieux de le voir se tenir aussi près d'Estelle, je me lève et les rejoins à grands pas.

— Assez ! tonné-je, tout en attrapant Estelle par le bras pour la tirer vers moi.

Contrainte de me faire face, elle redresse la tête et plisse les yeux. Ce n'est certainement pas ma présence qui l'éblouit.

— Curtis ? Je ne savais pas que tu étais encore vivant ! persifle-t-elle. J'ai même pensé que des extra-terrestres t'avaient kidnappé.

En entendant mon adjoint et Vacheron ricaner bêtement, je vois rouge. Une volée de jurons m'échappe, ce qui déclenche de nouveaux rires.

— Charmant ! lance Estelle, moqueuse. La distinction à l'état pur !

Si je demeure une seule seconde de plus à les écouter glousser, je vais finir par distribuer des beignes. Mais si je pars, je me discrédite à jamais. Aussi, j'opte pour la moins calamiteuse des solutions. Ignorant les cris de protestation des uns et des autres, j'empoigne Estelle à bras-le-corps, la hisse sur mon épaule et l'entraîne hors du bar.

— Lâche-moi immédiatement ! ne cesse-t-elle de crier.

Je ne lui réponds pas. Elle me bourre de coups de poing et de pied. Encore une épreuve digne de la danse du soleil ! Je m'exhorte au calme, consacrant le peu d'énergie qui me reste à rejoindre mon véhicule.

— Non, mais tu es devenu complètement cinglé, hurle-t-elle, tandis que je la dépose sur la banquette arrière.

— Ouais ! C'est tout à fait ça ! maugréé-je.

Et je déteste qu'on se foute de ma poire ! Après avoir récolté un mauvais coup dans le tibia, je lui claque la porte au nez, prends le volant et démarre. Direction la maison ! Estelle s'agrippe au dossier de mon siège et me secoue comme un prunier. Eh merde ! J'aurais dû la menotter. Ça m'aurait évité de me faire chahuter comme aux autos-tamponneuses.

— Hé ! On se calme, derrière ! l'apostrophé-je.

L'espace d'un court moment, je regarde dans le rétroviseur. Heureusement que nous ne sommes pas très loin de chez moi, car les yeux pleins de fureur d'Estelle vont finir par mettre le feu à ma voiture.

— Ramène-moi tout de suite au bar ou je fais un malheur ! hurle-t-elle de plus belle.

— Calme-toi, sinon je te fous en taule, lâché-je, à court d'idées.

— Il n'y a pas de prison à Mendake.

Bien vu ! pesté-je intérieurement avant de me ressaisir.

— Et peut-on savoir ce que tu faisais avec Vacheron ? lui demandé-je, les mâchoires douloureuses à force de les serrer.

— Je n'ai pas de compte à rendre à un type qui joue au mort pendant plusieurs jours.

— J'avais de bonnes raisons à ça. Une enquête, figure-toi !

— Ah bon ? réplique-t-elle d'un ton narquois. Cette enquête, c'est bien la même que celle à laquelle Henri participe, non ? Eh bien ! Lui me rend visite tous les jours, figure-toi !

Comment ça, il lui rend visite tous les jours ! grogné-je.

Piqué au vif par les images sulfureuses qui affluent à mon cerveau, j'enfonce mes ongles dans le volant. J'attends d'être arrivé devant ma maison pour défouler ma hargne.

— Parce que maintenant tu fricotes avec mon adjoint ? m'écrié-je, hors de moi.

— Pff ! Ce que tu peux avoir l'esprit retors ! Où sommes-nous ?

— Chez moi ! Viens, suis-moi, il faut que je te parle.

Et aussi que je t'offre un collier de wampums, que je t'embrasse, que je te déshabille, que je… commencé-je à énumérer en mon for intérieur, avant de me souvenir que je n'ai pas dormi depuis plusieurs jours.

Pour les choses sérieuses, on verra si je tiens encore debout après tout ça !

29

Yonnonhwe : *en langue wendate, « je t'aime » se dit « yonnonhwe » et se prononce « yon-non-oué ».*

Estelle

Si j'accepte de suivre Curtis jusqu'à chez lui, c'est uniquement parce qu'il me fait de la peine. Bien que son comportement à mon égard soit inadmissible, je ne peux lui en tenir rigueur. Il a l'air épuisé, le pauvre ! Je n'ai pas l'impression qu'il se soit beaucoup amusé ces derniers jours. D'ailleurs, Henri me l'a confirmé hier soir. La recherche de l'homme au tatouage et la surveillance du site du pow-wow occupent tout son temps.

Selon lui, Curtis subit une pression énorme de la part de son père. Je veux bien le croire. Le Grand Chef est un homme exigeant qui veut tout, tout de suite. Depuis samedi dernier, il assiste à chacune de mes leçons de danse. Je sens peser sur moi un poids considérable. Je sais qu'il me fait confiance. Mais il ne tolérera pas la moindre erreur. Heureusement pour moi, mes jeunes ont bien assimilé la chorégraphie. Le ballet est pratiquement au point. Il ne nous reste plus qu'à l'exécuter avec les costumes qu'Alphonse nous a rapportés.

— Ma maison ! marmonne Curtis, comme il déverrouille sa porte d'entrée et pénètre à l'intérieur.

Lui aussi habite une maison longue. Je lui emboîte le pas dans le couloir. C'est la première fois que je viens chez lui. J'ignore depuis combien de temps le ménage n'a pas été fait, mais il y a des moutons de poussière partout.

— Mon bureau ! me dit-il, alors que nous passons devant une pièce plongée dans l'obscurité.

— Très beau ! lâché-je gentiment.

Car ma colère contre lui est retombée depuis que j'ai vu dans quel état de fatigue il était. Pour venir jusqu'ici, il a grillé un feu rouge et a failli cogner un trottoir. Ça ne lui ressemble pas. De plus, il me fait visiter sa maison, ce que j'interprète comme un geste d'apaisement.

— La cuisine.

— Très…

Crasseuse ! me retiens-je de répliquer, tandis que j'aperçois un tas de vaisselle sale dans l'évier.

Il ne s'arrête pas. Je lui suis reconnaissante de ne pas m'avoir présenté des gants de caoutchouc et un torchon. Encore un bon point en sa faveur !

— Ma chambre ! m'annonce-t-il, comme nous arrivons au bout du couloir.

— Ah ! Je vois !

Je vois surtout une pièce en désordre avec un grand lit défait et des vêtements qui jonchent le sol. Une lumière rougeâtre filtre à travers les rideaux tirés, de sorte que tout m'apparaît en demi-teinte. Visiblement gêné par l'état de sa chambre, Curtis s'empresse de ramasser ses affaires et de les empiler sur une chaise. Puis il revient vers moi, m'attrape par la main et m'entraîne à l'intérieur. Aussitôt, mes sens s'affolent. J'ai l'impression de fondre à son contact. Nous ne nous sommes pas touchés depuis vendredi dernier. J'avais presque oublié l'effet que cet homme produisait sur mes nerfs. Ses yeux revolver se fixent sur les miens. Je me mets à trembler. Rien n'est plus troublant que son regard. Il affiche une détermination farouche sans pour autant trahir ses pensées intimes. Un voile de barbe ombre son menton et ses mâchoires. Il n'en paraît que plus viril.

— Voilà ! C'est pour toi ! me dit-il tout en me tendant un petit paquet rose.

Intriguée, je lui lâche la main pour m'en saisir. Je le déballe fébrilement et en sors un écrin, que j'ouvre.

— Oh ! Un collier de perles ! m'exclamé-je, profondément émue par son présent.

— Des perles de coquillages. Des Wampums. Il te plaît ?

— Oui. Beaucoup !

La tête vidée de toute substance, je demeure un long moment à le contempler.

— Attends ! Je vais te le mettre.

Sur ce, Curtis prend le collier et le passe autour de mon cou. Une sorte de folie s'empare alors de moi. Je m'agrippe à ses épaules et l'embrasse fougueusement. Entourant ma taille de ses bras, il me serre très fort contre lui.

— Oh ! Curtis ! Tu m'as tellement manqué, soupiré-je entre deux baisers.

— Toi aussi, ma chérie.

Sans cesser de nous embrasser, nous nous déshabillons l'un l'autre. Je lui ôte sa veste, je déboutonne sa chemise. Il tire sur mon chemisier, dégrafe mon soutien-gorge. Bientôt, tous nos vêtements volent aux quatre coins de la pièce. Comme nous nous retrouvons nus, Curtis interrompt notre baiser pour me porter jusqu'au lit.

Tout va ensuite très vite. Il s'allonge sur moi. Très excitée, j'enroule bras et jambes autour de son corps robuste. Il me pénètre. Une vague de chaleur déferle dans mon ventre. Il entre lentement en moi, sort. Une fois, deux fois… Au troisième coup de reins, l'affaire est classée. Il se retire, éjacule dans les draps en étouffant un grognement, puis s'effondre à mes côtés. Je n'ai pas le temps de protester qu'un ronflement sonore s'élève.

— Curtis ? Curtis ? demandé-je, un peu inquiète, tout en le secouant.

— Je t'aime, Estelle, marmotte-t-il, un sourire béat sur les lèvres.

Il s'accroche à moi et s'endort. Ai-je bien entendu ? Je ne vais tout de même pas le réveiller pour en avoir le cœur net ! Non, mieux vaut le laisser se reposer. Il en a besoin. Quoique emprisonnée dans le cocon de ses bras, je réussis à remonter le drap et à le couvrir avec. La tête calée contre son épaule, je laisse mon esprit divaguer.

Depuis quand ne me suis-je pas sentie aussi bien ? Même si je ne suis pas parvenue à l'entière félicité, j'éprouve un profond sentiment de bien-être. Vais-je accepter son offre et rester avec lui après le pow-wow ? Le Cornichon insiste pour revenir vivre chez moi. Il m'a envoyé plusieurs SMS en ce sens. Depuis samedi, il m'a téléphoné une bonne quinzaine de fois. Je ne lui ai pas répondu. Je ne veux plus lui adresser la parole. Je ne sais pas ce qui a bien pu se passer entre l'Asperge et lui, mais leur histoire semble terminée. Qu'importe ! Désormais, c'est Curtis qui fait vibrer mon cœur. Spontanément, je lui caresse les cheveux. Ils sont trempés de sueur.

— Reste, ma chérie, chuchote-t-il d'une voix pâteuse. J'ai besoin de toi.

Émue, je dépose un baiser sur son front. Et dire que je vais devoir le trahir ! Je ne suis qu'une traîtresse. Mais une promesse est une promesse, et j'ai promis à Henri de ne pas parler à Curtis de nos manigances.

À sa demande, je me suis lancée à la recherche du tatouage de Standing Rock. Je n'avais rien trouvé jusqu'à cet après-midi. Tandis que j'inspectais les poignets de plusieurs clients, Denis Vacheron s'est aperçu de mon manège. Il m'a appelée à sa table, et comme il est très malin, il a tout de suite compris que je cherchais quelque chose.

Je n'aime pas beaucoup ce type, mais mon instinct m'a dicté de lui faire confiance sur un sujet aussi sensible que celui qui touche à la sécurité de Mendake. Je me suis donc ouverte à lui. Très succinctement, bien sûr ! En évitant de lui donner trop de détails. Bonne pioche ! En effet, il s'est immédiatement targué de connaître un homme répondant au signalement du coupable. Henri est arrivé sur ces entrefaites. Nous étions en train d'en discuter lorsque Curtis nous a interrompus.

Dorénavant, je me lave les mains de cette histoire. Qu'Henri s'en débrouille ! Qu'il en parle ou pas à Curtis, ce denier n'apprendra jamais mon implication dans cette affaire. Toujours est-il que mon problème demeure entier, et que je ne sais pas ce que je ferai après le pow-wow.

— Non, ne pars pas ! marmonne encore Curtis.

— Dors, Curtis. Pour l'instant, je ne vais nulle part.

30

***Pisteurs indiens :** doués de facultés extrasensorielles leur permettant de sentir l'approche du danger, et capables de se mouvoir furtivement, ils ont régulièrement été embauchés par l'armée américaine, notamment pendant la guerre du Vietnam.*

Curtis

Mardi 8 août 2018

Il y a un temps pour tout. Et ce soir, il est l'heure pour moi de passer à l'action. Je vais me le faire, ce salaud ! Et je lui apprendrai à se servir d'une bombe de peinture ! Sur une toile prévue à cet effet. Éventuellement sur les murs de sa propre maison. Mais certainement pas sur les tentes, les totems ou les caméras de ma réserve.

Je ne sais pas comment Henri s'y est pris, mais il a réussi à débusquer notre coupable. Ou plutôt devrais-je dire : « notre suspect », puisque nous ne disposons pas encore de preuves suffisantes pour l'incriminer. Il n'empêche que mon adjoint et ami a fait du bon travail. Du travail de pisteur ! Jamais plus je ne le traiterai d'âne. Promis juré !

— Regarde ! Il sort de chez lui ! s'écrie-t-il.

Assis devant les écrans de la salle de vidéosurveillance, nous avons les yeux rivés sur la maison de notre homme depuis un bon moment. Cet après-midi, nous avons profité de son absence pour déposer une lettre anonyme dans sa boîte aux lettres. Il en a pris possession à son retour du travail aux alentours de 18 heures. Il n'est pas ressorti de toute la soirée.

Dans la lettre, nous nous vantons de détenir des preuves accablantes contre lui. Ce qui est bien évidemment un mensonge.

Nous sommes prétendument prêts à les lui céder pour la modique somme de 600 dollars. Au cas où il ne viendrait pas à notre rendez-vous au cimetière, fixé à 1 heure du matin, nous les remettrons à la police. Nous avons joint à l'enveloppe une clé USB contenant une vidéo truquée réalisée par nos opérateurs. On l'y voit en train de repeindre les tentes du pow-wow, puis on le suit dans les rues de Mendake tandis qu'il rentre à son domicile.

J'ai commencé à douter de l'efficacité de notre plan sur le coup de minuit et demi, car toutes les lumières de sa maison se sont éteintes sans que notre homme sorte de chez lui. Un quart d'heure plus tard, j'étais sur des charbons ardents, et Henri ne cessait de jurer. Mais à présent que notre suspect monte dans sa voiture, j'ai la certitude que nous tenons notre coupable.

— Oui, il a mordu à l'hameçon, répliqué-je, soulagé.

— On y va ? me demande Henri, bouillant d'impatience.

— Non, on attend qu'il arrive au cimetière pour intervenir, décrété-je, avant de m'adresser à l'opérateur en service. Ne le perds surtout pas de vue, Antoine !

Grâce à l'habileté de ce dernier, nous observons la progression de notre homme sur les écrans. Il roule tous feux éteints. Néanmoins, comme les rues sont désertes, nous n'avons aucun mal à le suivre. Alors que sa voiture s'arrête dans un coin sombre, sur le parking du cimetière, Henri bondit de son siège.

— Tu es fait comme un rat, mon coquin ! s'exclame-t-il.

— Allons le cueillir !

Nous nous dépêchons de rejoindre un véhicule banalisé que Jean nous a prêté. Une Ford Mustang rouge, tout sauf discrète ! Nous faisons souvent appel au garagiste lorsque nous avons besoin de passer incognito. Cette fois-ci, Jean a insisté pour conduire sa voiture. Non seulement parce qu'il accorde beaucoup de valeur à ce modèle de collection. Mais surtout parce que le suspect est son cousin germain. Un certain Roland Priest que je ne connais que de vue. Comment Jean a-t-il appris l'identité de notre homme ? Je préfère ne pas le savoir. Tout ce qui m'importe, c'est que notre opération de ce soir soit couronnée de succès.

— Je ne peux pas croire que Roland ait fait ça. C'est un brave type, mâchonne Jean, tandis qu'il nous mène au point de rendez-vous.

— Et pourtant, ça ne peut être que ton cousin, notre coupable ! riposté-je, sûr de mon fait.

— Laisse-moi lui parler, Curtis. Vous allez l'effrayer.

— Il n'en est pas question, Jean, refusé-je catégoriquement. Je veux des aveux complets. Et ce n'est pas toi qui nous les obtiendras.

— C'est moi qui me chargerai de le faire parler, décrète Henri.

— Jamais il ne se confiera à toi, conteste Jean.

— Ne t'en fais pas, Castor Peureux ! Il ne me reconnaîtra pas, rétorque mon adjoint tout en brandissant une cagoule. J'agirai à visage couvert.

— C'est bien ce que je disais ! bougonne encore Jean. Vous allez lui faire peur !

— Je suis désolé, Jean, mais tu devras rester dans la voiture avec moi, lui expliqué-je avec calme. Et puis, si la situation s'envenime, je ne veux pas qu'il t'arrive quoi que ce soit.

— Pff ! Roland ne ferait pas de mal à une mouche. Il travaille au RCA depuis maintenant vingt ans, et personne n'a jamais rien eu à lui reprocher. C'est un bon employé de banque, un bon mari, un bon père de famille. Un type loyal, quoi !

Voici bien longtemps que je n'avais pas entendu Jean prononcer un aussi long discours. Ce sera le dernier, puisque nous arrivons sur le parking du cimetière et que le véhicule du suspect entre dans notre champ de vision.

— Gare-toi à bonne distance de lui, demandé-je à Jean avant de me tourner vers Henri. Tu sais ce qu'il te reste à faire !

— Oui.

Henri enfile sa cagoule et sort de la voiture. Ainsi vêtu tout de noir, il est très convaincant dans son rôle de maître chanteur. La main sur mon Glock 19, je le regarde avancer en direction du véhicule de notre suspect. Prêt à intervenir en cas de problèmes ! Henri porte un gilet pare-balles, ce qui ne le prémunit pas entièrement contre un mauvais coup.

— C'est bien ce que je disais : Roland est inoffensif, marmonne Jean, tandis que son cousin descend de sa voiture.

La mine blafarde, les épaules basses, notre homme a l'air terrorisé. Son regard de chien battu fait pitié. C'est vrai qu'il ne paraît pas bien méchant. Il est plutôt frêle, et Henri le dépasse d'une tête. Je n'en demeure pas moins sur mes gardes.

« Je n'ai pas l'argent. Je vous en prie, n'allez pas voir la police. Je ne veux pas causer de tort à ma famille », chevrote-t-il.

Henri a caché un micro espion dans sa cagoule, de sorte que Jean et moi pouvons écouter sa conversation à distance.

« Désolé, mon vieux ! Mais c'est 600 dollars si tu ne veux plus entendre parler de cette histoire », rétorque mon adjoint avec des intonations menaçantes dans la voix. « Et c'est 300 dollars de plus pour la vidéo où on te voit repeindre le totem. »

« Mais ce… ce n'est pas possible… Je… Les caméras n'ont pas pu me filmer… Je les avais couvertes de peinture », bégaie Priest.

— OK ! C'est lui, notre coupable ! jubilé-je, tout en jetant un regard satisfait sur Jean.

Pour toute réponse, ce dernier fait craquer les articulations de ses doigts et hausse les épaules.

« C'est moi qui t'ai filmé avec mon téléphone portable », ricane Henri. « Et je t'ai également filmé en train de peindre les caméras qui surveilleront le pow-wow. Je ne comprends pas ce que tu cherchais, mais tes talents de peintre vont me rapporter 900 dollars. »

« Ça n'aurait pas dû se passer comme ça… Non, personne ne devait me voir… Ma femme, mon fils… Il ne faut pas qu'ils apprennent ce que j'ai fait », se lamente Priest.

— Allez, vas-y ! Coffre-le ! pesté-je entre mes dents. Qu'est-ce que tu attends pour lui passer les menottes, bougre d'âne ?

« Écoute, je veux bien me montrer bon prince », poursuit Henri, qui n'a visiblement pas décidé d'appréhender notre coupable. « Si tu me dis pourquoi tu as agi ainsi, je te cède les vidéos pour seulement 300 dollars. »

« 300 dollars ? » lui demande Priest, tout tremblant.

« Oui. 300 dollars, et tu n'entendras plus jamais parler de moi ! »

« C'est à cause du casino. Je ne veux pas qu'ils en construisent un dans la réserve », explique Priest.

— Je savais bien que c'était un bon petit gars ! grogne Jean, qui semble partager l'opinion de son cousin.

— Chut ! lui intimé-je.

« On ne peut pas arrêter le progrès », rétorque Henri d'un ton narquois. « Il faut vivre avec son temps. »

« Moi, je ne vois aucun progrès ! Si on laisse un casino s'installer ici, le démon du jeu nous possédera tous. Il se répandra dans Mendake comme une drogue. Et les jeunes seront les premiers touchés. »

« Tu es en état d'arrestation », commence Henri, qui attrape Priest par le bras et le plaque contre le capot de sa voiture. « Tu as le droit de garder le silence. Si tu renonces à ce droit, tout ce que tu diras pourra être et sera retenu contre toi devant une cour de justice. Tu as le droit à un avocat… »

— Ces aveux ne valent rien ! me dit Jean d'un ton revêche, tandis qu'Henri passe les menottes à notre homme et continue de lui lire ses droits. Vous les lui avez soutirés sans la présence d'un avocat.

— Ils prouvent au moins sa culpabilité, répliqué-je du tac au tac.

— Vous n'avez pas respecté les droits de mon cousin. Ces aveux ne pourront pas être retenus comme preuves à charge contre lui.

— De quel côté es-tu, Castor Peureux ? Je te signale que ton cousin est un criminel.

— Oh, ça va ! s'énerve Jean tout en faisant encore craquer ses doigts. Tu ne vas pas faire tout un plat de cette histoire. Ce n'est que de la peinture. De la peinture sur des caméras qui ne servent à rien !

— Et sur notre totem ancestral et les tentes du pow-wow, par la même occasion ! Ce qui est très grave.

— Relâche-le ! insiste-t-il. De toute manière, vous ne pourrez pas le garder en cellule plus de vingt-quatre heures.

— Il n'en est pas question.

— Puisque tu t'entêtes, c'est moi qui l'assisterai. À partir de maintenant, je serai son avocat et je n'admettrai aucun manquement à la loi.

L'arrivée d'Henri et de Priest clôt notre discussion houleuse. Alors qu'ils montent à l'arrière de la Ford Mustang, Jean s'empresse de commander à son cousin de se taire. Il l'informe également qu'il assurera sa défense. Le trajet jusqu'au commissariat se déroule dans le silence. Une fois parvenus à destination, nous nous séparons en deux groupes. Pendant qu'Henri part se changer, je conduis Priest dans une cellule de dégrisement.

— Laisse-moi seul avec mon cousin, me demande Jean, qui m'a suivi.

J'acquiesce à regret et rejoins mon bureau. Je suis loin d'être en position de force. Jean a raison. La confession de Priest, que j'ai enregistrée sur mon portable, ne vaut pas tripette. Selon l'arrêt *Brydges*, nous autres policiers canadiens devons avertir le contrevenant de son droit à requérir la présence d'un avocat. Ce qu'Henri n'a fait que très tardivement.

Dans moins de vingt-quatre heures, je serai obligé de relâcher Priest. Et il sera libre d'aller repeindre tous les sites stratégiques de la réserve. À quatre jours du pow-wow, ça craint ! C'est mon père qui sera content lorsqu'il apprendra que je tiens le coupable, mais que je suis incapable de l'empêcher de nuire. Encore une belle engueulade en perspective !

— C'est quoi, le problème ! me demande Henri, comme il pénètre dans mon bureau et qu'il me trouve la tête dans mes mains.

— Aveux irrecevables ! maugréé-je.

— Merde !

— Comme tu le dis ! Tout ce qu'on peut faire, c'est prolonger de vingt-quatre heures la garde à vue de Priest. Dans le meilleur des cas, il sera dehors vendredi à 1 heure 30 du matin.

— Ce qui lui laissera toute liberté pour exercer ses talents de peintre !

— Et pour nous pourrir le pow-wow ! ajouté-je, un brin déprimé. Va dormir, on en reparle demain matin.

— Et toi ?

— Moi, j'attends que Jean finisse sa conversation avec son cousin pour rentrer chez moi.

Henri parti, je n'ai pas à attendre longtemps le retour de Jean. Il déboule comme une avalanche dans mon bureau et vient se camper devant moi d'un air déterminé. Déterminé à en découdre !

— Bon ! Parlons peu, parlons bien ! me dit-il. Il se fait tard, et j'ai hâte de rentrer chez moi.

— Je t'écoute, répliqué-je sèchement, tout en croisant les bras sur ma poitrine.

— Tu libères mon cousin. Tu oublies toute cette histoire. Et en échange, il se tiendra tranquille jusqu'à la fin de ses jours.

— Ah, ah ! ne puis-je m'empêcher de ricaner. Et peux-tu m'expliquer pourquoi je t'agréerais ?

— Parce que tirer sur une ambulance ne te rapportera rien. Roland est en souffrance. Il y a une dizaine d'années, son frère s'est suicidé. Addiction à l'alcool ! Et ça l'a marqué à vie.

— Je suis désolé pour lui, Castor Peureux ! Mais cet argument ne me fera pas changer d'avis. Ton cousin restera en taule jusqu'à ce qu'il passe aux aveux, *en ta présence*, décrété-je, tout en insistant sur ces derniers mots.

Des craquements de doigts accueillent ma décision.

— Tu le libères ou jamais plus je ne réparerai ta voiture ou celles de tes collègues. Ton père pourra également aller voir ailleurs si j'y suis. Et lorsqu'il me demandera pourquoi, je lui apprendrai à quel point tu t'es montré charitable !

Jean est le seul garagiste de Mendake. Ses menaces sont à prendre très au sérieux. J'ignore si c'est à cause de l'heure tardive, mais soudain, une idée malsaine germe dans ma tête. Une idée subversive qui, en temps normal, n'aurait jamais effleuré l'esprit d'un policier aussi intègre que moi.

— Tu répares gratuitement la voiture de la Française. Dès demain ! Tu tiens à l'œil ton cousin. Je ne tolérerai pas qu'une seule goutte de peinture vienne souiller notre réserve. Moyennant quoi, j'efface l'ardoise.

De nouveaux craquements de doigts retentissent tandis que nos regards s'entrechoquent. Je déraille à plein régime. J'ai peine à croire que c'est moi qui ai dit ça. Depuis que je connais Estelle, je ne cesse d'enfreindre la loi.

— C'est d'accord ! finit par lâcher Jean, sans me laisser le temps de me rétracter.

Il paraît content de lui. Normal ! Il a obtenu ce qu'il voulait. Aucune charge ne sera retenue contre son cousin. Le casier judiciaire de celui-ci restera blanc comme neige. Quant à moi, je suis certainement possédé par quelque démon. Un démon tout aussi dangereux que celui du jeu ou de l'alcool ! Un démon qui me pousse à me battre pour garder la femme dont j'ai besoin.

Partie 5

Il y a chez vous des personnes richissimes et des personnes qui souffrent de la faim.

Chez nous, si quelqu'un a faim, c'est parce que nous sommes tous affamés.

Chez vous, un homme est d'autant plus important qu'il peut étaler le plus de possessions.

Chez nous, un homme compte par ce qu'il est et ce qu'il donne.

Moi, je suis très important parce que, malgré mes pouvoirs, je ne possède rien…

Sitting Bull, Chef des Sioux Lakotas Hunkpapas (1831-1890)

31

***Cornichon :** petit concombre mis en conserve dans le vinaigre ou la saumure, et consommé comme condiment. Désigne également un fieffé imbécile.*

Estelle

Mercredi 9 août 2018

La journée a été plutôt calme. Comme les clients avaient déserté le bar – probablement calfeutrés chez eux afin de se protéger de la chaleur –, j'en ai profité pour nettoyer les vitres, désinfecter les toilettes et laver la cuisine de fond en comble. Du coup, Martha n'aura pas à se fatiguer beaucoup pour garder le Mandella propre. Son ventre a encore gagné en volume. Il est tellement gros qu'elle a de plus en plus de mal à se mouvoir. Je suis prête à parier que l'accouchement est proche.

Comment fera-t-elle après mon départ ? Je suppose qu'elle embauchera une nouvelle serveuse. Il lui faut bien ça ! Elle ne peut plus s'appuyer sur Sophie, toujours clouée au lit par ses rhumatismes. Julie a une forêt de poils dans les mains. Quant à Nicole, elle a déjà bien assez de travail avec la comptabilité, la caisse et le service au comptoir. Mais peut-être que les jumeaux pourraient l'aider. Ce sont de braves petits gars ! Je n'ai plus qu'à aller les trouver.

Il n'est que 16 h 25. Je dispose d'une bonne demi-heure pour leur faire la leçon. C'est bien assez ! À 17 heures pétantes, je lâcherai tablier et torchon, et je me précipiterai à la table de Curtis. Il ne peut plus me cacher comme une maladie honteuse. Je veux que tout le monde sache que nous sommes… Comment dire ? Amis ? Oui, mais pas seulement ! Amis intimes. Il n'y a pas de mal à se l'avouer. Et ce n'est pas parce que je rentrerai chez moi dans quelques jours, que mes sentiments à son égard changeront.

J'ai beaucoup d'am… d'affection pour lui. Et je crois qu'il éprouve lui aussi beaucoup d'am… d'attachement pour moi. Eh zut ! N'ayons pas peur d'appeler un chat un chat ! Il m'a dit « je t'aime ». Je n'ai pas rêvé. C'était avant-hier. Et s'il n'est venu me voir ni hier ni cette nuit, la faute en incombe à cette maudite enquête. D'ailleurs, j'aimerais bien savoir s'il a appréhendé l'auteur des graffitis.

— Ah, vous voilà ! m'exclamé-je, tandis que j'aperçois les jumeaux attablés dans la cuisine. Je dois absolument vous parler.

— Qu'est-ce qu'ils ont encore fait ? me demande Martha, assise en face d'eux, une tasse de thé fumant devant elle.

— Rien, maman ! me devance Gregory.

— Eh ! Pas la peine de nous regarder de travers ! renchérit Anthony. On n'a rien fait de mal.

— Avec vous, j'ai pris l'habitude de me méfier, soupire leur mère.

— Ne t'inquiète pas, Martha. Je souhaite juste leur donner quelques conseils pour la répétition de tout à l'heure, lui dis-je d'un ton qui se veut rassurant. Allez, venez avec moi, les garçons ! Laissons votre mère tranquille. Elle a besoin de se reposer.

Trop contents d'échapper à d'éventuels reproches, Anthony et Gregory s'empressent de me suivre hors de la cuisine. Nous nous installons à une table au fond du bar. Hormis trois grand-mères assises près des fenêtres devant leur gâteau aux carottes et leur tisane à la canneberge, la salle est déserte. Nicole a pris une journée de congé pour peaufiner les derniers préparatifs du pow-wow. Quant à Julie qui était censée tenir la caisse, elle a disparu.

Je commence à expliquer aux jumeaux qu'ils doivent veiller sur leur mère et lui éviter de trop se fatiguer. Ce qui passe obligatoirement par leur participation aux tâches ménagères. Un courant d'air chaud me souffle au visage et me fait tourner la tête en direction de l'entrée. Je reconnais immédiatement l'homme qui vient de pénétrer dans le bar. Mon cœur manque plusieurs battements lorsque je croise son regard.

Le Cornichon en chair et en os ! La poisse ! Bien évidemment, une foule de questions affluent à mon esprit. Une seule retient mon attention. Mais comment diable s'est-il débrouillé pour me retrouver ? Je ne lui ai pourtant pas révélé ma position dans mes réponses à ses SMS.

— Moi, je n'ai rien contre. J'ai déjà joué au serveur l'été dernier, me lance Anthony, qui profite de mon brusque silence pour prendre la parole. Mais elle crie sans arrêt après nous. C'est gonflant, à la fin !

— Ouais ! Ça pète les oreilles ! ajoute Gregory. Il faudrait plutôt demander ça à papa.

— Papa a beaucoup de travail à la scierie. Il va encore râler.

Tandis que les jumeaux discutent de la meilleure façon de solliciter l'aide de leur père, je prie de toutes mes forces pour que le Cornichon s'en aille. Je ne veux plus le voir. Plus jamais ! Du moins, pas avant mon retour de congé en septembre. Malheureusement pour moi, il s'avance dans ma direction. À l'instant précis où il arrive à la hauteur des toilettes, Julie en sort et le percute.

Ouf ! Momentanément sauvée ! me dis-je.

Car mademoiselle « Forêt de poils dans les mains » n'a pas son pareil pour distraire les représentants de la gent masculine. Et pour sûr, elle a trouvé un beau spécimen en la personne du Cornichon. Alors qu'elle lui propose la carte des boissons et qu'elle insiste pour qu'il prenne une table, j'observe celui avec qui j'ai partagé mon lit pendant près d'un an.

Toujours aussi joli garçon ! Athlétique, svelte. Avec cette mèche blonde qui tombe sur ses yeux bleus comme l'océan, il fait penser au prince charmant. Il ne lui manque plus qu'un cheval blanc et une tenue de cavalier pour parfaire le tableau. Sauf que cette fois-ci, je ne le suivrai pas !

Nous avons fait connaissance l'année dernière. À l'époque, j'étais chorégraphe pour une petite troupe de danse parisienne et j'arrondissais mes fins de mois en donnant des cours de Zumba dans les clubs de fitness de la capitale. Lui profitait de ses vacances d'été pour faire un tour de l'Europe. Dans chaque ville étape, il animait des stages de dancehall, ce qui lui permettait de financer son voyage. Les filles se battaient pour participer à ses cours.

Je me souviens encore de notre première rencontre. C'était dans la buvette de la salle de sport où nous intervenions en tant que professeurs. Il m'a offert un gobelet de jus de fruits vitaminé. J'étais si flattée qu'il s'intéresse à moi, que je n'ai pas mis longtemps à lui tomber dans les bras. La suite de l'histoire, vous la connaissez ! J'ai tout abandonné pour le suivre à Québec, où une place de chorégraphe m'attendait.

— C'est qui, lui ? demande Anthony à voix basse, interrompant ma contemplation.

Je ne suis pas la seule à m'être aperçue de la présence du Cornichon. La bouche grande ouverte, les jumeaux ne le quittent pas des yeux. Julie est toujours en admiration devant lui, mais il semblerait que ses manigances pour le retenir ne fonctionnent plus. En effet, le Cornichon a repris sa route et file maintenant droit vers moi. Re-la poisse !

— On dirait le mec des publicités de dentifrice, chuchote Gregory.

Il est vrai que le Cornichon a un sourire ultra blanc – un peu comme celui d'Henri. Mais à l'instant présent, j'ai un peu de mal à l'imaginer en train de vanter les mérites d'un dentifrice. Il tire une de ses têtes !

— Plutôt une pub de parfum. Ça empeste ! maugrée Anthony, avant de commencer à tousser.

Comme le Cornichon s'arrête à ma hauteur, je me lève de ma chaise. Un nuage de parfum m'enveloppe et me pique les yeux. J'acquiers alors la certitude suivante : ce mélange de vétiver et d'agrumes dont il s'asperge quotidiennement ne m'a pas manqué.

— Bonjour, Estelle ! me lance-t-il sèchement.

— Bonjour, Steve, répliqué-je sur le même ton, tout en soutenant son regard furieux.

— Tu m'as fait cavaler comme tu n'as pas idée ! J'ai souffert pour te mettre la main dessus. Heureusement que tu n'avais pas désactivé la localisation à distance sur ton portable.

Mince ! À présent, je comprends mieux pourquoi il passait autant de temps à, soi-disant, configurer mon téléphone ! Si ça se trouve, il y a installé toutes sortes d'applications à la noix.

— Eh bien ! Maintenant que c'est fait, tu peux t'en aller. Je ne te retiens pas ! déclaré-je abruptement, pressée de le voir partir.

— Il y a de l'eau dans le gaz ! chuchote l'un des jumeaux.

— Je t'ai envoyé une bonne centaine de SMS, continue le Cornichon comme s'il n'avait rien entendu.

— Une dizaine, tout au plus ! rectifié-je aussitôt.

— Oui, eh bien, peut-être ! Et je t'ai appelée une bonne cinquantaine de fois. Ah, ne dis pas non ! Je le sais parce que j'ai eu tout le loisir de les compter pendant que je me faisais du mauvais sang. Qu'est-ce qui t'empêchait de me répondre ? J'avoue que ma lettre était un peu déplacée. Enfin, « déplacé » n'est pas le mot adéquat…

Et bla-bla-bla ! J'avais oublié que le Cornichon était bavard comme une pie. Quand il commence, on ne peut plus l'arrêter. Je suis persuadée qu'il a saoulé l'Asperge avec ses jacasseries incessantes. Les bras croisés sur ma poitrine, je l'écoute à peine. Je n'essaie même pas d'argumenter.

Déplacée, sa lettre ? Moi, je préfère dire « inacceptable » ! Violente ! Barbare ! Sans que j'en comprenne la raison, mes yeux se remplissent de larmes. Je n'en laisserai couler aucune. Ah, ça non ! Plutôt crever que de me mettre à pleurer ! Tout en aspirant une large bouffée d'air – de l'air saturé de parfum –, je fixe sa mèche rebelle qui flotte sur son front. Il n'est pas question que je me laisse attendrir par son regard devenu caressant.

Pendant ce temps-là, le Cornichon parle, parle. Son monologue n'en finit pas. Stoïque, je demeure immobile. Bientôt, le vide se crée autour de nous. Les jumeaux s'éclipsent en premier. Julie disparaît quelques instants plus tard. Lorsqu'il ne reste plus que les trois grand-mères, le Cornichon et moi dans la salle, il se produit l'impensable. Le Cornichon tombe à genoux devant moi et m'attrape une main.

— Ma boulette ! Oh, ma boulette adorée ! Tu m'as tant manqué, me susurre-t-il, tout en frottant sa joue sur le dos de ma main.

— Ne m'appelle plus jamais « ta boulette adorée », scandé-je, les mâchoires contractées.

— Je t'en prie, ne te fâche pas, Estelle. Je t'aime.

— Et Jenny, tu l'aimes aussi ?

— Je me sens vraiment vexé que tu puisses croire ça.

Ce disant, il pousse un soupir déchirant qui ne convainc personne d'autre que lui-même. Je suis loin d'être dupe. Ravalant un sanglot de rage, je tire sur ma main. Il la serre davantage et la couvre de baisers écœurants. Ce type et ses mensonges me font horreur !

— Jenny ne représente rien à mes yeux, poursuit-il, infatigable. J'ai commis une grave erreur en emménageant chez elle. Accepte mes excuses les plus sincères.

— Va-t'en, Steve. Pars loin d'ici, je ne veux plus te voir, rétorqué-je, la gorge nouée.

— Non, je ne partirai pas. Je veux que tout redevienne comme avant. Je t'aime, Estelle. Remettons-nous ensemble. Tu ne le regretteras pas. Je te couvrirai de cadeaux, de fleurs. Je t'emmènerai au restaurant. Je…

Un craquement du parquet retentit et me fait lever les yeux. Le Cornichon se tait sur-le-champ. Zut ! Curtis ! Je ne l'avais pas vu ni entendu entrer. Il est si proche de nous que pas un seul détail de la scène n'a dû lui échapper.

Droit comme un I dans son uniforme de policier, il me foudroie du regard. Le vert de ses yeux s'est obscurci dangereusement. Je ne sais plus où me mettre. D'autant plus que le Cornichon ne veut pas me lâcher. Curtis tient entre ses mains un petit paquet blanc, entouré d'une ficelle. Un cadeau ! Un cadeau qu'il me destine ! Comment vais-je me sortir de ce mauvais pas ?

32

Tomahawk : *Hache de guerre dont se servaient les Amérindiens du nord. Lorsqu'ils partaient en guerre (on disait qu'ils « déterraient la hache de guerre »), ils plantaient un tomahawk dans un poteau et ne l'enlevaient qu'à la fin des hostilités.*

Curtis

Qui est ce bellâtre agenouillé aux pieds d'Estelle ? Ce blond tout droit sorti d'un conte de fées ! Et que lui raconte-t-il pour qu'elle ait les larmes aux yeux ? Ça ne peut être que son ex-fiancé. Il lui tient la main comme s'il la demandait en mariage. Mais pour qui se prend-il, celui-là, pour venir chasser sur mes terres ?

Remonté à bloc, je me rapproche d'eux à pas de loup. Je serais curieux d'écouter ce que ce type déblatère. Le bar est pratiquement vide, ce qui représente une aubaine. Lorsque je balancerai mon poing sur la tronche de l'ex-fiancé, il n'y aura pas plus de trois témoins. Trois vénérables membres de l'atelier couture de Mendake. Elles se réunissent tous les mercredis ici et se mêlent rarement des histoires des autres.

— Je veux que tout redevienne comme avant. Je t'aime, Estelle. Remettons-nous ensemble. Tu ne le regretteras pas. Je te couvrirai de cadeaux, de fleurs. Je t'emmènerai au restaurant. Je…

Ah, d'accord ! Il lui sort le grand jeu. J'ai déjà entendu cette ritournelle quelque part. Mon ami et adjoint l'a entonnée récemment. Au dire de cet âne, cadeaux, fleurs, restaurants disposés bout à bout forment la combinaison parfaite pour emballer les filles. Oui, je sais que j'avais promis de ne plus traiter Henri de bourrique. C'était avant que je prenne la pire des décisions. Tout ça, par sa faute ! Car pour conformer mes actes à ses préceptes, j'ai trahi mon serment de policier.

Hormis Jean, personne ne saura jamais pourquoi j'ai relâché Priest. Mon adjoint et les opérateurs de télésurveillance croient que j'ai agi par charité. Dorénavant, je serai le policier au grand cœur. Celui qui a eu pitié d'un pauvre bougre traumatisé par le suicide de son frère. En réalité, les plus vils desseins ont guidé mon geste. Je n'ai cherché qu'à servir ma cause auprès d'Estelle. En faisant réparer sa voiture sans qu'elle débourse un sou, je pensais lui offrir un gage d'affection.

Ce matin, Jean a remis en état de marche sa Toyota. Je m'apprêtais à lui rendre ses clés, emballées dans du papier cadeau. Mais maintenant que je vois ce bellâtre vautré à ses pieds, je me rends compte à quel point je suis idiot. Le roi des cons !

Ouvre un peu les yeux, Curtis ! me sermonné-je intérieurement, bouillant de colère. *Cette femme que tu adules est sur le point de filer à l'anglaise avec son ex-fiancé.*

— Ah, bonjour, monsieur le policier ! Vous tombez à pic ! me lance le bellâtre qui, s'apercevant de ma présence, se relève. Figurez-vous que ma fiancée hésite à revenir vivre avec moi. Les querelles d'amoureux, vous savez ce que c'est ! Ça va, ça vient ! Expliquez-lui que sa place n'est pas ici. Expliquez-lui que des vacances de rêve l'attendent dans le parc national du Saguenay. Expliquez-lui que…

Oh, la ferme ! grogné-je en moi-même, assommé par son verbiage.

Me faisant violence pour ne pas le cogner, je l'attrape par le col de sa chemise et l'oblige à lâcher la main d'Estelle.

— Curtis ! s'écrie celle-ci d'un ton offusqué.

Désagréablement surpris de la voir prendre parti pour son ex-fiancé, je le libère. Ainsi, elle éprouve encore des sentiments pour lui. Je suis tout à la fois furieux et déçu.

— Hé ! Doucement ! s'indigne le bellâtre, qui se met à gesticuler dans tous les sens. Je n'ai rien fait de mal. Que je sache, les déclarations d'amour ne sont pas punies par la loi dans ce pays. Mais peut-être qu'il en est autrement dans votre patelin. Auquel cas, il faut absolument que tu viennes avec moi, Estelle. Je ne peux pas te laisser avec cette bande de sauvages. Suis-moi ! Ma voiture est garée tout à côté. J'ai emporté la tente. Si nous partons tout de suite, nous arriverons au camping de L'Anse-Saint-Jean pour le dîner.

Mais je rêve ou quoi ! Non content d'essayer de me voler ma femme, il m'insulte. Je vais lui apprendre à qui il a affaire. C'est officiel, la hache de guerre est déterrée ! Incapable de garder mon sang-froid, je repousse vivement le bellâtre contre le mur. Il ouvre la bouche, mais s'abstient de parler. Je trouve alors le courage d'affronter le regard désapprobateur d'Estelle. Il m'atteint au plus profond de mon être. La douleur qui en résulte est si aiguë que mes poumons se vident de leur air. Je me mets à étouffer. Un peu comme si on m'avait tiré une balle en pleine poitrine. En plein cœur.

— Ta voiture est réparée, Estelle. Tu es libre de partir où tu veux, lui dis-je tout en envoyant le paquet contenant ses clés sur la table.

Puis me détournant prestement, je m'élance vers la sortie. Estelle me court après. Je l'entends trotter derrière moi. Alors que je franchis la porte du bar, elle tente de me retenir par le bras.

— Attends, Curtis ! Ne t'en va pas ! me supplie-t-elle.

Me bouchant les oreilles mentalement, je me dégage de sa poigne et accélère le pas.

— Ce n'est pas ce que tu crois ! continue-t-elle.

Moi, je ne crois que ce que je vois. Et son fiancé et elle semblaient très intimes. Une fois dehors, je traverse la place du Totem à grandes enjambées sous un soleil de plomb. Estelle est toujours sur mes talons.

— Pourquoi ne veux-tu pas m'écouter ? Tu n'es qu'une tête de mule. Tu le sais ? Attends-moi, Curtis. Je peux tout t'expliquer.

M'expliquer quoi ? Qu'elle repart avec l'homme de ses rêves et qu'il faut que je m'adapte à la situation ! S'adapter à la situation ! Combien de fois ai-je entendu cette rengaine ? Elle m'a été servie chaque fois que je demandais à mon père pourquoi ma mère nous avait quittés. Ce qui équivaut à un bon millier de fois !

— Oh ! Ce que tu peux être buté ! s'énerve Estelle, comme j'arrive devant mon 4 x 4.

Je me hâte de m'installer derrière mon volant. Tandis que j'allume le moteur, Estelle s'assoit sur la banquette arrière. Je la cherche du regard dans le rétroviseur, mais elle se tient en dehors de mon champ de vision.

— Sors de là immédiatement et repars avec ton fiancé, martelé-je, hors de moi.

— Mon ex-fiancé ! Et si tu veux tout savoir, je…

— Non, je ne veux rien savoir, la coupé-je aussi sec. Sors de ma voiture ou je viens t'en sortir moi-même.

— Et puis, zut ! grogne-t-elle.

C'est alors qu'elle m'apparaît dans le rétroviseur. Je la vois lever les bras. L'instant d'après, son chemisier passe au-dessus de sa tête. Je reste comme deux ronds de flan quand son soutien-gorge atterrit sur le siège passager.

— Estelle ? Arrête ça tout de suite, lui ordonné-je, comprenant qu'elle est en train de se déshabiller.

— Essaie toujours de me faire sortir de là maintenant ! réplique-t-elle sur le ton du défi.

Répondant à la provocation, je me retourne et la découvre nue. Entièrement nue. Les bras étendus sur le dossier de la banquette, elle me toise, guettant ma réaction. La lumière tamisée émanant des vitres teintées joue sur sa peau lisse et lui rend toutes sortes d'honneurs. Je ne parviens pas à détacher mes yeux de ses seins si replets, de ce ventre de tentatrice. Elle est… magnifique. J'en ai le souffle coupé. Et je la veux.

33

***Amour :** mot qui désigne un sentiment intense d'attachement ou d'affection envers un être vivant ou une chose.*

Estelle

— Tu voulais m'expliquer quelque chose ? Eh bien, vas-y ! Parle. Je suis tout ouïe, me dit Curtis, qui me dévore du regard.

En me déshabillant entièrement, je pensais l'empêcher de me chasser de sa voiture. Dans les faits, j'y suis parvenue puisqu'il accepte de m'écouter, mais j'ai également déclenché un incendie. Chez lui comme chez moi.

Les mains crispées sur le dossier de son siège, il me scrute fiévreusement. De haut en bas. Bien qu'horriblement gênée, je ne me dérobe pas. L'iris de ses yeux brille avec une telle intensité que j'en tremble. J'ai l'impression de brûler de partout.

— Mon ex-fiancé m'a retrouvée à cause d'une fichue application de localisation. Il l'avait installée à mon insu sur mon portable. Ce n'est pas moi qui lui ai demandé de venir me rejoindre. Je ne veux plus le voir.

— Es-tu encore amoureuse de lui ?

— Nooon ! m'indigné-je avec force.

C'est toi que j'aime ! ajouté-je intérieurement.

Mon Dieu ! J'ai failli prononcer ces mots interdits. L'Amour avec un grand *A* est une chimère, une abstraction pour une fille comme moi. Je ne peux y prétendre. Je ne suis ni belle ni intelligente. Mon salaire ferait fuir n'importe quelle personne sensée. En somme, je n'ai rien d'attirant. Ce triste constat m'incite à me montrer prudente. À ne pas extérioriser mes sentiments.

J'aime Curtis. Le retour du Cornichon n'émoussera pas ce que j'éprouve pour cet homme. Il est beau, intelligent. Peut-être un peu trop ténébreux. Mais par-dessus tout, il est loyal. Il n'est pas du genre à trahir ses amis.

— Donc tu ne l'aimes plus… rebondit-il.

J'ignore s'il expose un fait ou s'il me pose une question. Toujours est-il que j'acquiesce. Un cliquetis fait écho à mon hochement de tête. Curtis a verrouillé les portières. Avant même que j'aie pu protester, il ramasse mes vêtements, les roule en boule et les cache sous son siège.

— S'il te plaît, rends-les-moi, Curtis. Je souhaiterais me rhabiller.

Il me lance un regard diabolique qui m'envoie des décharges électriques dans toutes les extrémités.

— Certainement pas ! marmonne-t-il avant de reprendre le volant.

Les yeux oscillant entre le rétroviseur et la route, il démarre.

— Où va-t-on ? lui demandé-je, à la fois inquiète et excitée.

Il ne me répond pas. Je pourrais hausser le ton et le sommer de s'expliquer. Je préfère me taire et admirer le paysage. Lequel paysage se résume à des alignements de petites maisons grises. La climatisation est en marche, mais je n'ai pas froid. Le feu du désir me réchauffe.

Curtis nous emmène hors de la réserve, dans une zone industrielle déserte. Nous passons devant plusieurs entrepôts désaffectés avant de nous garer derrière l'un d'eux. À l'abri des regards indiscrets ! Des frissons d'appréhension me traversent le corps, tandis qu'il serre son frein à main. Pourtant, je n'ai rien à craindre de lui. Simplement, ce silence qu'il nous impose et que j'hésite à rompre me met sous pression.

Il sort du 4 x 4 pour venir me rejoindre à l'arrière. Instinctivement, je me repousse contre la portière opposée à celle par laquelle il est entré. Les mains sur mes seins, je tente de couvrir ma nudité. En voyant ses sourcils se froncer, je change d'attitude et lui tends les bras. Aussitôt, une lueur incandescente s'allume dans son regard. En deux temps, trois mouvements, il ôte sa veste, m'allonge sur la banquette et s'agenouille sur le sol. Heureuse de sa présence, je ne lui oppose aucune résistance.

— Oh, Curtis ! murmuré-je, avant qu'il s'empare de ma bouche en un baiser passionné.

Nos langues se mêlent, s'unissent. Elles parlent un langage qui me chavire le cœur. Depuis quand ne me suis-je pas sentie en osmose avec quelqu'un ? Nos mains prolongent ce dialogue muet que seuls deux êtres étroitement liés peuvent nouer. Les siennes sont partout à la fois. Sur mes seins, mes cuisses, sous mes fesses.

De mon côté, je perds peu à peu la conscience de mes actes. Les grondements de plaisir qui me parviennent aux oreilles m'indiquent que Curtis apprécie mes caresses autant que j'apprécie les siennes. Ce n'est que lorsque nos bouches se séparent et qu'il se recule, que je comprends à quel point les miennes ont été efficaces. J'ai réussi à lui enlever sa chemise et à déboutonner son pantalon sans même m'en rendre compte.

Pendant qu'il achève de se déshabiller, je ne quitte pas des yeux sa formidable érection, Je l'ai pourtant vue de nombreuses fois. Aujourd'hui, elle revêt un caractère sacré pour moi. Dans un instant, Curtis me fera sienne. Je lui appartiendrai. J'ose espérer qu'il en éprouvera autant de plaisir que moi.

Bien que mon corps soit déjà prêt à l'accueillir, je ne peux retenir un hoquet de surprise lorsqu'il se couche de tout son long sur moi. En appui sur ses avant-bras, les yeux rivés aux miens, il frotte son sexe contre le mien. Submergée par des vagues de chaleur, j'enroule bras et jambes autour de lui et ondule du bassin. Les étincelles de plaisir qui naissent au point de friction ne cessent d'affluer dans ma tête. Elles y explosent dans un feu d'artifice fait de couleurs sensuelles. Je sens que le bouquet final approche.

Curtis a dû s'en apercevoir, car tout en capturant ma bouche, il s'enfonce en moi. Je deviens ivre de volupté, tandis qu'il commence ses va-et-vient. Je n'ai jamais été très douée pour le sexe. Avec le

Cornichon, je jouissais rarement. Je me contentais de satisfaire ses attentes, tout en me disant que seul son plaisir comptait. Bien évidemment, le Cornichon partageait mon avis sur la question. Curtis n'est pas fait du même bois. Hormis la fois où il s'est endormi après trois poussées – ce jour-là, il était en manque de sommeil –, il utilise tous les moyens à sa disposition pour m'amener au septième ciel. Depuis que nous couchons ensemble, je me sens moins gourde.

Notre étreinte d'aujourd'hui ne déroge pas à la règle. Tout en me pilonnant à un rythme soutenu, Curtis glisse une main entre nous et masse mon clitoris. L'effet est immédiat. Un orgasme sans pareil explose en moi. Je me raidis, secouée de spasmes de félicité. Curtis se retire quelques instants plus tard et me rejoint dans l'extase.

— Tu es à moi… À moi ! halète-t-il, avant de rouler sur le côté et de m'enlacer étroitement.

Il s'est certes répandu sur mon ventre. Je ne risque donc pas de tomber enceinte. Mais ce que nous venons de vivre lui donne le droit de penser que je lui appartiens. C'était magique !

— Reste ! me dit-il, comme je fais mine de me lever.

— La répétition de danse va bientôt commencer et…

— Ils attendront ! m'interrompt-il sur un ton possessif. Nous devons parler.

— Nous ne pouvons pas rester ici. On pourrait nous voir.

— Personne ne vient jamais par ici. N'aie crainte !

Je n'ai pas envie de bouger. Je suis si bien dans ses bras. Aussi je décide de lui faire confiance et pose ma tête dans le creux de son cou. Son odeur m'apaise.

— De quoi veux-tu parler ? lui demandé-je mollement.

— De nous deux ! De la fin de ma période d'essai ! Je veux que tu deviennes ma femme.

— Ta femme ? Est-ce une demande en mariage ?

— Tout à fait !

Mon tempérament impulsif me porterait à accepter tout de go. Sans même prendre le temps de la réflexion. On ne peut pas vraiment dire que ce genre de comportement m'ait beaucoup réussi par le passé. J'aurais été mieux avisée d'y réfléchir à deux fois avant de suivre le Cornichon au Québec ou d'arrêter mes études littéraires pour devenir chorégraphe.

— Tu viendras t'installer chez moi. Tu y seras bien, poursuit Curtis d'un ton empreint de sollicitude. Les gens t'adorent ici. Et puis, tu ne seras pas loin de Québec. Tu pourras continuer d'exercer ton métier.

Je ne suis peut-être pas bien maligne, mais sa proposition est trop tentante pour que je la refuse. J'aime cet homme. Je me plais beaucoup à Mendake où je me suis fait de nouveaux amis. Et par-dessus tout, je n'envisage pas de retour à ma vie d'avant.

— C'est d'accord !

— Nous nous marierons à la fin du mois d'août, décrète-t-il.

— Oui, avant que je reparte au travail…

J'ai à peine achevé ma phrase que Curtis m'embrasse à m'en couper le souffle. Je suis folle d'avoir accepté. Oui, complètement folle ! Mais je n'ai jamais été aussi heureuse qu'aujourd'hui. C'est bien la première fois qu'une décision hâtive me remplit de joie.

En revanche, j'éprouve nettement moins de plaisir à la perspective de reprendre ma place au sein de ma troupe de danse. Je n'ai plus envie de côtoyer le Cornichon ou l'Asperge. Ils me font horreur. Je me verrais bien ouvrir une école de danse à Mendake et transmettre ainsi ma passion aux jeunes. J'ai adoré monter ce ballet pour le pow-wow. Cette expérience de professeure a suscité en moi une vraie vocation.

— Que va-t-on faire de ton ex-fiancé ? s'enquiert Curtis, comme notre baiser se termine. Veux-tu que je lui fasse peur pour qu'il te fiche la paix ?

— Surtout pas ! répliqué-je, un peu affolée à l'idée qu'il le mette en cellule de dégrisement. Je vais lui demander de s'en aller, et il m'écoutera.

Il partira, et j'espère bien ne plus jamais le revoir.

34

***L'Arbour ou l'abri** : grande tente située sur l'un des côtés de l'aréna de danse lors d'un pow-wow, elle est réservée aux tambours. Elle symbolise le ventre de la Terre-Mère. Les tambours représentent ses battements de cœur.*

Curtis

Vendredi 11 août 2018

Les festivités du pow-wow ont démarré ce matin. Elles s'étaleront sur trois jours. Comme à l'accoutumée, mon équipe et moi en assurons la protection. Une société privée mandatée pour l'événement nous épaule dans notre tâche, de sorte que nous ne sommes pas moins d'une cinquantaine d'agents affectés au service d'ordre.

Alors que beaucoup de mes administrés ont revêtu des régalias ou des habits traditionnels, je porte mon plus bel uniforme de police. Il y a une bonne raison à cela. J'ai moi aussi prévu de me produire en spectacle. Une fois le ballet des adolescents terminé, les tambours cesseront, et les haut-parleurs diffuseront *Make you feel my love* d'Adèle. J'espère que je ne regretterai pas ce choix inspiré par Henri. Nicole traînera Estelle dans l'aréna sous prétexte de la présenter au public. Le comité organisateur du pow-pow m'a donné son accord pour qu'elle puisse pénétrer dans le cercle de danse. Je l'y rejoindrai. Devant mes administrés et les touristes venus assister au pow-wow, je m'agenouillerai à ses pieds et je lui demanderai sa main. Pendant ce temps-là, Henri coordonnera notre travail de surveillance. J'aurai ainsi les coudées franches. Tout a été planifié dans le détail. Tout, sauf peut-être le fait que mon père risque de succomber à une crise cardiaque !

Je n'en reviens toujours pas d'avoir demandé à Estelle de m'épouser. Et encore moins qu'elle ait accepté ! Cette démarche s'est imposée à moi d'elle-même. Et dire que je m'étais promis de ne jamais me marier ! À 33 ans, je m'étais résigné au célibat. Comme quoi, on ne peut jurer de rien !

Debout à l'ombre de l'Arbour, j'attends avec impatience que la danse du châle s'achève. Le ballet créé par Estelle débutera juste après. Les gradins qui s'étagent autour de l'aréna sont bondés. Pourtant, il fait une chaleur écrasante qui en découragerait plus d'un. Mais notre pow-wow est renommé dans tout le pays pour ses compétitions de chant, de tambour et de danse, ce qui explique pourquoi beaucoup de gens viennent de loin pour y assister.

Les yeux rivés sur la quinzaine de danseuses, je ronge mon frein. Leurs costumes me semblent encore plus colorés que les années précédentes. Parées de châles qui couvrent leurs épaules, elles virevoltent, tournoient au son des tambours. Le balancement de leurs bras étendus comme des ailes évoque le vol de gros papillons bariolés. Mon cœur est loin d'être aussi léger qu'eux. Pour tout vous dire, j'ai peur. Peur qu'Estelle ne revienne sur sa décision. Peur qu'elle ne me rejette.

J'ai préparé un petit discours que je me répète en boucle depuis ce matin. Pourvu que je m'en souvienne le moment venu. J'espère également que le solitaire fourré dans ma poche sera à la bonne taille !

La danse des châles se termine, celle des jeunes commence. La chanson *Run Boy Run* égrène ses premiers tintements de cloche, qui résonnent douloureusement dans ma tête. Je suis au supplice. Réussirai-je l'épreuve que je me suis imposée ?

Run boy run! This world is not made for you.
Run boy run! They're trying to catch you.

Estelle vient d'apparaître dans mon champ de vision. Assise au premier rang, de l'autre côté de l'aréna, elle m'adresse un petit signe de la main avant de focaliser son attention sur le ballet. Dans la robe que lui a confectionnée la mère de Nicole, elle rayonne de beauté. Ses cheveux coiffés en tresse encadrent son visage radieux. C'est cette femme qui partagera ma vie jusqu'à la fin de mes jours. Du moins, je l'espère !

Run boy run! Running is a victory.
Run boy run! Beauty lays behind the hills.

Tandis que j'observe ma promise, les jeunes s'agitent dans l'aréna. Leur prestation semble avoir hypnotisé le public, qui a cessé ses messes basses. Il faut dire qu'ils se débrouillent vraiment bien. En les voyant exécuter toutes sortes de sauts et de pas compliqués, j'ai peine à croire qu'ils sont de simples novices. Il y a moins de quinze jours, ils dansaient comme des pieds.

Run boy run! The sun will be guiding you.
Run boy run! They're dying to stop you.
Run boy run! This race is a prophecy.
Run boy run! Break out from society.

Il y a moins de quinze jours, Estelle et moi étions des étrangers l'un pour l'autre. Elle me détestait. Je ne la tenais pas en haute estime. De l'eau a coulé sous les ponts, et nous avons appris à nous apprécier. Aujourd'hui, je m'apprête à la demander en mariage. Si tout se passe comme prévu, demain, nous serons fiancés. Et une nouvelle vie commencera pour moi.

Tomorrow is another day.
And you won't have to hide away.

You'll be a man, boy!
But for now it's time to run, it's time to run!

Pour moi, il est temps de descendre dans l'arène !

35

L'Eagle Staff *: bâton de nature spirituelle habituellement recouvert de fourrure, de cuir et d'où pendent des plumes d'aigle. Il guide la Grande Entrée, cette procession qui marque le début du pow-wow. C'est le drapeau officiel des peuples des Premières Nations : il a préséance sur tous les autres drapeaux.*

Estelle

Depuis que *Run Boy Run* a commencé et que mes jeunes sont entrés dans l'aréna, je suis tendue comme un arc. Je frissonne d'appréhension chaque fois qu'une difficulté se présente.

Bravo ! m'exclamé-je intérieurement, en voyant Zoé exécuter plusieurs sauts papillon.

Alors qu'elle frappe le sol avec son long bâton, les garçons rassemblés autour d'elle cognent sur de grosses poubelles en plastique.

— Sauts de biche, grands jetés. Parfait, l'enchaînement ! lâché-je à voix basse, comme les quatre autres filles traversent le cercle.

— Ils se débrouillent plutôt bien, me chuchote à l'oreille Nicole.

Assise à ma droite, mon amie filme le ballet avec son portable. À ma gauche, Martha en fait autant. Son mari que je rencontre pour la première fois se tient à ses côtés et paraît aussi anxieux que moi. Il a des raisons de l'être. Ses fils dansent devant un bon millier de spectateurs, et sa femme ne devrait pas tarder à accoucher. Selon son médecin, le travail peut commencer à tout moment.

— Oui, je suis fière d'eux, répliqué-je, les mâchoires serrées.

Néanmoins, je ne peux m'empêcher de trembler comme une feuille, tandis que la chanson se termine. J'ai envie de fermer les yeux tant je suis stressée. Pour l'instant, mes jeunes ont réalisé un sans-faute. Mais il reste la séquence finale qui nécessite rapidité et adresse.

La pression est à son maximum. Et le silence qui s'est installé dans les gradins pèse lourdement sur mes épaules, comme sur celles de mes élèves. Contrairement aux danseurs de ma troupe, ils n'ont pas l'habitude de se produire devant des centaines de spectateurs attentifs.

— Arrête de t'en faire ! Tout va bien se passer, me dit Nicole pendant l'interlude rythmique composé d'une vingtaine de battements de tambour.

Comme j'aimerais la croire ! Les doigts crispés sur mon sac à main, je retiens mon souffle alors que le dernier refrain commence. Ma vision devient floue. Je ne perçois plus qu'un ballet de couleurs dans l'aréna. Ce n'est qu'en entendant éclater les applaudissements du public que je me rends compte que tout s'est déroulé à merveille. Trempée de sueur, je relâche mes muscles jusque-là tendus.

Les spectateurs se sont levés pour acclamer mes élèves. Encore un peu étourdie par la forte tension à laquelle j'ai été soumise, je ne comprends pas pourquoi Nicole me prend par la main et m'entraîne dans l'aréna. Les jeunes l'ont déjà quittée comme je parviens en son centre. Les applaudissements se sont également tus. Je ne m'en inquiète pas outre mesure. Je suppose que Nicole va me présenter au public comme la chorégraphe du ballet. Mais lorsque les haut-parleurs se mettent à diffuser une chanson de Bob Dylan, interprétée par Adèle, je me tourne vers mon amie.

— Qu'est-ce que…

L'arrivée dans l'aréna d'un drôle de duo me fait taire.

— Je crois que Curtis a une petite surprise pour toi, me répond Nicole, avant de s'éloigner.

En effet, il s'agit bien de Curtis qui s'avance vers moi. Il est splendide dans son uniforme de policier. La couverture bariolée jetée sur ses épaules lui donne des airs de guerrier indien. Alphonse marche à ses côtés. Vêtu d'une régalia très colorée et auréolée de plumes d'aigle, il tient l'Eagle Staff dans sa main droite. Ce matin, il en faisait autant tandis qu'il dirigeait la Grande Entrée, cette danse d'ouverture du pow-wow.

Au moment où le premier couplet de *Make you feel my love* se termine, Curtis s'immobilise à quelques pas de moi. La visière de son képi ombre ses yeux, mais ne réussit pas à masquer le feu qui brûle dans ses prunelles. Un feu brillant qui étincelle sur moi. Son visage grave, concentré m'indique qu'il s'apprête à sortir de sa zone de confort. Tandis qu'il se racle la gorge, Alphonse lève l'Eagle Staff, et la musique s'arrête. Curtis vient alors s'agenouiller devant moi et me saisit la main gauche.

S'il souhaitait effectivement créer la surprise, il y est parvenu. Je ne m'attendais pas à ce qu'il me fasse une demande en mariage publique. Car c'est bien ce qu'il est sur le point de faire, n'est-ce pas ?

36

***Horaire indien** : le programme établi pour les pow-wow peut-être sujet à changement. « Les événements débutent quand ils débutent et se terminent lorsqu'ils se terminent », dixit l'A.V.A.Q. (Association des Vétérans Autochtones du Québec).*

Curtis

Tandis que je m'agenouille à ses pieds, Estelle ouvre de grands yeux étonnés. Il faut absolument que je me calme, que j'ignore le bon millier de spectateurs qui nous regardent. Agrippé à la main gauche de ma promise, j'inspire profondément et m'efforce de ne pas émettre de bruits de déglutition. Le micro portatif accroché au revers de ma veste capte le moindre son qui sort de ma gorge. Les haut-parleurs ne retransmettront pas que ma voix. Autant ne rien ajouter de plus au ridicule de la situation !

Mais bon sang ! Pourquoi n'y ai-je pas réfléchi à deux fois avant de me lancer dans cet exercice périlleux ? Certainement parce que cet âne d'Henri m'y a incité ! Une demande en mariage publique ? N'importe quoi ! Et pourquoi ne pas sauter d'un plongeoir haut de vingt mètres, tant que j'y suis ?

Je jette un coup d'œil sur Alphonse. Il a insisté pour m'accompagner dans l'aréna. Selon lui, tout guerrier qui traverse une épreuve a besoin de soutien. Comme je le crois ! Nos regards se croisent. Le sien est placide. Il hoche la tête, ce qui allume en moi un élan de courage. Je trouve ainsi la force de balayer l'assistance du regard. Vous ne devinerez jamais quelle est la personne qui s'imprime sur ma rétine ! Mon père. Dans sa régalia de Grand Chef. Assis dans la loge du comité organisateur. Le visage grave. Je suis prêt à parier qu'il fulmine. Ma présence dans l'aréna occasionnera du retard sur l'horaire, ce qui est de nature à l'irriter.

Je m'empresse de plonger mes yeux dans ceux d'Estelle. Elle me sourit. Rassuré, je me lance.

— Estelle, je ne te connais pas depuis longtemps, mais mon cœur sait que tu es mon âme sœur. Si nos débuts ont été tumultueux, c'est parce que j'ai essayé de lutter contre l'évidence. Tu es la femme de ma vie. Et je souhaite sincèrement passer le reste de mon existence avec toi. Accepte de m'épouser. Je te jure que tu ne le regretteras pas. Je te protégerai. Je ferai en sorte que tu ne manques de rien.

J'ai débité ma déclaration à un rythme si soutenu que je l'achève hors d'haleine. Anxieux, je guette la réaction d'Estelle. Elle tremble. Ses lèvres s'entrouvrent. Je ne les quitte pas des yeux.

— Oui… finit-elle par murmurer.

— Parle plus fort, Estelle, lui chuchote Alphonse. On n'a rien entendu.

En effet, les haut-parleurs n'ont même pas grésillé.

— Oui, je veux devenir ta femme, répète-t-elle d'une voix audible.

Cette fois-ci, sa réponse se répand dans toute l'aréna. Des centaines de personnes – mon père compris – l'ont entendue. Je sors le solitaire de ma poche et le passe à son annulaire. Il est un peu grand, mais je n'ai pas le temps de m'en inquiéter. Les larmes qui perlent au coin de ses yeux sont bien plus dérangeantes.

Je m'empresse de me redresser et enroule Estelle dans la couverture qui nappait mes épaules. Un tonnerre d'applaudissements et d'acclamations retentit tandis que je la prends dans mes bras et l'entraîne hors de l'aréna.

— Grand guerrier conduit sa promise à son tipi ? me demande-t-elle à voix basse tout en souriant à pleines dents.

— C'est à peu près ça ! Et puis, je m'en voudrais de décevoir les attentes du public !

Avant de sortir du cercle de danse, je lance un dernier regard vers mon père. Il sourit. Ce qui me laisse aussi perplexe que la sentence prononcée par Alphonse.

— Je vous avais bien dit que la fumée blanche était un présage de bonheur !

Épilogue

Estelle

— Cesse immédiatement le travail et assieds-toi ! me commande Martha, qui tente sans succès de m'enlever le plateau des mains.

— Pas touche ou je mords ! grogné-je tout en montrant les dents.

Je m'éloigne d'elle et garnis mon plateau de plats destinés à la table n° 4. Depuis deux ans que je vis à Mendake, j'ai pris l'habitude d'aider Martha trois fois par semaine. Les cours de mon école de danse ne commencent qu'en milieu d'après-midi. Aussi ai-je suffisamment de temps libre pour lui prêter main-forte les jours de marché. Mais maintenant que mon ventre s'est bien arrondi, elle fait tout pour me décourager de venir. Je suis persuadée qu'il y a du Curtis là-dessous !

— Je t'assure que je vais très bien, ajouté-je avec détermination.

— Et moi, je te prédis un grand prématuré si tu n'arrêtes pas tout de suite de t'agiter, insiste-t-elle, les poings sur les hanches.

Même pas peur ! Je me sens en pleine forme. J'ai une de ces patates, c'est impressionnant ! J'ai bien quelques courbatures en fin de journée, mais rien d'alarmant. Dois-je lui rappeler que je ne suis pas malade ? Je suis juste enceinte. Depuis que je suis entrée dans mon septième mois de grossesse, tout le monde cherche à me mettre sous cloche.

— Martha a raison. Tu n'es pas raisonnable, Estelle, intervient Nicole, qui vient de nous rejoindre dans la cuisine. Gregory, Anthony, ôtez-lui son plateau des mains.

— Ouh là, terrain miné ! Ne comptez pas sur moi pour arbitrer vos histoires de nanas, se rebiffe Anthony, sans lever les yeux de son portable.

— Et puis, Estelle est bien assez grande pour savoir ce qu'elle doit faire, renchérit Gregory.

— Braves petits ! Comme quoi, la vérité sort toujours de la bouche des enfants ! le félicité-je.

Le sourire aux lèvres, je quitte la cuisine.

— Hé ! On n'est plus des gosses ! criaille Anthony dans mon dos.

J'ai à peine pénétré dans la salle du bar que je tombe nez à nez avec Curtis. Mon mari depuis maintenant deux ans. Mon sourire s'efface comme je croise son regard étincelant de colère. Mince ! Il y a du grabuge dans l'air ! En effet, sans même se soucier de la présence des clients alentour, il m'arrache le plateau des mains, le dépose sur le comptoir et me saisit par les poignets.

— Madame Gervais, vous êtes en état d'arrestation ! me lance-t-il, en même temps que ses yeux verts me jettent des éclairs.

Voilà que ça lui reprend !

— Peut-on savoir pourquoi, monsieur Gervais ?

— Parce que ! me répond-il tout en désignant du menton mon ventre.

— Je m'excuse, monsieur Gervais, mais je connais mes droits. La grossesse n'est pas un délit. Et les arrestations arbitraires sont interdites par la loi.

Il ouvre et ferme la bouche plusieurs fois sans qu'aucun son n'en sorte. Sa poigne devient nettement moins ferme. Bien ! Je lui ai cloué le bec. Il va me ficher la paix, et je pourrai terminer mon service tranquille. Sauf que je me trompe complètement ! Au lieu de me relâcher, il réunit mes poignets dans une seule main, récupère ses menottes et me les passe.

— Curtis, arrête ça immédiatement !

— Oh que non, ma petite Estelle ! Je t'aime trop pour te laisser faire des conneries.

— Nous ne sommes pas seuls, rétorqué-je, gênée, sentant converger vers nous de nombreux regards.

— Rien à battre ! Tu vas me suivre bien gentiment, et tout se passera bien.

De peur de provoquer un esclandre, je me tais et l'accompagne hors du bar. En ce jour de marché, la place du Totem est bondée. Comme personne ne nous prête attention, j'en profite pour essayer de raisonner Curtis.

— Je ne risque rien, tu sais ! Le gynécologue m'a assuré que notre fille était bien accrochée.

Il ne m'écoute pas et continue d'avancer. Je n'ai d'autre choix que de lui emboîter le pas. Il me conduit jusqu'à son véhicule de service et me fait monter sur la banquette arrière.

— Bonjour, Estelle ! me lance Henri, qui occupe le siège passager avant.

Des aboiements brefs se joignent à son salut pour m'accueillir. C'est Lucky, le chien de sa petite amie, qui les a poussés.

— Tiens ton bichon, Henri ! Et toi, Estelle, sangle-toi ! s'énerve Curtis qui s'assoit derrière son volant.

— Je te rappelle que je suis menottée, répliqué-je sur un ton acide.

Tandis qu'Henri pouffe de rire, Curtis verrouille les portières tout en jurant à tout-va. Puis il se retourne et me détache.

— S'il te plaît, Henri, demande à Curtis de me libérer. Je dois repartir au bar pour aider Martha.

— Désolé, Estelle, mais je ne veux pas me mêler de vos affaires ! C'est délicat, tu comprends ?

La poisse ! Dans un silence monacal, Curtis démarre. Il dépose Henri et Lucky chez Isabelle. Puis il me ramène chez nous.

— Tu es content de toi ? lui demandé-je, revêche, une fois le seuil de notre maison franchi.

Sans mot dire, il referme la porte derrière nous et me prend dans ses bras. Bien qu'un peu irritée par son attitude cavalière, je ne le repousse pas. Tout en l'enlaçant, j'appuie ma tête sur son épaule.

— Ma chérie, tu sens si bon, finit-il par me dire après avoir appliqué un baiser sur le haut de mon crâne. Je ne veux pas qu'il t'arrive quoi que ce soit.

— Il ne va rien m'arriver. Je vais très bien, Curtis.

— Viens ! J'ai une surprise pour toi, me répond-il, comme s'il ne m'avait pas entendue.

Il me saisit par la main et m'entraîne dans le long couloir. La chambre devant laquelle nous nous arrêtons est celle que nous destinons à notre fille. Ce matin, lorsque j'ai quitté la maison, elle était encore encombrée de vieilleries et d'affaires que Curtis conserve jalousement. En entrant dans la pièce, je reçois comme un choc. Elle est méconnaissable. Ses murs ont été repeints en blanc. Des voilages roses habillent la fenêtre. Un lit à barreaux et une commode en bois laqué la meublent.

— Oh, Curtis ! C'est... commencé-je, émue, tout en portant mes mains à ma bouche.

— C'est pour notre fille ! Mon père est venu m'aider à l'aménager ce matin.

Je suis heureuse que Curtis et Richard se soient réconciliés. Peu après notre mariage, le Grand Chef a accepté de révéler à son fils le secret de sa naissance. Du jour au lendemain, leurs rapports se sont pacifiés.

— Elle te plaît ? me demande Curtis, qui enroule un bras autour de mes épaules.

— Oui, beaucoup ! répliqué-je d'une voix enrouée.

— C'est la mère de Nicole qui a confectionné la couverture.

Tout en admirant le linge de lit brodé, je repense à la suite d'événements incroyables qui m'ont conduite jusqu'à cet instant. À mon arrivée à Mendake, la situation m'avait semblé insurmontable.

Elle a débouché sur cette vie rêvée. Dans cette réserve indienne où m'attendaient de nouveaux amis, ainsi qu'un policier rudement sexy, un peu bourru, mais au cœur grand comme le monde.

Note de l'auteure :

La mésaventure d'Estelle n'a pas été entièrement inventée. En réalité, j'ai déjà vécu une expérience similaire à la sienne. C'était pendant un certain mois d'août. Mon époux, mes trois enfants et moi étions en vacances au Québec. À bord de notre voiture de location, nous sillonnions le pays, la fleur au fusil, tout en entonnant les chansons de notre répertoire. À court de carburant, nous nous sommes arrêtés dans une station essence pour refaire le plein. Le mot « gazoline » inscrit sur le bouchon jaune du réservoir nous a laissés perplexes.

Mais vous savez ce que c'est lorsqu'on est en vacances, que le soleil brille, qu'il fait chaud et que les oiseaux gazouillent, l'insouciance la plus totale règne. Sans trop nous poser de questions, nous avons mis du diesel dans le réservoir, puis nous avons repris notre route, ainsi que nos chansons. Moins d'un kilomètre plus loin, notre voiture a commencé à brouter, de sorte que nous avons jugé plus sage de retourner à la station essence. Croyez-moi, nous n'avions plus très envie de chanter !

Le pompiste nous a indiqué le garage situé juste en face. Nous nous y sommes rendus tout en poussant la voiture. Notre joie de vivre a encore baissé d'un cran lorsque le garagiste nous a annoncé le prix des réparations. Il pouvait nous accorder une ristourne conséquente si nous acceptions de le payer en liquide. Ce jour-là, le distributeur automatique fonctionnait, mais je n'ai pu m'empêcher d'imaginer un scénario catastrophe. C'est ainsi que l'histoire de *Wild Lovers* est née !

Pour écrire ce roman, j'ai effectué de nombreuses recherches sur les peuples autochtones d'Amérique du Nord. Je me suis efforcée de vous retransmettre fidèlement mes connaissances fraîchement acquises. En revanche, la réserve de Mendake n'est qu'un pur produit de mon imagination. Elle ressemble à s'y méprendre à celle de Wendake, qui existe vraiment. Même histoire, même localisation, mode de fonctionnement similaire, configuration des lieux presque identique. À cette différence près que ses habitants – tous des Hurons-Wendats – ont été inventés. Aucun d'eux n'est réel.

De même, les noms de certains organismes ont été déformés afin de ne pas entacher leur respectabilité. Ainsi, Loto-Québec a été transformé en Loto-à-Québec. Le RBA Groupe financier en RCA. L'école primaire *Wahta* (qui signifie « érable » en langue wendate) en école primaire *Yarha* (« forêt » en wendat).

J'espère sincèrement que ce roman vous donnera envie de vous rendre à Wendake. Lors d'un pow-wow, qui a lieu chaque année au début de l'été. Pour visiter son site traditionnel huron, son musée, son église. Pour randonner dans le parc de la Falaise et admirer la chute Kabir Kouba. Pour savourer un repas huron. Pour y séjourner. Pour rencontrer ses habitants, qui sont des gens charmants et très accueillants.

FIN

« Toute représentation ou reproduction intégrale, ou partielle, faite sans le consentement de l'auteur ou de ses ayants droit ou ayants cause, est illicite (alinéa 1er de l'article L. 122-4). Cette représentation ou reproduction, par quelque procédé que ce soit, constituerait donc une contrefaçon sanctionnée par les articles 425 et suivants du Code pénal. »

À PROPOS DE L'AUTEURE

Auteure d'une quinzaine de romans, Ena Fitzbel aime pimenter ses écrits d'une bonne dose de romance, d'une pincée d'humour et d'un soupçon de suspense.

Ses romans :

- Sexy Disaster (sexy romance), Éditions Addictives,
- Beautiful Lovers (sexy romance), Éditions Addictives,
- Rouge, pair et manque (sexy romance), EF éditions,
- Crazy Lovers (comédie romantique), EF éditions,
- Vicious Deal (dark romance), EF éditions,
- Dark Lovers (dark romance), EF éditions,
- Sex Trip Bucarest (roman érotique), EF éditions,
- Sex Trip San Diego (roman érotique), EF éditions,
- Un manoir pour refuge 1 et 2 (aventure fantastique pour jeunes adultes), EF éditions,
- Bloodless (romance fantastique), EF éditions,
- Artala (romance fantastique), EF éditions,
- Cursed Twins 1 et 2 (dystopie) de Helka Winter et Ena Fitzbel, EF éditions.

Suivez l'auteure sur les réseaux sociaux !

Facebook : https://www.facebook.com/FitzbelEna/

Twitter : https://twitter.com/EnaFitzbel

Instagram : https://www.instagram.com/ena.fitzbel

26421213R00161

Printed in Great Britain
by Amazon